„Ich habe keine besondere Begabung, sondern bin nur leidenschaftlich neugierig."

*Albert Einstein**

*** Aus einem Brief an Carl Seelig vom 11. März 1952 (ethz.ch)**
Vgl. Ulrich Weinzierl: „Carl Seelig, Schriftsteller", Wien, 1982, S. 135

Bibliografische Information der Deutschen Nationalbibliothek:
Die Deutsche Nationalbibliothek verzeichnet diese Publikation in der Deutschen Nationalbibliografie; detaillierte bibliografische Daten sind im Internet über http://dnb.d-nb.de abrufbar.

Für meine beiden Söhne
Leo Valentin und Luis Laszlo

Trotz besonderer Berücksichtigung geschlechtsneutraler Schreibweise ist diese vor allem in den Interviews nicht immer gewährleistet. Es sollten sich jedenfalls immer alle Personen gleichermaßen angesprochen fühlen.

1. Auflage	April 2020
© 2020	edition riedenburg
Verlagsanschrift	Anton-Hochmuth-Straße 8, 5020 Salzburg, Österreich
Internet	www.editionriedenburg.at
E-Mail	verlag@editionriedenburg.at
Lektorat	Dr. Heike Wolter, Regensburg
Bildnachweis Cover	Hand mit Pflänzchen: Yuganov Konstantin/shutterstock.com;
Abbildungen	Illustrierte Blätter im Buchblock: sugey cynthia/shutterstock.com; Stammbaum: Ivanova Maria/shutterstock.com; Baum mit Wurzeln: shin88/ shutterstock.com Fotos/Illustrationen der interviewten Jugendlichen: beigestellt
Satz und Layout	edition riedenburg
Herstellung	Books on Demand GmbH

ISBN 978-3-99082-013-1

Sonja Katrina Brauner

Geniale Resilienz

Freunde, Freizeit, Freiheit: Die Besten verraten ihr Erfolgsgeheimnis

Über 40 brillant begabte Persönlichkeiten im Gespräch mit der Psychotherapeutin

edition riedenburg

Inhalt

Vorwort 10

Dank 12

GENIALE RESILIENZ UND BEGABUNG –
erkennen und fördern 15

Wie viel Begabung braucht Resilienz und umgekehrt? 16

Was ist Begabung oder Talent? 17

Interview mit dem Begabungsforscher Roland H. Grabner 18

Interview mit dem Bildungsdirektor der OECD Andreas Schleicher 24

Ist mein Kind hochbegabt? 26

Welche Fragen sollte sich eine Familie stellen? 29

Wie sinnvoll ist ein IQ-Test? 32

Der 10-Punkte-Plan für begabte Kinder 35

GENIALE FREIZEIT –
Lebensmodelle hochbegabter SchülerInnen 37

Was die brillante Jugend heute braucht 38

Eine Schule für Hochbegabte: Die Sir Karl Popper Schule 40

Eine Chance für sehr Begabte: Das START-Stipendium 41

Ada: „Normalität hängt davon ab, wie der Durchschnitt definiert ist.“ 42
Amy: „Für meine kreativen Sachen muss ich mir aktiv Zeit nehmen.“ 52
Bushra: „Ich entwickle begeistert neue innovative Technologien.“ 56
Clemens: „Es motiviert mich, wenn ich meine Linie verfolgen kann.“ 60
Constantin: „Reich ist, das tun zu können, was man will.“ 63
David: „Ich erfinde gerne Melodien.“ 66
David: „Ich bin besser mit Mädchen befreundet.“ 71
Florian: „Struktur, Abwechslung und Freiheit sind das Fundament.“ 75
Johanna: „Jeder ist begabt, aber auf sehr andere Art.“ 79
Jonas: „Manchmal hält mich mein Perfektionismus von etwas ab.“ 82
Julian: „Ich bewege mich gerne in logischen Lösungen.“ 86
Konstantin: „Freiheit ist wichtig für die Entwicklung eigener Begabung.“ 93
Luna: „Meine Geschichten kommen aus meinen Träumen.“ 97
Marian: „Ich bewege mich gerne durch unterschiedliche Sichtweisen.“ 100
Marlies: „Ich erlebe mich im kreativen Ausdruck.“ 103
Moritz: „Man kann durch den Weltraum hier mehr erreichen.“ 106
Nara: „Ich mag Menschen, die offen sind.“ 110
Paul: „Glück ist, mit dem zufrieden zu sein, was man hat.“ 113
Sara: „Ich möchte am großen Ganzen etwas beitragen.“ 116
Valerie: „Glücklich zu sein muss man sich selbst erlauben.“ 119
Vici: „Ich schenke der Welt gerne meine Ideen.“ 125

GENIALE BEGLEITER –
Die Begabung im Interview 129

Ich: Die Begabung. Teil 1. 130

Meine Begleiterin: Die Armut 132
Meine Begleiterin: Die Angst 132
Meine Begleiterin: Die Überforderung 133
Mein Begleiter: Das Über-sehen-werden 134
Meine Begleiterin: Die Demütigung 135
Meine Begleiterin: Die Lernfreude 135
Meine Begleiterin: Die Offenheit 136

Meine Begleiterin: Die Begeisterung 136
Meine Begleiterin: Die Willenskraft 136
Meine Begleiterin: Die soziale Kompetenz 137
Mein Begleiter: Der Neid 137
Meine Begleiterin: Die Innovation 138
Meine Begleiterin: Die Bewegung 138
Mein Begleiter: Das Trauma 139

Ich: Die Begabung. Teil 2. 140

GENIALE RESILIENZ FÖRDERN – Pädagogische Praxis mit Hochbegabten 145

Psychologische Diagnostik und Hochbegabung (Interview mit Veronika Handschuh) 146
Volksschule und Begabtenförderung (Interview mit Elisabeth Mangst) 154
Erfahrungen im Gymnasium mit begabten SchülerInnen (Interview mit Edith Stepanow) 157
Hochschule und Hochbegabung (Interview mit Karen Diehl) 160
Mehrsprachigkeit und Begabungsförderung (Interview mit Zwetelina Ortega) 166

ERFOLGREICHE RESILIENZ – 13 brillante Persönlichkeiten berichten 175

Geniale (Lebens-)Geschichten 176

Faire Schokolade für die Welt: Interview mit Chocolatier Josef Zotter 177
Filigraner Filmstoff: Interview mit Filmemacherin Sabine Derflinger 180
Reich mit Boliden: Interview mit Investmentpunk Gerald Hörhan 183
Schlagfertig: Interview mit Boxweltmeisterin Nicole Wesner 186
Künstliche Intelligenz: Interview mit IT-Pionier Sepp Hochreiter 188
Dame schlägt König: Interview mit Schachweltmeisterin Elisabeth Pähtz 192
Bewegte Bilder: Interview mit Theater-Schauspielerin Salka Weber 195

Kräuterliebe: Interview mit Sonnentor-Gründer Johannes Gutmann 198
Fantastische Vielfalt: Interview mit Künstlerin Natalie Ananda Assmann 201
Millionen Geschichten: Interview mit whatchado-Gründer Ali Mahlodji 204
Bühne Musik: Interview mit Musikerschafferin Jelena Popržan 207
Brücken bauen: Interview mit Autorin Luna Al-Mousli 211
Wortwelten: Interview mit Schriftsteller Robert Menasse 214

VERLETZTE RESILIENZ – Wenn Begabung keinen Platz findet 221

Verhinderte Begabung 222

Fallbeispiel Maria: Begabung und geniale Resilienz als Rettung 223
Fallbeispiel Andreas: Begabung im neuen Rhythmus 226
Fallbeispiel Leila: Geniale Resilienz als Brücke zum Leben und Überleben 230
Fallbeispiel Mahmoud: Begabung als Anker zwischen den Welten 232
Fallbeispiel Amir: Begabung zwischen Fehldiagnose und Schach 234
Fallbeispiel Lisa: Begabung und Resilienz als kreativer Ausdruck 236
Fallbeispiel Benny: Begabung durch Zeit und Resilienzförderung statt Pathologisierung 239
Fallbeispiel Linda: Begabung und Resilienzförderung in geschützten Räumen 242
Fallbeispiel Marc: Begabung und Resilienzförderung durch stabile Vertrauenspersonen 245
Fallbeispiel Milan: Genial resiliente Begabung auf der schiefen Bahn 249

VERERBTE UND ERWORBENE RESILIENZ – Psychotherapeutische Übungen 253

Was ist vererbt, was ist erworben? 254

Übung: Mein Stammbaum 255
Übung: Mein Stammbaum im Wald 260
Übung: Teil des Ganzen 262
Übung: Szenenwechsel 264

Übung: Blick auf die Gegenwart (Einzelarbeit) 265
Übung: Blick auf die Gegenwart (Kleingruppenarbeit) 266
Übung: Die Sonne 267
Übung: Zugewiesene Identität – Gestaltete Identität 268
Übung: Meine Ressourcen 269
Übungen zur Resilienz 270
Übung 1: Mein Ahne in seiner Welt 271
Übung 2: Briefe an die Ahnen 272
Übung 3: Meine (Ahnen)-Zeitkapsel 273
Übung 4: Durch Länder und Kulturen – Heimweh oder Fernweh? Die Arbeit mit der Landkarte 274

ANHANG 277

Bibliographie 278
Weiterführende Links 281

Vorwort

Ich erinnere mich noch genau: Strahlend kam mein dreijähriger Sohn aus dem Bad und verkündete, wenn auch mit fragendem Gesicht: „Mama, drei mal drei ist neun, oder?" Überrascht fragte ich ihn, woher er das wisse. Er schaute mich mit großen Augen an und antwortete: „Ich habe die Fliesen im Bad abgezählt." Danach holte er sich immer wieder einmal heimlich den Taschenrechner, den ich ihm abnahm, weil ich der Ansicht war, er beschäftige sich zu früh mit Zahlen. Er weinte bitterlich – mit dem Ergebnis, dass ich ihm den Rechner mit einem etwas mulmigen Gefühl zurückgab. Mittlerweile sind bald zwei Jahrzehnte vergangen. In dieser Zeit haben wir beide viele überraschende, aufregende und erstaunliche Erfahrungen gemacht. Mein Sohn studiert und unterrichtet begeistert technische Mathematik. Doch bis es dazu kam, mussten er und ich mit und in seinem Umfeld viel lernen.

Denn: Kinder, die nicht der Norm entsprechen, werden schnell Opfer von Zuweisungen, Diagnosen und Sonderbehandlungen. Sie werden pathologisiert. Eltern sind diesen Zuschreibungen und ihren Folgen oftmals hilflos ausgeliefert. Sie möchten das Richtige tun und wissen nicht, wie. Dieses Buch soll jungen Menschen helfen, ihre individuellen Bedürfnisse zu erkennen. Erwachsenen soll es Mut machen, Kindern Zeit und Raum für ihre Entwicklung zu geben. Deshalb beginnt es mit der Frage, was Begabung und Talent, aber auch Resilienz eigentlich sind. Es zeigt auf, wie man dem Phänomen brillanter Begabung diagnostisch näherkommen kann. Es erkennt aber auch an, dass das Bedürfnis, Außerordentliches zu definieren, manchmal unzureichend bleibt. Hier hilft die konkrete Praxis: Zahlreiche Erfahrungsberichte junger Menschen zeigen, wie der gute Umgang mit Begabung und Talent im Konkreten funktionieren kann und was Resilienz in vielfältigen Ausprägungen bedeutet. Anschließend stellen namhafte ExpertInnen ihre Unterstützungsangebote vor. Nicht zuletzt geben auch die zahlreichen Interviews mit den teils prominent in der Öffentlichkeit stehenden Persönlichkeiten aus Wissenschaft, Kunst, Sport, Wirtschaft und anderen Bereichen vielfache Antworten auf die Frage, wie geniale Förderung im bestehenden Bildungssystem gelingen kann und was es braucht, um das Schulsystem und die Universitäten noch brillanter zu machen.

Mein persönliches Anliegen in diesem Buch ist, begabte Menschen selbst zu Wort kommen zu lassen. Nur so erschließt sich die Vielfalt von Begabung und nur so können Ideen für Sie als LeserInnen entstehen. Dieses Buch soll begabte Vielfalt in all ihren Facetten zeigen. In meiner über 30-jährigen Berufspraxis als Psychotherapeutin und Pädagogin – und auch als Mutter – habe ich häufig erlebt, wie das Potenzial von Kindern nicht erkannt, unzureichend oder falsch gefördert wurde. Begabung zieht sich dann bisweilen zurück, sie kann sogar zum Problem werden. In beispielhaften Therapieabläufen zeige ich deshalb gute Veränderungen auf, damit sich Begabung in ihrer Vielfalt positiv entwickeln und Resilienz befördert werden kann.

Ich wünsche Ihnen viele interessante neue Blickwinkel.

Sonja Katrina Brauner

Dank

Herzlichen Dank an meine wunderbaren jungen InterviewpartnerInnen von der Sir Karl Popper Schule in Wien und über das Netzwerk des START-Stipendiums. Von jedem von euch habe ich im Interview Neues und Bereicherndes gelernt.

Ebenso ein großes Dankeschön an den Leiter der Sir Karl Popper Schule, Herrn Direktor Dr. Edwin Scheiber, und an die Leiterin des START-Stipendiums Wien, Frau Diplom-Soziologin Katrin Triebswetter. Sie haben mich beide beim Vernetzen mit den interviewten Begabten sehr unterstützt.

Für die ExpertInnenbeiträge danke ich ganz herzlich den im ersten und im achten Kapitel auftretenden WissenschaftlerInnen für ihre Expertise und den Willen, das Buchprojekt um ihre Perspektive zu erweitern. Frau Dr. Andrea Frauendorfer und Frau Dr. Claudia Resch danke ich für die hilfreichen Vorgespräche zum Thema (Hoch-)Begabung.

Den erfolgreichen Begabten, die anderen Begabten mit ihren Lebens- und Wirkensgeschichten Mut machen, danke ich sehr für Ihre persönlichen und wertvollen Erfahrungen und Empfehlungen.

Als Autorin gilt mein großer Dank allen wunderbaren und einzigartigen Begabungen, denen ich im Laufe dieses Buchprojekts begegnet bin, allen Gesprächen mit neuen Impulsen, die ich führen durfte, und dem persönlichen Wissen, dass ich seit über fünf Jahrzehnten folgendes Zitat leben kann: „Ich mache nur, was mir persönlich wichtig ist und sich in Beziehung zu meinem Gegenüber positiv entwickeln lässt“

Für das medizinische Lektorat mit wertvollen Tipps gebührt mein Dank Herrn Dr. Siroos Mirzaei.

Das Verlagslektorat übernahm umsichtig Frau Dr. Heike Wolter. Dankbar bin ich meiner Verlegerin Frau Dr. Caroline Oblasser, die mit mir gemeinsam diese Buchidee entwickelte.

Ein ganz besonderer Dank gilt meinen beiden Söhnen, die mich in jedem Augenblick Neues lernen lassen.

Nicht zuletzt geht ein herzliches Dankeschön an meinen Mann Bernhard, der meine Texte stets als Erster liest, sie kritisch kommentiert und mich bei allen meinen Vorhaben unterstützt.

GENIALE RESILIENZ UND BEGABUNG – erkennen und fördern

Wie viel Begabung braucht Resilienz und umgekehrt?

In den letzten Jahren wandelte sich die ursprüngliche Bedeutung von Resilienz. Der Ursprung des Wortes geht auf das lateinische resilire, das bedeutet „zurückspringen“ oder „abprallen“, zurück.

Bezog es sich bei den ersten Studien vor allem auf arme, kranke und bedürftige Menschen und deren Fähigkeit, sich gegen krisenhafte Bedingungen abzugrenzen – also Überlebensstrategien zu entwickeln –, so ist es heute in seiner vielschichtigen Bedeutsamkeit in der Mitte der Gesellschaft angekommen.

Genauso wie bei Begabung gibt es auch hier keine einheitliche Definition. Resilienz wird in der Regel mit den Begriffen der Widerstandskraft und Stärke, des Optimismus, der Lösungsorientierung und Fähigkeit zur Umsetzung von diversen Lösungsstrategien verstanden, die wirksam und bisweilen lebensnotwendig für das Überstehen großer und kleiner Krisen war und ist.

In der modernen Psychologie wird Bezug darauf genommen, ressourcenstärkende Modelle zur Erhaltung und Förderung von Resilienz zu entwickeln. Die Interviews im Buch zeigen sowohl die Vielfalt diverser Begabungen als auch die Möglichkeiten in ihrer lösungsorientierten Umsetzung.

Hierbei wird deutlich, dass Resilienz eine biographische Grundlage sein kann, die zudem immer wieder neu erlernt werden kann. Unser Gehirn ist plastisch, das heißt, wir lernen nie aus. Insofern ist Resilienzförderung die Quelle für innovatives und schöpferisches Entwicklungspotenzial.

Begabung und Resilienz befinden sich in einer Wechselwirkung. Beide lassen sich entwickeln, fördern und unterstützen – bei jedem Menschen.

Was ist Begabung oder Talent?

„Unabhängig von den unterschiedlichen Fähigkeiten und Talenten der Schüler muss alles gelernt werden, was später gewusst und gekonnt wird. Lernen ist der mächtigste Mechanismus der kognitiven Entwicklung. Das gilt uneingeschränkt sowohl für hochbegabte Kinder als auch für schwächer begabte Schüler.“

(Franz E. Weinert, 2001, S. 85)

Es gibt keine einheitliche Definition von Begabung oder Talent. Das Wort *Talent* (griech. *Talanton* für Waage, Gewicht) war eine ursprünglich altbabylonische Maßeinheit der Masse. Sie orientierte sich an der möglichen Traglast eines Mannes.

Dieses Talent sowie davon abgeleitete kleinere Talente waren in der Antike gebräuchliche Gewichtseinheiten. Wie andere antike Masseeinheiten wurde das Talent durch Aufwiegen von Silber (seltener Gold oder Kupfer) als Währung benutzt.

Die heutige Bedeutung beruht auf dem Matthäus-Evangelium, in dessen 25. Kapitel von den einem Menschen anvertrauten Talenten die Rede ist, die von Gott übertragene Fähigkeiten symbolisieren. Diese ursprüngliche Bedeutung klingt in einer gebräuchlichen Redensart an: Man solle doch „sein Talent in die Waagschale werfen“. Das bedeutet nichts anderes, als das einzusetzen, was man kann. Und das zeigt dann auch, dass die „Traglast“ keine absolute Masse ist, sondern von der jeweiligen Person abhängt.

Interview mit dem Begabungsforscher Roland H. Grabner

Univ.-Prof. Dr. Roland H. Grabner ist Professor für Begabungsforschung und Leiter des Arbeitsbereichs Educational Neuroscience am Institut für Psychologie der Universität Graz. Nach seiner Promotion in Psychologie (2005) an der Universität Graz war er in Forschungsprojekten an der Technischen und Medizinischen Universität Graz beschäftigt und wechselte 2007 an die ETH Zürich, an der er sich 2012 habilitierte. Vor seinem Wechsel zurück nach Graz hatte er von 2012 bis 2014 den Lehrstuhl für Pädagogische Psychologie an der Universität Göttingen inne.

Roland H. Grabner ist ehemaliger Koordinator der Special Interest Group Neuroscience and Education der European Association for Research on Learning and Instruction (EARLI) und Mitglied des International Panel of Experts for Gifted Education (IPEGE) sowie mehrerer wissenschaftlicher Beiräte von Institutionen der Begabungs- und Begabtenförderung. Neben seiner Forschung zu den neurokognitiven Grundlagen von Begabungsunterschieden und Lernprozessen mit dem Schwerpunkt Mathematik ist er in der Aus-, Fort- und Weiterbildung von Lehrpersonen im deutschsprachigen Raum engagiert.

Wie definieren Sie Begabung?

Die Definition von Begabung ist eine herausfordernde Angelegenheit. Ich habe die Erfahrung gemacht, dass sowohl in der Praxis als auch in der Wissenschaft ganz unterschiedliche Vorstellungen darüber herrschen. Insbesondere teilen sich die Meinungen dahingehend, ob Begabung ein Potenzial für etwas darstellt oder bereits mit außergewöhnlichen Leistungen gleichzusetzen ist.

Darüber hinaus wird manchmal Begabung synonym mit Hochbegabung und Talent verwendet. Für mich ist eine potenzialorientierte Perspektive am überzeugendsten: Begabung als das individuelle Potenzial für Leistungen in einem bestimmten Bereich. Jeder Mensch verfügt über ein solches Potenzial für jeden Leistungsbereich. Bei manchen Personen ist es geringer ausgeprägt, das heißt das maximal erreichbare Leistungsniveau ist niedriger, bei anderen ist es stärker ausgeprägt. Wenn es besonders stark ausgeprägt ist, würde ich von Hochbegabung sprechen.

Ein Problem oder eine Einschränkung bei dieser Definition ist allerdings, dass das individuelle Leistungspotenzial und damit die Begabung nicht messbar sind. Das Potenzial hängt stark von genetischen Faktoren ab, über die wir derzeit noch zu wenig wissen. Wir können lediglich die entwickelten Leistungen messen und daraus Rückschlüsse auf die Begabung ziehen. Mit anderen Worten: Wenn jemand in einem bestimmten Bereich außergewöhnliche Leistungen erbringt, attestieren wir ihm oder ihr eine Hochbegabung.

Trotz dieser Einschränkung bevorzuge ich die Sichtweise von Begabung als Potenzial, weil damit das Augenmerk auf den individuellen Entwicklungsprozess gerichtet wird. Die Umsetzung von Potenzial in Leistung benötigt gewisse Rahmenbedingungen. Jemand kann ein hohes Potenzial in einem Bereich aufweisen – sei es intellektuell, kreativ, motorisch, sozial und so weiter –, aber es gelingt aus verschiedenen Gründen nicht, dieses Potenzial vollständig zu entwickeln.

Dieses Phänomen wird auch als Underachievement bezeichnet. Würde man Begabung mit (bereits entwickelter) Leistung gleichsetzen, gäbe es das Phänomen des Underachievements nicht, und die Rahmenbedingungen würden vermutlich nur retrospektiv untersucht werden. Eine Stärke der potenzialorientierten Perspektive ist aus meiner Sicht, dass der Entwicklungsprozess sowohl prospektiv als auch retrospektiv betrachtet werden kann.

Welche Rahmenbedingungen braucht es, damit sich Begabung gut entwickeln kann?

Dies hängt vom Begabungsbereich ab. Die erfolgreiche Entwicklung einer intellektuellen Begabung, zum Beispiel in Mathematik, braucht natürlich etwas andere Rahmenbedingungen als die Entwicklung einer kreativen oder motorischen Begabung.

Allerdings gibt es ein paar Kernelemente in diesem Entwicklungsprozess, die über verschiedene Bereiche hinweg relevant sind. Jede Entwicklung von Begabung in Leistung erfolgt grundsätzlich über Lernen. Kein/e Meister/in fällt vom Himmel, und Übung macht nach wie vor den/die Meister/in. Dies gilt für alle Begabungs- und Leistungsbereiche. Inwieweit dieser Lernprozess stattfindet, hängt nun von mehreren Einflussfaktoren ab, die beispielsweise im Integrativen Modell der Talentwicklung von Gagné sehr gut nachvollziehbar klassifiziert sind.

Zum einen handelt es sich um sogenannte intrapersonale Faktoren. Dazu gehören einerseits stabile körperliche und mentale Merkmale, zum Beispiel die Körpergröße, die für bestimmte Sportarten relevant ist, oder Persönlichkeitsmerkmale wie emotionale Stabilität oder Gewissenhaftigkeit.

Oftmals noch entscheidender sind hier jedoch motivationale Faktoren, die im Modell als Faktoren des „Zielmanagements" gelistet sind. Insbesondere aus der Expertiseforschung wissen wir, dass die Entwicklung herausragender Leistungen mehrere Jahre intensiven Lernens (beziehungsweise Übens oder Trainierens) benötigt. Ein solches Engagement kann nicht ohne eine entsprechend hohe Motivation und Ausdauer erbracht werden.

Neben diesen intrapersonalen Faktoren braucht es entsprechende Rahmenbedingungen in der Umwelt. Es müssen zunächst einmal adäquate Lernangebote vorhanden sein, damit überhaupt gelernt und/oder geübt werden kann. Ein musikalisch hochbegabtes Kind benötigt beispielsweise Zugang zu Musikinstrumenten und entsprechenden Lehrpersonen. Die Verfügbarkeit dieser Zugänge hängt wiederum vom sozialen Umfeld ab. Dazu gehören in erster Linie Familie, Freunde und Schule, aber auch politische und kulturelle Einflüsse können die Begabungsentwicklung beeinflussen.

Schließlich weist Gagné auf eine weitere wichtige Komponente hin, die in anderen Begabungsmodellen häufig außer Acht gelassen wird: den Zufall. Der Zufall spielt sowohl beim genetischen Potenzial (der Anlage) als auch bei den Rahmenbedingungen für die Entwicklung (der Umwelt) eine wichtige Rolle. Die individuelle genetische Ausstattung ist eine zufällige Kombination des Erbmaterials von Vater und Mutter, und hier gibt es Billionen von Möglichkeiten, wie die elterliche Erbinformation an die Nachkommen weitergegeben wird.

Darüber hinaus prägt der Zufall die Umweltbedingungen. Dies reicht vom Hineingeborenwerden in bestimmte Familien und sozioökonomische Schichten bis hin zu zufälligen Ereignissen und Begegnungen, die entscheidend für die individuelle Karriereentwicklung sein können.

Welche hilfreichen Modelle zur Begabungsförderung gibt es?

In diesem Zusammenhang wird häufig zwischen Begabungsförderung und Begabtenförderung differenziert. Begabungsförderung zielt darauf ab, alle Kinder und Jugendliche bei der Entwicklung ihrer Potenziale bestmöglich zu fördern, während Begabtenförderung darüber hinausgehende Angebote für hochbegabte Personen beinhaltet. Begabtenförderung kann somit als Spezialfall der Begabungsförderung betrachtet werden.

Diese Differenzierung erscheint mir manchmal etwas „künstlich", weil damit impliziert wird, dass Hochbegabte qualitativ anders lernten als durchschnittlich Begabte und daher andere Unterstützungsangebote benötigten. Zumindest für die intellektuelle (Hoch-)Begabung weiß man heute, dass dies nicht der Fall ist. Von einer begabungsfördernden Umwelt (zum Beispiel einem entsprechend gestalteten Schulunterricht) profitieren alle. Die intellektuell Hochbegabten lernen allerdings schneller, sodass Akzelerations- oder Enrichmentangebote – also Möglichkeiten beschleunigten und zusätzlichen Lernens – erforderlich sind. Diese Angebote sollten sich aus meiner Sicht allerdings eher am Lernfortschritt orientieren als an einer Intelligenzdiagnostik, die oftmals zwischen durchschnittlich Begabten und Hochbegabten eine willkürliche Grenze bei einem IQ von 130 zieht. Sollte ein Kind, das in einem bestimmten Bereich hochbegabt ist, aber keinen Gesamt-IQ von über 130 hat, nicht ebenso durch Akzelerations- und Enrichmentmaßnahmen gefördert werden?

Insgesamt halte ich es für entscheidend, dass für jedes Kind, jeden Jugendlichen, jeden Erwachsenen individuell geprüft wird, welche Maßnahmen der Begabungsförderung zielführend eingesetzt werden können. Die aktuellen Modelle der Begabungsentwicklung, wie zum Beispiel das erwähnte Modell von Gagné, legen eine wichtige theoretische Grundlage hierfür, indem sie die verschiedenen potenziellen Einflussfaktoren aufzeigen, deren Bedeutung in der Praxis individuell reflektiert werden sollte.

Aktuell arbeite ich als Teil eines internationalen Teams an der Entwicklung eines neuen Rahmenmodells der Talententwicklung, das sowohl in der Forschung als auch in der Praxis einsetzbar sein soll. Die Stärke dieses Modells liegt darin, dass es für verschiedene Begabungsbereiche spezifiziert werden kann. Wie bereits erwähnt, erfordert die Entwicklung einer mathematischen

Begabung andere Rahmenbedingungen als die Entwicklung einer musikalischen Begabung. Diese Unterschiede werden darin berücksichtigt.

Welche Empfehlungen geben Sie diesbezüglich dem Bildungssystem?

Im Prinzip nur eine: Bildungspolitische Entscheidungen sollen auf Basis der aktuellen wissenschaftlichen Befundlage getroffen werden.

Was war Ihre persönliche Motivation, sich auf Begabungsforschung zu spezialisieren?

Tatsächlich hat dies mit meiner wissenschaftlichen Biographie zu tun, die als studentischer Mitarbeiter in einem Forschungsprojekt zum Thema Intelligenz begann. In diesem Projekt untersuchten wir die Hypothese der neuralen Effizienz, wonach sich intelligentere Personen durch eine effizientere Gehirnaktivierung beim Lösen von kognitiven Aufgaben auszeichnen.

Diese Hypothese sowie die damit verbundene neurowissenschaftliche Arbeit interessierten mich von Beginn an und lenkten mein Interesse auf individuelle Begabungsunterschiede. In meinen weiteren Forschungsarbeiten ging ich der Frage nach, inwieweit die Effizienz der Gehirnaktivierung auch eine gewisse Plastizität für Lernprozesse aufweist. Kann die neurale Effizienz durch Lernen erhöht werden? Mit dieser Fragestellung beschäftigte ich mich vor dem Hintergrund der Expertiseforschung, in der die Entwicklung von außergewöhnlichen Leistungen retrospektiv beleuchtet wird. Insbesondere untersuchte ich die Bedeutung verschiedener Begabungsfacetten, Persönlichkeitseigenschaften und Trainingstätigkeiten für den Expertiseerwerb im Turnierschach.

Mein Ziel war es, eine Brücke zwischen der Intelligenz- und Expertiseforschung zu bauen – zwei Forschungsrichtungen, die nur wenig Überschneidungspunkte aufwiesen und größtenteils sehr konträre Ansichten beinhalteten. Mitbedingt durch meine Tätigkeit in der Ausbildung von Lehrpersonen kam später noch die Lehr-Lern-Forschung dazu. In dieser wird unter anderem den Fragen nachgegangen, wie Lernprozesse ablaufen und bestmöglich unterstützt werden können.

Die Begabungsforschung erlaubt es mir, alle drei Forschungsrichtungen miteinander zu verknüpfen und mit unterschiedlichen Methoden (Verhaltensmessungen und neurowissenschaftlichen Verfahren) den Entwicklungsprozess von Potenzialen zu Leistungen aus einer integrativen Perspektive zu untersuchen. Diese Kombination entspricht auch dem Kern des noch relativ jungen Forschungsfelds Educational Neuroscience, das sich durch eine interdisziplinäre und multi-methodale Herangehensweise auszeichnet.

Interview mit dem Bildungsdirektor der OECD Andreas Schleicher

Andreas Schleicher ist Direktor für Bildung und Kompetenzen und Sonderberater des Generalsekretärs bei der Organisation für wirtschaftliche Zusammenarbeit und Entwicklung (OECD) in Paris. Dort initiierte er und koordiniert internationale Vergleichsstudien wie PISA (Schülerleistungsvergleich), PIAAC (Erwachsenenbildung) und TALIS (Lernen und Lehren) sowie darauf aufbauend Länderanalysen und Begleitstudien, die eine globale Plattform für Bildungspolitik und Bildungspraxis schaffen, um Reformen anzuregen und zu begleiten. Als wichtiges Mitglied des leitenden Managementteams der OECD unterstützt er den Generalsekretär bei der Umsetzung der OECD-Agenda zur Förderung von sozialem Fortschritt.

Andreas Schleicher studierte Physik in Deutschland sowie Mathematik und Statistik in Australien. Er erhielt zahlreiche Auszeichnungen und Ehrungen, darunter den Theodor-Heuss-Preis für „beispielhaftes demokratisches Engagement“ sowie eine Berufung zum Honorarprofessor an der Universität Heidelberg.

Wie definieren Sie Begabung?

Begabung ist für mich, wenn gewöhnliche Menschen außergewöhnliche Seiten zeigen, die es zu entdecken und zu entwickeln gilt.

Welche Rahmenbedingungen braucht es, damit sich Begabung gut entwickeln kann?

Verschiedene Menschen leben und lernen verschieden. Es braucht einen individualisierten Zugang auf SchülerInnen. PädagogInnen sollten ihre Lernformen und Strategien den Menschen anpassen. Es geht vielmehr um ein Entwickelnlassen als um ein Vermitteln der Inhalte. Meist stören besonders Begabte das Regelsystem. Hier ist es sehr wichtig, deren Besonderheiten Raum zu geben, so dass diese sich frei entfalten können.

Welche hilfreichen Modelle zur Begabungsförderung gibt es?

Das Schulsystem in Deutschland hat – wie in vielen europäischen Ländern – eine industrialisierte Struktur. Das „Kästchendenken" – 4 Jahre Grundschule und danach unterschiedliche Schulmodelle – richtet häufig Schäden an. Defizite sollten ernst genommen und gefördert werden, ebenso verstärkt die Talente der Kinder. Das System schiebt seine Probleme auf die Kinder ab, mit dem Modell des Sitzenbleibens. Wichtig wäre, dass es sich auf die SchülerInnen zubewegt. In Finnland, dem besten Schulsystem Europas, wird mit den Kindern zu 30 Prozent außerhalb des Klassenverbands gearbeitet.

Das Kind sagt dann nicht „Ich kann das nicht", sondern „Kannst du mir helfen, das zu verstehen? Bitte erkläre mir das."

Welche Empfehlungen geben Sie diesbezüglich dem Bildungssystem?

LehrerInnen müssen lernen, gut auf die Kinder zu schauen. Diagnostik sollte ausgeweitet werden, ebenso wie Fördermöglichkeiten. Es braucht viel mehr Zeit für jedes Kind, ohne Zeitdruck zu arbeiten wäre wichtig. Raum für persönliche Begegnungen ist nötig. Das Kind sollte als Person wahrgenommen werden, um sich gut entwickeln zu können.

Was war Ihre persönliche Motivation, sich auf Bildungsforschung zu spezialisieren?

Ich wollte Bildung objektivierbar machen und durch die Vergleiche eine gemeinsame Sprache finden, mit dem Ziel daraus zu lernen. Ich habe mich selbst als Schüler in der Waldorfschule sehr wohl gefühlt. Obwohl manche Gegenstände nicht ganz meinem Naturell entsprachen, habe ich durch diese Vielfalt sehr profitiert.

Ist mein Kind hochbegabt?

Wenn Kinder deutlich von Erwartungshaltungen abweichen, gibt es im Umfeld vieler Familien schnell Zuweisungen, (küchenpsychologische) Diagnosen oder Empfehlungen. Die Unsicherheit, das eigene Kind eventuell nicht gut genug zu fördern, macht Eltern offen für Ratschläge aller Art – manche vielleicht gut, andere nur gutgemeint.

Wie erkennt man also eine hohe oder besondere Begabung?

Diese Frage ist nicht einfach zu beantworten. Kleinere Kinder zeigen bisweilen Verhaltensmerkmale, die auf Besonderheiten hinweisen können, sich im Laufe ihrer Entwicklung aber wieder verlieren. Aufgrund dessen halte ich es für sehr wichtig, dem Kind Zeit zu lassen und seine Besonderheit wahrzunehmen, ohne es einzuschränken.

Hier ist eine Auflistung von Anzeichen mit kurzen Beispielen aus meiner Praxis, die bei Ihrem (Klein-)Kind auf außergewöhnliche Begabungen schließen lassen könnten:

1. Ihr Kind hat eine schnelle Auffassungsgabe und vernetzt sehr schnell Zusammenhänge.

Beispiel: Marc (4) betrachtet begeistert Bauanleitungen für Möbel. Er bringt beim Schrankaufbau immer die richtigen Teile und beginnt selbst Pläne auf kleine Zettel zu zeichnen. Obwohl er noch nie Gebrauchsanleitungen gesehen hat, kann er mit wenigen Strichen das Wesentliche darstellen.

2. Ihr Kind erreicht früher oder überspringt Entwicklungsstadien.

Beispiel: Lisa (5) hat sich Lesen selbst beigebracht. Neben den Kinderbüchern liest sie begeistert Kochbücher und Zeitungen. Sie beginnt schon, selbst kleine Bücher zu schreiben und zu zeichnen.

3. Ihr Kind ist sehr wissensdurstig und fragt viel nach.
Beispiel: Lukas (7) möchte wissen, wie Triebwerke von Flugzeugen funktionieren. Seine Eltern besuchen mit ihm technische Museen und Flughäfen. Aber es ist manchmal schwierig, Informationen zu finden, die für sein Alter zugeschnitten sind.

4. Ihr Kind fällt durch divergentes und kritisches Denken mit der Fragestellung auf: „Kann ich das nicht anders machen?"
Beispiel: Leonie (9) möchte im Kunstunterricht dreidimensionale Modelle aus der Physik nachbauen. Sie verweist auf die Übertragbarkeit der Erkenntnisse aus beiden Fächern.

5. Ihr Kind bevorzugt eigene Lösungswege und geht an Aufgabenstellungen anders heran, als in der Schule gewünscht oder erlernt.
Beispiel: Martin (10) schreibt bei der Matheschularbeit nur das Ergebnis ohne Lösungsweg hin, weil er die Aufgabe im Kopf gelöst hat. Dadurch bekommt er eine schlechte Zensur, versteht aber nicht, warum es nötig sein soll, Selbstverständliches zu notieren.

6. Ihr Kind langweilt sich bei Routineaufgaben.
Beispiel: Bernadette (7) möchte keine Zierzeilen malen, weil sie lieber gerne neuen Stoff lernen will. Sie bekommt von ihrer Lehrerin deshalb kein Sternchen und ist traurig.

7. Ihr Kind hat einen altersunüblichen Wortschatz und drückt sich sprachlich sehr gewandt aus.
Beispiel: Ben (5) spricht für seine Freunde manchmal unverständlich. Im Kindergarten erwähnt dies der Nikolaus negativ und ermahnt ihn, „nicht so komische Worte zu sagen", aber Ben findet diese Vielfalt an Ausdrucksmöglichkeiten spannend.

8. Ihr Kind kann schon vor Schulbeginn lesen und/oder rechnen.
Beispiel: Justus (5) interessiert sich brennend für Autokennzeichen. So hat er sich selbst die Buchstaben beigebracht, indem er seine Eltern im-

mer wieder nach den Kennzeichen gefragt hat. Mittlerweile addiert er auch die Zahlen der Nummernschilder – ein beliebtes Reisespiel für ihn.

9. Ihr Kind wirkt sehr wach und hat ein geringes Schlafbedürfnis.
Beispiel: Samira (2) schläft in der Nacht maximal 7 Stunden und ist am Tag wenig müde. Ihre Eltern sind sehr belastet und kommen kaum zur Ruhe. Samiras Blick war von Geburt an sehr interessiert und offen. Ebenso lacht sie wenig und beobachtet dafür mehr. Sie interessiert sich für geometrische Formen und ist sehr verärgert, wenn sie diese nicht malen oder einordnen kann. Auffällig ist, dass sie immer mehr möchte, als ihr physisch noch möglich ist. Deshalb reagiert sie oftmals zornig.

10. Ihr Kind beobachtet sehr genau. Es erkennt aufgrund seiner hohen sozialen Begabung Gefühlsregungen bei anderen Personen, selbst wenn diese nur angedeutet werden oder subtil aus dem Verhalten der Person erkennbar sind.
Beispiel: Lars (9) erzählt zu Hause, wie die Lehrerin mit den Kindern umgeht. Bis ins Detail kann er Mimik, Gestik und Wortwahl differenziert beschreiben.

11. Ihr Kind umgibt sich gerne mit älteren Kindern.
Beispiel: Luna (5) langweilt sich oft im Kindergarten. Sie mag nicht im Sand spielen, schaukeln oder etwas bauen. Viel lieber trifft sie sich mit ihrer Freundin Bella, die schon in der zweiten Klasse ist und mit der sie Schreiben und Lesen übt.

12. Ihr Kind hat ein starkes Bedürfnis nach Selbstbestimmung.
Beispiel: Linus (8) mag keine kurzärmligen Pullover und Hosen tragen. Er möchte nicht mit den anderen Kindern Fußball spielen, sondern lieber Aufgabenblätter für die Klasse entwerfen. Die Erwartungen seiner Umwelt findet er belastend.

Welche Fragen sollte sich eine Familie stellen?

Was also tun, wenn Ihr Kind von den Erwartungen des Kindergartens, der Schule und dem Lebensumfeld abweicht?

Folgende Fragestellungen können für die Entwicklung Ihres Kindes und das Zusammenleben in der Familie sehr hilfreich sein:

1. Hat mein Kind einen Leidensdruck in seinem Umfeld? Wenn ja, woran leidet es und wie äußert sich das?

2. Gibt es Veränderungen im Verhalten meines Kindes, die ich nicht einordnen kann?

3. Kann mein Kind sich dort, wo es ist, gut entwickeln? Gehen die Betreuungspersonen respektvoll mit meinem Kind um?

4. Gibt es große Wahrnehmungsunterschiede bei den Entwicklungsgesprächen zwischen meinen Eindrücken und denen des Betreuungspersonals?

5. Gibt es genügend allgemeine und/oder spezielle Angebote? Werden die Talente meines Kindes gesehen? Wie groß ist der Anteil dessen, was mein Kind in der Betreuungseinrichtung gerne macht und lernen kann?

6. Wie ist das soziale Umfeld meines Kindes? Hat es Freunde oder einen Freund/eine Freundin, mit dem/der es gerne Zeit verbringt?

7. Welchen Gewinn könnte eine besondere Bildungseinrichtung für mein Kind haben? Ist es besser, dass es mit seinen FreundInnen zusammen ist, oder braucht es neue Herausforderungen?

8. Was sollten wir als Familie in sozialer, finanzieller und persönlicher Sicht beachten?

Wenn Sie nach der Beantwortung der Fragen den Eindruck gewinnen, dass sich Ihr Kind in seiner Umgebung wohl fühlt und adäquat gefördert wird, brauchen Sie sich keine Sorgen zu machen. Sollte das Gegenteil der Fall sein, ist es wichtig, sich nach Veränderungsmöglichkeiten umzusehen und ExpertInnen zu konsultieren.

Wie sinnvoll ist ein IQ-Test?

Ein IQ-Test sagte lange Zeit vor allem etwas über die kognitiven Fähigkeiten eines Menschen aus. Der US-Psychologe Howard Gardner entwickelte in den 1980er Jahren die Theorie der „multiplen Intelligenzen“. Sie berücksichtigt musikalische und ästhetisch-kreative Kompetenzen, tänzerisches oder sportliches Talent sowie Sozialverhalten. Diese Sichtweise ist umfassender und komplexer und versucht viele Lebensbereiche des Menschen einzubeziehen.

Ganz generell ist es vor der Durchführung eines Intelligenztests wichtig, sich vorab zu überlegen, warum man sein Kind testen lassen möchte. Es gibt Eltern, die Gewissheit erlangen möchten, weil sie beispielsweise

- von anderen Menschen häufig auf ihr Kind und seine Besonderheiten (oder sogar eine mögliche Hochbegabung) angesprochen werden.
- die Verhaltensweisen ihres Kindes besser verstehen möchten.
- eine passende Entscheidung über den Bildungsweg treffen möchten.
- ausschließen möchten, dass ungünstige Verhaltensweisen durch eine Unterforderung bedingt sind.
- auf eine Differentialdiagnose bezüglich bestimmter Erkrankungen (z.B. Autismusspektrumsstörung, AD(H)S) angewiesen sind.

Der statistische Mittelwert der gemessenen IQ-Punkte ist mit 100 festgesetzt. Rund zwei Drittel aller Menschen liegen rund um diese Marke. Nur zwei Prozent – das gilt weltweit gleichermaßen für Kinder wie Erwachsene – erreichen einen Intelligenzquotienten über 130. Ab dieser Marke gilt ein Mensch als hochbegabt. Der IQ basiert also auf einem statistischen Konzept und steht in Relation zu anderen Menschen derselben Altersgruppe. Umgekehrt heißt das, dass bei 98 Prozent aller Menschen der Testwert unter 130 liegt. Dennoch gibt es unzählige Begabungen, die in diesem Testergebnis nicht zu erfassen sind. Die psychosoziale Situation des Kindes und sein Umfeld spielen genauso eine Rolle wie die Förderung, die das Kind bis zu diesem Zeitpunkt erfahren hat.

Was also tun, wenn ein Wert von 128 oder 129 getestet wird? Nach dem aktuellen Messsystem ist das Kind dann nicht hochbegabt. Dennoch ist deutlich wahrnehmbar, dass es eine besondere Förderung braucht. Umgekehrt stellt sich genauso die Frage, was zu tun ist, wenn der Wert über 130 liegt. Unter Umständen steigt die Erwartungshaltung an das Kind so, dass es sich überfordert fühlt. Möglich ist auch, dass Familien nach einem Test zwar von der Hochbegabung wissen, aber keine adäquate Förderungsmöglichkeit finden. All das gilt es abzuwägen.

Wenn Eltern mit der Frage zu mir kommen, ob sie ihr Kind testen lassen sollen, empfehle ich eine Betrachtung der Folgen dieser Entscheidung. Ich erarbeite mit ihnen vorab die Sichtweisen auf unterschiedliche Testergebnisse. Ein Kind sollte nicht der Enttäuschung ausgesetzt sein, der Erwartung „hochbegabt" nicht zu entsprechen, genauso wenig wie umgekehrt das besondere Aushängeschild der Familie zu werden.

Große Vorsicht ist mit IQ-Tests aus dem Internet geboten. Seriöse Tests werden von Fachleuten wie PsychologInnen, MedizinerInnen oder speziell ausgebildeten PädagogInnen angeleitet und ausgewertet. Im Normalfall gibt es ein ausführliches Vorgespräch mit den Eltern mit einer genauen Anamnese, erst danach die Testsituation im Einzelsetting mit dem Kind und abschließend ein ausführliches Nachgespräch mit den Eltern und – je nach Alter – mit dem Kind/Jugendlichen.

IQ-Tests gibt es sogar schon für sehr kleine Kinder ab drei Jahren. Die Aufgaben basieren auf visueller Kommunikation mit Bildern. Beispielsweise sollen Muster erkannt und zugeordnet oder eine geometrische Form nach dem Puzzleprinzip aus Plastikteilen dreidimensional nachgebaut werden.

Allerdings ist ein zuverlässiges Prüfungsergebnis erst ab einem gewissen Alter realistisch. Denn Entwicklung ist glücklicherweise nichts Statisches und die Entwicklungssprünge sind bis zu einem Alter von 12 oder 13 Jahren viel zu groß. Sollte Ihr Kind den Test machen, ist es daher empfehlenswert, den Test im Erwachsenenalter nochmals zu wiederholen. So kann ein aussagekräftiger Wert ermittelt werden.

Ich würde insbesondere jüngere Kinder nur dann testen, wenn es zwingend erforderlich ist. Ein Testergebnis oder eine Diagnose legen zumindest vorläufig etwas Gemessenes fest – das kann einerseits entlasten, andererseits auch sehr belasten.

Das spricht aus unserer Sicht für einen Intelligenztest:

Das spricht aus unserer Sicht gegen einen Intelligenztest:

Der 10-Punkte-Plan für begabte Kinder

Aus meiner dreißigjährigen Arbeitspraxis heraus habe ich einen 10-Punkte-Plan zur Hilfestellung für die Betrachtung begabter Kinder entwickelt:

1. Nehmen Sie Ihr Kind ernst und lieben Sie es so, wie es ist. Das klingt sehr selbstverständlich und einfach, ist aber bei Kindern, die deutlich von gesellschaftlichen Erwartungen abweichen, oftmals in der Realität schwieriger umsetzbar.

2. Vertrauen Sie auf Ihre eigene Wahrnehmung. Sie kennen Ihr Kind am besten. Überprüfen Sie Vor- und Ratschläge gut, bevor Sie Handlungsmaßnahmen setzen.

3. Hören Sie genau zu, was Ihr Kind äußert und möchte. Begabung zeigt sich schon sehr früh und braucht einen entspannten Platz, Ruhe und Zeit, um zu gedeihen.

4. Unterscheiden Sie zwischen der sozialen Reife Ihres Kindes und seiner Begabung. Jedes noch so hochbegabte Kind braucht Liebe, Urvertrauen und Nestwärme.

5. Überprüfen Sie, ob die Umgebung Ihres Kindes förderlich ist. Auch wenn ein Kind optimal intellektuell gefördert ist, ist der Leidensdruck in einer lieblosen Umgebung zu hoch. Umgekehrt entwickelt sich Ihr Kind in einer liebevollen Umgebung und umgeben von Freunden sicher besser, wenn es zusätzlich in seinen Interessen gefördert wird.

6. Holen Sie unterschiedliche ExpertInnenmeinungen ein. Achten Sie genau darauf, wie Ihr Kind im jeweiligen Umfeld reagiert. Meist zeigt es deutlich, wo und mit wem es gerne zusammen ist.

7. Förden Sie seine jeweilige Begabung, aber überbewerten Sie nicht die Resultate. Vielleicht ist ein sehr begabter Pianist doch nicht für die Solokarriere gemacht und möchte lieber Musiklehrer werden.

8. Bestärken Sie Ihr Kind bei allem, was es sagt und macht. Innere Sicherheit ist der Ausgangspunkt für eine glückliche Biographie.

9. Bieten Sie ihm viele unterschiedliche Möglichkeiten an. Bei sehr spezifisch begabten Kindern ist es sinnvoll, die anderen Bereiche, die eventuell nicht so besonders ausgebildet sind, ebenfalls zu fördern.

10. Vertrauen Sie darauf, dass Ihr Kind seinen Weg findet und unterstützende Menschen trifft, die es fördern.

GENIALE FREIZEIT – Lebensmodelle hochbegabter SchülerInnen

Was die brillante Jugend heute braucht

„Wir dürfen nicht hoffen, eine bessere Welt zu erbauen, ehe nicht die Individuen besser werden. In diesem Sinn soll jeder von uns an seiner eigenen Vervollkommnung arbeiten, indem er auf sich nimmt, was ihm im Lebensganzen der Menschheit an Verantwortlichkeit zukommt, und sich seiner Pflicht bewusst bleibt, denen zu helfen, denen er am ehesten nützlich sein kann."

(Marie Curie)

Wer könnte besser über Begabung Bescheid wissen als Begabte selbst? Ich habe 21 Interviews mit jungen begabten Menschen geführt. Den Kontakt zu ihnen habe ich über die Sir Karl Popper Schule für hochbegabte SchülerInnen in Wien und über das START-Stipendium für engagierte SchülerInnen mit Migrationshintergrund in Wien knüpfen können.

Ich habe mich für diese Auswahl entschieden, weil nach den aktuellen Messsystemen in beiden Institutionen junge Menschen ausgewählt wurden, die ein hohes Begabungs- und Reflexionspotenzial haben.

Es gibt sehr differenzierte Fragebögen, um Begabung zu testen. Das ist diagnostisch ausgesprochen wichtig, um in einem Maßsystem eine Orientierung zu finden. Da es sich bei meinem Buch aber nicht um eine Studie handelt, habe ich bei den Fragen andere Schwerpunkte gesetzt. Es geht nicht nur um Begabung und wie sie sich ausdrückt, sondern vor allem um Wohlbefinden und Glück im familiären wie auch schulischen und sozialen Umfeld. Ich frage nach der Individualität in Bezug auf die

Entwicklung von Begabung und das persönliche Glücklichsein. Dazu habe ich folgende Angaben – auf Wunsch auch anonymisiert – aufgenommen und diese Fragen gestellt:

- **Name/Nickname**
- **Alter, Geburtsort**
- **Wo lebst du?**
- **Welche Schule besuchst du derzeit?**
- **Hat es in der Vergangenheit Schulwechsel oder eine Schulpause gegeben?**
- **Was magst du an deinem Zuhause? Was gefällt dir nicht?**
- **Welche Dinge machen dir Spaß?**
- **Wie oft und mit wem kannst du sie tun?**
- **Was macht dir in der Schule am meisten Spaß? Was gefällt dir in der Schule gar nicht?**
- **Welche Menschen magst du am liebsten?**
- **Mit wem verbringst du am meisten Zeit? Was macht ihr gemeinsam?**
- **Bist du gerne alleine?**
- **Gibt es Dinge, die du gerne tust und die Gleichaltrige nicht interessieren?**
- **Entwickelst du manchmal gerne neue Ideen und Dinge?**
- **Wer unterstützt dich bei dem, was du magst?**
- **Was brauchst du, um glücklich zu sein? (Wenn Du magst, gestalte diese Frage kreativ mit Bild, Text, Foto ...)**

Im Vordergrund stand für mich der Wunsch, einen möglichst objektivierten Einblick in die Lebenswelt junger begabter Menschen zu gewinnen. Zu meinen InterviewpartnerInnen hatte ich deshalb vorher noch nie persönlich Kontakt. Mein erster Eindruck sollte neutral, offen und gänzlich ohne Vorinformationen sein.

Alle InterviewpartnerInnen kontaktierten mich selbstständig per Mail. Wir vereinbarten einen Termin für ein einstündiges Interview, vorwiegend in meiner Praxis oder an einem neutralen Ort. Den Fragebogen hatten alle InterviewpartnerInnen vorab schon zugesandt bekommen. Nachdem ich das Interview transkribiert hatte, sandte ich es jedem mit der Bitte um Autorisierung zu. Das betraf auch die von mir ausgewählte „Headline“, ein das Interview zusammenfassendes Zitat.

Manche InterviewpartnerInnen wollten gerne ihren gesamten Namen preisgeben, einige andere ihren Vornamen. Ada, Nara, Valerie, Luna und Amy sind Nicknames.

Mit der Möglichkeit, etwas kreativ Gestaltetes einzureichen, wollte ich die Individualität jeder Persönlichkeit hervorheben und einer möglichst großen individuellen Vielfalt Raum geben. Daher gab es keine Vorgabe, keine nachträgliche Zensur, Korrektur oder Empfehlung. Die InterviewpartnerInnen konnten von sich die selbst ausgewählten Anteile zeigen.

Jedes Interview soll für sich mit der jeweiligen Persönlichkeit in seiner Begabung und Kreativität autonom wahrgenommen werden. Die Reihenfolge ist daher alphabetisch nach dem Vornamen/Nicknamen.

Eine Schule für Hochbegabte: Die Sir Karl Popper Schule

Beruflich hatte ich immer wieder Kontakt zu SchülerInnen und Familien der Sir Karl Popper Schule (SKP). Sehr beeindruckend fand ich deren Erzählungen über das Spektrum der Möglichkeiten, die hochbegabte Kinder mit einem festgestellten IQ über 130 auf dieser Schule haben.

Persönlich fände ich es sehr wünschenswert, wenn diese Modelle adaptiert und an allen Schulen zu finden wären. Viele unentdeckte Talente könnten sich entwickeln, gefördert werden und Kinder würden in ihrem Selbstbewusstsein gestärkt.

So war es nämlich bei zwei SchülerInnen der Sir Karl Popper Schule, die beispielhaft für die Chancen dieses Angebots stehen: Samira (13) wurde von ihren KlassenkollegInnen gemobbt, weil sie gerne lernt und Zusammenhänge sehr schnell begreift. Eine Lehrerin ihrer Schule empfahl ihr die SKP, damit sie sich in einem fördernden Umfeld entwickeln kann. Für Samira war diese Entscheidung eine große Befreiung. Eine ähnliche Loslösung erlebte Benjamin (14). Er hat bereits drei Schulwechsel hinter sich, weil er Autoritätsprobleme mit LehrerInnen hatte. Seitdem er in seinen Talenten gut gefördert wird, braucht er diese Konfliktebene nicht mehr.

Für beide SchülerInnen war der Schulwechsel das einzig Richtige und sie konnten sich in ihrer neuen Schule optimal entfalten.

Eine Chance für sehr Begabte: Das START-Stipendium

Als Supervisorin und Vortragende konnte ich mir selbst einen guten Eindruck von der wertvollen und gesellschaftspolitisch wichtigen Arbeit des START-Stipendiums machen. Sehr begabte und beeindruckende Persönlichkeiten sind mir begegnet. In vielen berührenden Gesprächen erfuhr ich sowohl deren biographische Hintergründe als auch die vielen Besonderheiten ihrer einzelnen Talente.

In guter Erinnerung ist mir beispielsweise Amir, ein junger, mittlerweile in der Forschung tätiger Wissenschaftler, der alleine als 15-jähriger Flüchtling aus Afghanistan nach Österreich kam. Er wurde in seinem Lebenstraum genauso unterstützt wie die syrische IT-Technikerin Mira, die mit ihrer Familie vor dem Krieg fliehen musste. Sie sind nur zwei von vielen Beispielen. Die Unterstützung von Begabung, unabhängig von Herkunft, Nationalität und Religion, entwickelt sich mit dieser Förderung als Gewinn für jede Gemeinschaft.

Junge Menschen mit Migrationshintergrund, die sehr viel Talent, aber häufig wenig bis keine familiäre und/oder finanzielle Unterstützung haben, werden bei einem START-Stipendium optimal gefördert. Hierbei ist – im Gegensatz zur Sir Karl Popper Schule – Hochbegabung, also ein IQ größer 130, keine zwingende Voraussetzung.

Ada: „Normalität hängt davon ab, wie der Durchschnitt definiert ist."

*Schüler*in, Pflegeassistenz in Ausbildung, START-Stipendiatin*

2020: Momentan studiere ich im Doppelstudium Soziale Arbeit und Soziologie und arbeite daneben ca. 30 Wochenstunden.

Name/Nickname
Ada (eine nicht binäre Trans-Person)

Alter, Geburtsort
18 Jahre, geboren in Tschechien

Wo lebst du?
Seit zwei Jahren in Wien.

Welche Schule besuchst du derzeit?
Abendmatura und parallel Ausbildung zur Pflegeassistenz

Hat es in der Vergangenheit Schulwechsel oder eine Schulpause gegeben?
Nach Volksschule gab es zwei Jahre Oberschule und drei Jahre Internat in Tschechien, dann erster Wechsel auf ein Gymnasium in Wien. Das erste Gymnasium war sehr bedrückend, aufgrund seiner konservativen Ausrichtung. Nach einem Jahr erneuter Wechsel für ein weiteres Jahr auf anderes Gymnasium. Auf dem zweiten Gymnasium war ich als Schulsprecher aktiv. Aktuell Abendmatura.*

2020: In meinem Jahr am Abendgymnasium habe ich die mythische „Freude am Lernen" wirklich erleben können. Denn es gab ernsthafte Bemühungen, die Schule an das oft komplexe Leben anzupassen: Das Jonglieren von Schule, Berufstätigkeit und zum Beispiel Aufenthaltstiteln. Was anerkannt werden konnte, wurde anerkannt, wo Anpassung möglich war, wurde angepasst. Leh-

rende haben an unsere Eigenverantwortlichkeit und unseren Erfolg geglaubt. Heute bin ich ein Stück in Bildungspolitik involviert und die Funktionsweise des Abendgymnasiums ist für mich ein großes Vorbild.

Was magst du an deinem Zuhause? Was gefällt dir nicht?
Positiv: Ich kann alleine sein und Pause haben, was wann passiert, entscheide ich selber, kein sozialer Druck wie in WGs, ich habe eine gute zentrale Lage gefunden. Negativ: sehr klein, hohe Kosten, Verzweiflung, wenn was kaputtgeht (keine Zeit, kein Geld, keine praktischen Fähigkeiten).

2020: Ich denke, heutzutage bin ich noch mehr zufrieden mit meiner kleinen Wohnung als beim Führen dieses Interviews.

Welche Dinge machen dir Spaß?
Ukulele spielen, Tanzen, Ausmalen von Malbüchern für Erwachsene, Assoziationen entwickeln, politische Arbeit, Adrenalinzeugs, Häkeln von Plüschtieren, Basteln, Make-up tragen. Ich brauche Zeit für einen Ich-kann-nicht-singen-Chor in meinem Leben.

2020: Vieles ist ähnlich geblieben und manche Schwerpunkte sehe ich jetzt anders oder formuliere sie deutlicher. Ich liebe es, mich mit abstrakten Ideen auseinanderzusetzen, neues aus ihnen kreieren. Ukulele liebe ich immer noch.

Wie oft und mit wem kannst du sie tun?
Das sind sehr oft Aktivitäten, die ich selber machen kann. Für klassischen Tanz fehlt in Wien eine gute Alternative für nicht-binäre Personen. Ich bin mäßig in queerfeministischen Gruppierungen aktiv.

2020: Inzwischen bin ich hochschulpolitisch aktiv. Eine gewisse „Unfähigkeit", mich mit Menschen passend zu unterhalten, ist jedoch immer noch da, daher tendiere ich weiterhin sehr dazu, vieles alleine zu unternehmen. Heutzutage fällt es mir nicht mehr so schwer, diese Schwierigkeiten anzusprechen. Ich nehme Neurodiversität/Autismus als Teil von mir wahr, den ich mit allen Vor- + Nachteilen akzeptieren muss.

Was macht dir in der Schule am meisten Spaß?

*Bei der Abendmatura wird eins als Erwachsene*r behandelt. Wir haben ein Modulsystem und können nicht „durchfallen". Unsere Stundenpläne inskribieren wir selber, sodass sie an unser Berufsleben angepasst sind. So kann ich gut lernen und Wissensdurst genießen, ohne mich tagtäglich über unzugängliche Lehrer*innen zu ärgern.*

2020: Im Studium genieße ich es sehr, längere Arbeiten zu schreiben, gerne auch in Gruppen, Fallpräsentationen und andere Redebeiträge machen mir ebenfalls „Spaß".

Was gefällt in der Schule gar nicht?

*Nicht gefallen hat mir die Fremdbestimmung in der Tagesschule. Deshalb habe ich jährlich die Gymnasien in Wien gewechselt. In einem davon war ich Schulsprecher*in, da gab es öfters Probleme damit, dass das System für Personen mit unterschiedlichsten Problemen nicht durchlässig war. Überdies habe ich den Umgang mit mir als zu fremdbestimmt erlebt und mich für die Abendmatura und für die Ausbildung entschieden.*

2020: Die Pflichtanwesenheit im FH-Studium sowie das verschulte System ärgern mich an manchen Tagen, die berufsbegleitend konzipierte Form der Lehre schwächt dies ein Stück ab, da ich höchstens drei Stunden am Tag Lehrveranstaltungen habe.

Welche Menschen magst du am liebsten?

*Ich mag keine spezifische Art „Mensch". Ich bewundere viele Personen in meiner Ausbildung und am Abendgymnasium. Sie investieren extrem viel Arbeit in solche Ausbildungen, aus unterschiedlichsten Gründen. Wegen ihrer Familie, aus Interesse an neuem (Wissen), weil sie studieren möchten, weil sie ihren alten Beruf hinter sich lassen, sich von dem*der Partner*in getrennt haben und eigenes Leben wollen. Auch nach Jahren von Arbeitslosigkeit und dem Runtermachen vom AMS. Es sind unglaubliche Geschichten und unfassbar gestresste Tagesabläufe. Und übertragen bewundere ich alle Personen, die in solch einer leistungsorientierten Gesellschaft noch mehr unbezahlte Arbeit investieren* *müssen oder wollen – für andere, für ihre Träume und Ziele, für ihre Kinder, alte Angehörige. Die somit diese Gesellschaft ändern.*

2020: Ich tue mir mit dieser Frage jetzt wohl noch schwerer als damals. Ist es damit gemeint, welche Menschen ich schätze oder welche ich als Personen mag, mit welchen ich mich gerne unterhalte? Da es nicht das Gleiche ist. Durch meine sozialen Schwierigkeiten spüre ich nicht unbedingt eine Verbindung zu Menschen, die ich sonst sehr bewundere.

*In der Kernaussage stimme ich meinem Mini-Ich jedoch sehr zu. Beim „Menschen mögen" vergessen wir, glaube ich, vor allem nach der kleinen Pflegekarriere, die „Held*innen des Alltags/der Arbeit", die Unfassbar vieles vollbringen, oft schlecht oder gar nicht bezahlt. Verherrlichen möchte ich diese Selbstaufgabe sicher nicht, denn meiner Meinung sollte die Arbeitsverteilung einer Gemeinschaft anders funktionieren. Solange sie jedoch so ist wie heute, verdienen diese Personen unseren Respekt, Anerkennung, Gehör und Platz, um eigene Forderungen stellen zu können.*

Mit wem verbringst du am meisten Zeit? Was macht ihr gemeinsam?

*Leute aus dem Abendgymnasium, entweder wegen Kinderbetreuung oder wir fahren in freien Stunden zum Burgerladen und gönnen uns Abendessen von hoher Qualität. Queere Gruppen, meistens eher zweckgebunden. Und dann Freund*innen, das ist dann unterschiedlich – wir rauchen Shisha oder gehen ins Donauzentrum, im Sommer zwinge ich alle, mit mir Eis zu essen, und im Winter sowieso. Mit meiner Beziehungsperson verbringe ich oft das Wochenende. Wir kochen, schauen Serien, gehen auf nicht sonderlich aufregende Orte. Zumindest ich und oft wir beide sind nach der Woche erschöpft.*

2020: Ich bin viel mit meinen hochschulpolitischen Gruppen am Hochschulpolitik machen, verbringe sonst Zeit mit einigen Bekannten mit Reden oder mit meiner Beziehungsperson (hier ist die Situation gleichgeblieben). Die meiste Zeit verbringe ich, da gibt es keine Konkurrenz, mit meinem Handy.

Bist du gerne alleine?

Nein. Energie kommt vor allem, wenn ich mit anderen unterwegs bin.

2020: Ich bin nicht gerne alleine, aber bin es oft. Gespräche fallen mir nicht leicht und die Lautstärke von Gruppeninteraktionen überfordert mich sensorisch. War schon bei meinem Mini-Ich so, die Kluft zwischen „gerne unter Menschen sein" und „es unerträglich finden" ist jedoch nicht so einfach zu verbalisieren.

Gibt es Dinge, die du gerne tust und die Gleichaltrige nicht interessieren?

Ich weiß nicht. Es liegt wohl eher dran, dass ich sie nicht mache. Ich gehe ungern auf Partys, weil sie mich sensorisch belasten, ich habe den Jugendsprech nicht drauf, meine Beziehungsperson ist um einiges älter als ich. Ich habe mich eigentlich bewusst weiter von meiner Altersgruppe entfernt, weil mir das Leben zwischen Personen unterschiedlichen Alters und Herkunft leichter fällt. Klar, ich bin berufstätig und lebe alleine, aber das ist eher in der Schicht, wo alle auf Gymnasien gehen, herausstechend.

*2020: Wieder so ein Verbalisierungsproblem, auch, weil ich als nette Person rüberkommen wollte und will. Falls „Denken" ein Ding ist, das ich tue, dann tue ich das schon sehr anders als Gleichaltrige, war immer so, wird immer so sein. Und diese „andere Art" des Handelns und Denkens (Autismus wird ja oft als ein anderes Betriebssystem beschrieben) sickert in alles hinein, was ich tue und unternehme. Gerade die von mir beschriebenen Schwierigkeiten mit Soziolekten habe ich durch viel, viel Übung relativ gut überwinden können. Es macht mir nun irgendwie Spaß, mich an diverse Gesprächspartner*innen anzupassen, sofern ich das kann. Es kann sich jedoch einsam anfühlen.*

Entwickelst du manchmal gerne neue Ideen und Dinge?

Ja, ab und zu, wenn es die Zeit gestattet. Wir haben am Abendgymnasium einen Kinderbetreuungskreis gegründet, an einer anderen Schule habe ich zusammen mit sehr tollen Menschen ein neues Nachhilfesystem zusammengestellt. Solche „sozialen" Sachen können mir ein „High" geben.

2020: In meiner letzten Beschäftigung hatte ich die Möglichkeit, an Innovationen und Projekten zu arbeiten. Das ging bei mir großartig und hat mich auch sehr erfüllt, da ich bemerkt habe, dass ich darin ziemlich begabt bin. So habe ich eine Partizipationsmaßnahme mitentwickelt sowie eine Umfrage zu einer bestimmten Zielgruppe durchgeführt, um diese mehr in den Fokus zu rücken.

Wer unterstützt dich bei dem, was du magst?

Mit so einer Beschreibung gibt es im Moment niemanden. Ich empfinde es auch als eine Rolle, die nicht so einfach erfüllt werden kann. Es ist ein Bedürfnis von mir, wahrscheinlich von allen, aber ich finde, das Gefühl der „Unterstützung" kann ich niemandem abverlangen.

2020: In puncto Unterstützung ist es weiterhin sehr einsam.

Was brauchst du, um glücklich zu sein?

Wertvolle langfristige Beziehungen zu anderen Menschen. Zeit und Kraft dafür haben, für andere da zu sein, also ein Leben mit Mehrwert irgendwie. Das Gefühl, dass ich mich nach vorne bewege. Ich denke nicht, dass ich glücklich sein kann – ich habe das Leben ohne Depression seit Jahren nicht mehr erlebt. Es klingt sehr vereinfachend, absurd. Das ist nicht mein Ziel. Ich möchte aber die Empfindung erleben, dass mein Leben lebenswert ist.

2020: Glück ist für mich weiterhin ein seltsamer Begriff. Leben ist, besonders mit Neurodiversität und Depressionen, eine Abfolge von Hochs und Tiefs. Ich verstehe die Personen gut, die meinen, dass Glück entsteht, wenn wir das Leben mit all diesen Dynamiken einfach entgegennehmen und akzeptieren, was uns begegnet. Dies ist jedoch eine Denkweise, die ich nicht akzeptieren kann. Ich glaube an die Veränderbarkeit einer Gesellschaft. Und die Anreize für Veränderung kommen nur, wenn wir es uns erlauben, Wut, Unzufriedenheit, Irritation und Dissonanz zu spüren. Indem ich die einzigen Privilegien annehme, die ich habe, und ein „glückliches" Leben führe, in dem mindestens die Existenzsicherung vorhanden ist, lasse ich auch Personen hinter mir, bei denen keine Akzeptanz ihrer Lebensumstände den Schmerz stillen kann, alleine mit Ungerechtigkeit, Rat- und Hoffnungslosigkeit.

Die Suche nach dem eigenen Wert und der Überzeugung, dass meine Existenz Sinn ergibt, verfolge ich jedoch weiter. Die Erkennung der eigenen Sinnhaftigkeit gibt mir den Eindruck, ein erfülltes Leben leben zu können.

Das gewisse Etwas

Hallo du.

Ich habe heute fluter durchblättert und da gab es einen Artikel „Als ich krass war". Der Autor war ein Punkrocker, der gegen eine von ihm nicht empfundene Unterdrückung rebelliert hat.

Ich dachte mir grinsend, dass ich halt nicht allzu krass war in meiner Jugend. Ich habe keine Bands, an die ich mich erinnern könnte. Und dann, als in mir heute Einiges emotional wehgetan hat, habe ich dich über meine Schulter schauen bemerkt. Da wusste ich: Da gehörst doch du auf das Cover. Du bist das krasseste Ich aller meiner Ichs. Über dich gehören Texte geschrieben. Über deine Krassheit.

Mein „Du" wurde mit 15 Jahren Überlebende*r sexueller Gewalt, wegen seinem Queersein. Und hatte anschließend eine Abtreibung durchgemacht. Damals war ich selbsterhaltend und überall in grauen Zonen. Mein krassestes Ich und mein heutiges Bewusstsein sprechen selten miteinander. Für mich sind wir oft zwei verschiedene Personen, da ich diesen Teil von mir bewusst verstecke. Denn Leute fangen an, dich zu psychoanalysieren, sobald sie wissen, du wurdest mal vergewaltigt.

Deine Abgrenzung von weiblicher Geschlechtsrolle und deine queere Liebe werden in Frage gestellt (obwohl genau das meine Angreifer provoziert hat). Dein Autismus wird plötzlich zu PTSD, deine Wut auf gesellschaftliche Zustände Zeichen deines Zerbrochenseins, dein Feminismus eine Folge deines Traumas und keine echte politische Überzeugung. Die Idee für unser Mediationsgespräch ist daraus entstanden.

Du bist keine beschädigte oder beschmutzte Ware. Ich möchte dir jeden Vortrag, jeden Film, jeden Artikel aus dem Kopf löschen, der dir vermitteln würde, dass Gewalt *dich* zu einem irreversibel beschädigten Wesen macht. Du bist wunderschön. Und krass. Du bist so unfassbar krass, dass in mir die Luft stehenbleibt, wenn ich an dich denke. Ich möchte halb so mutig sein wie du, als du zu der Beratungsstelle gingst. Und in das Spital. Ich möchte auch nur einen Teil von diesem unbeschreiblichen Mut, von dieser Beharrlichkeit.

Ich glaube dir. Ich glaube dir alles. Ich glaube dir deine Gewalterfahrung. Ich glaube dir, dass du den Schmerz und Verlust erlebt hast, von dem du erzählst, als Blut über die Fliesen floss. Ich glaube dir deine Wut und Verwirrung, wenn jedes verdammte Jahr die verfickten Abtreibungsgegner*innen durch die Innenstadt marschieren. Ich schreie die für dich jedes Jahr an. Ich glaube dir deine Neurodiversität. Ich glaube dir, dass sie nicht dein Trauma ist. Ich glaube dir deine Sexualität. Ich glaube dir deine Liebe. Falls du je brauchst, dass dir wer glaubt, schau dich nur um, ein anderer Teil von dir, ich, ist da, um dir zu glauben. Und ich muss es wissen. Ich habe alle deiner Vorgänger*innen erlebt.

Ich hätte dich in jeder Nacht gehalten, in der du alleine und verzweifelt warst. Ich hätte dich jedes Mal an der Hand genommen, als du den Schmerz nicht mehr ertragen konntest und zum Schutz vergaßt, wo, wann und wer du warst. Ich hätte dich nach Hause gebracht, ich hätte dir gekocht, ich hätte dir ein Plüschtier und ein Stimtoy° gegeben. Ich hätte dir gesagt, du darfst dir eine Ewigkeit nehmen, um zu dir zu kommen. Ich hätte dir gesagt, dass du alles machst, was du kannst und dass ich dich später für die Psychose nicht beschuldigen werde. Ich hätte dir die coolsten Hemden und Schuhe besorgt, die, für die es kein Geld gab. Du warst nicht alleine, weil du beschädigt oder nicht liebenswert wärst. Die Welt war damals nur scheiße und du anders als die Mehrheit. Aber du hättest alle Unterstützung verdient, die du gebraucht hast.

Ich möchte dir sagen, dass ich dich in der Nacht noch immer schreien höre. Du musst es nicht weiter tun. Du bist da. Ich bin da. Ich werde immer für dich da sein. Ich verspreche dir, dass ich es dir immer wiederholen werde, falls du es brauchst: Du bist krass. Du bist vollkommen. Du bist mutiger als alle Heere dieser Erde. Du bist so verdammt gescheit. Ich weiß, dass es Momente gibt, die du immer wieder erlebst. Denke nicht, dass ich sie in der Nacht nicht mitbekomme. Aber sie sind weit weg. So weit weg. Ich möchte, dass du ab jetzt deine Zeit dort oben im Halbbewussten genießt. Ich weiß, dass ich dich gesperrt habe, aber das war ein Fehler. Du darfst immer den Mitfahrer*innenplatz meines Bewusstseins kriegen, du bist stets willkommen hier. Du darfst laut lachen, wenn ich ungeschickte Nachrichten an Crushes°° schreibe. Du darfst auf jede Reise mitfahren, das Meer spüren, zu dem ich bald fahre, du darfst da sein, wenn ich Sex habe, und spüren, wie viel du gerettet hast. Ich wünsche mir ausdrücklich, dass du in meiner ersten Vorlesung im Oktober mit mir sitzt. Als ich bei meiner Zulassung geweint habe, als ich stolz war, war ich stolz auf dich. Ohne dich, ohne deinen Mut, ohne dein Opfer, ohne deine Überlebensfähigkeit wäre ich nicht da.

Ich verspreche dir: Ich werde mein Bestes tun, um eine Person zu werden, die deiner würdig ist und die du gerne auf ihren Reisen begleitest. Die Sachen, von denen du glaubst, du hättest sie für immer verloren, wir werden sie zusammen finden und erleben. Wir werden schreien, lieben, helfen, heilen, tanzen und wachsen. Wir werden uns und die Welt verstehen lernen. Wir werden Neues schaffen. Wir werden so viel. Wir werden gemeinsam krass sein.

° Stimtoy: Gegenstand, der die Sinne befriedigt (zum Beispiel ein Stressball)
°° Crushes: Person, die man mag und/oder anziehend findet

2020: Bei Gesprächen über die sorglosen Punks in der Pubertät bleibe ich weiterhin verdutzt und still und weiß nicht, was ich dazu so sagen soll. Wenn ich jedoch zurückdenke, muss ich immer wieder feststellen: Mein 2014-Ich war die absolut krasseste, punkigste Person, die ich jemals sein werde, denn das übertreffe ich wohl nicht mehr. Denn wenn eins mit Hass, Gewalt und Einsamkeit kämpfen muss, ist das Überleben, Weiterkämpfen, Nicht-Verbittern und die Wut am Ende noch für andere (mit oder ohne ähnliche Erfahrung) Einsetzen so ziemlich das Revolutionärste, was möglich ist. Und wie „versprochen", verstecke ich diese Erinnerungen und Erfahrungen nicht mehr, lasse mich nicht denken, ich wäre schmutzig oder kaputt. Denn ich trage keine Schuld am Geschehenen, dafür die wertvolle Erfahrung des Weiterlebens mit mir. Und das, was mich und meine Körperlichkeit ausmacht, kann mir nie gewaltvoll genommen werden.

Amy: „Für meine kreativen Sachen muss ich mir aktiv Zeit nehmen."

Schülerin der Sir Karl Popper Schule und Sprachakrobatin

2020: Ich studiere seit dem Sommersemester 2019 Astronomie und habe im Wintersemester noch mit Transkulturelle Kommunikation Französisch und Englisch angefangen. Ich arbeite zusätzlich als PR Managerin an einem Mars-Rover Projekt und ein paar Mal im Monat im COCO Lab des Wirtschaftsmuseums.

Name/Nickname
Amy

Alter, Geburtsort
17 Jahre, Korneuburg, Niederösterreich

Wo lebst du?
In Niederösterreich.

Welche Schule besuchst du derzeit?
Sir Karl Popper Schule in der achten Klasse

Hat es in der Vergangenheit Schulwechsel oder eine Schulpause gegeben?
Ich habe die erste Klasse Volksschule übersprungen, weil es mir durch das Mitlernen mit meiner älteren Schwester bereits sehr leicht gefallen ist. Allerdings haben mir einige Kompetenzen, wie etwa die Schreibschrift, noch gefehlt, die ich in einem kurzen Förderkurs nachlernen konnte.

Meine Unterstufe im Gymnasium war schön, aber trotzdem bin ich froh, auf die SKP gewechselt zu haben, weil ich das Gefühl habe, dass ich mich dort besser entwickeln konnte. Die Schule motiviert zu Individualität und ich glaube, ich kann dort mehr ich selbst sein, als das an einer anderen Schule der Fall gewesen wäre.

Was magst du an deinem Zuhause? Was gefällt dir nicht?
Ich mag mein Zimmer, das Wohnzimmer und den Garten. Oft herrscht in unserem Haus ein großes Chaos, was mir bei Besuch sehr unangenehm ist, weshalb ich kurz davor immer das Bedürfnis habe, aufzuräumen.

Welche Dinge machen dir Spaß?
Ich mache Nail Art und verbringe auch sonst viel Zeit mit der Pflege meiner Nägel. Allgemein liebe ich kreative Arbeiten wie in näherer Vergangenheit Typographie und personalisiertes Sticken. In letzter Zeit bereitet mir auch die Arbeit im Garten wieder mehr Freude. Ansonsten höre ich sehr gerne Musik und treffe meine Freunde. Drei Mal die Woche gehe ich tanzen.

Wie oft und mit wem kannst du sie tun?
Musik hören geht immer, egal ob auf dem Weg wohin oder zu Hause. Für meine kreativen Sachen muss ich mir aktiv Zeit nehmen, oft mache ich aber zum Beispiel meine Nägel, schaue nebenher noch Serien oder höre eben Musik. Vielen meiner Hobbys kann ich auch mit meinen Freunden gemeinsam nachgehen.

Was macht dir in der Schule am meisten Spaß?
Ich lerne gerne Sprachen, sie fallen mir auch wesentlich leichter als etwa Mathematik. Ich bin selbst bilingual Deutsch-Englisch aufgewachsen und habe auch meine Vorwissenschaftliche Arbeit zum Thema „Anglizismen in der österreichischen Jugendsprache" verfasst, da diese in meinem Umfeld sehr präsent sind. Für mich macht es einen großen Unterschied, in welcher Sprache ich spreche, da mir auffällt, wie meine Persönlichkeit und mein Verhalten von Sprache zu Sprache variieren. Ob ich ein Fach mag, hängt bei mir sehr stark vom Lehrer und der Gestaltung des Unterrichts ab, wenn mich ein Thema tatsächlich sehr interessiert, informiere ich mich auch in meiner Freizeit darüber.

Was gefällt in der Schule gar nicht?
Chemie beispielsweise ist mir wahnsinnig schwergefallen, da ich da – wie auch in Mathe oder anderen naturwissenschaftlichen Fächern – vermutlich einfach mehr Zeit gebraucht hätte, um den Stoff tatsächlich gut zu verstehen, was den Unterricht für mich sehr unangenehm macht. Das ist für mich persönlich sehr

schade, da ich die Themen nicht einmal zwingend uninteressant finde, aber durch den unpassenden Unterricht nicht dazu kommen konnte, meine Interessen angemessen auszuweiten.

Welche Menschen magst du am liebsten?
Meine Familie und meine Freunde.

Mit wem verbringst du am meisten Zeit? Was macht ihr gemeinsam?
Meine besten Freunde sind alle nicht Teil einer einzelnen Freundesgruppe, was manche Dinge ein wenig erschwert, da ich lieber mit Leuten alleine Zeit verbringe. Außerdem schätze ich meine Eltern sehr wert, auch wenn ich das vielleicht nicht immer sehr offen zeige – zu viel Zeit am Stück kann ich dann aber auch nicht mit ihnen verbringen. Es ändert sich immer wieder phasenweise, mit wem ich gerade am meisten Zeit verbringe.

Meine Freunde und ich sehen gerne zusammen Serien und Filme, backen oder reden einfach.

Mit unterschiedlichen Freunden mache ich verschiedene Sachen, also hängt es sehr davon ab, mit wem ich gerade Zeit verbringe, ob wir jetzt etwa einkaufen gehen oder uns gemeinsam kreativ beschäftigen.

Bist du gerne alleine?
Ich verbringe zwar sehr gerne Zeit mit Menschen, aber nicht zu lange an einem Stück. Ich brauche immer wieder Zeit nur für mich. Viele Menschen auf einmal halte ich nur sehr schlecht aus.

Gibt es Dinge, die du gerne tust und die Gleichaltrige nicht interessieren?
Wahrscheinlich das Sticken und die Gartenarbeit.

Entwickelst du manchmal gerne neue Ideen und Dinge?
Ja, ich liebe kreatives Arbeiten wie Nail Art und personalisiertes Sticken. Kreatives Schreiben macht mir auch sehr Spaß, auch wenn ich mich da leider meist nicht mit so viel Ausdauer und Geduld dahintersetzen kann.

Wer unterstützt dich bei dem, was du magst?

Meine Eltern und meine Freunde unterstützen mich eigentlich bei fast allem, was ich mache, sofern sie es für sinnvoll halten.

Was brauchst du, um glücklich zu sein?

Ich will hinter den Sachen, die ich mache, einen Sinn sehen. Das brauche ich vermutlich auch, um in meinem Beruf Erfüllung zu finden. Nach der Schule mache ich erstmal ein Gap Year und gehe für zehn Wochen nach Ghana, um in einer Volksschule zu arbeiten. Was ich studieren will, weiß ich noch nicht genau, ich hoffe, dass ich es in dieser Zeit herausfinden kann. Zum Glücklichsein brauche ich andere Menschen. Ich bin ein emotionaler Mensch und baue gerne tiefe Bindungen zu den Menschen, die mir wichtig sind, auf.

Das gewisse Etwas

Album-Cover der Band „Lime Cordiale“

Stickerei zum Geburtstag für eine Freundin

Bushra: „Ich entwickle begeistert neue innovative Technologien."

Studentin und Entwicklerin, START-Stipendiatin

2020: Aktuell studiere ich im 4. Semester Smart Homes an der FH und arbeite zusätzlich bei der Technologiefirma AAL.

Name/Nickname
Bushra

Alter, Geburtsort
20 Jahre, Syrien

Wo lebst du?
In Wien.

Welche Schule besuchst du derzeit?
Ich besuche momentan keine Schule mehr. Ich habe im Mai 2018 maturiert. Ab September beginne ich mein Studium auf der Fachhochschule im Fachbereich Smart Homes und assistive Technologien.

Hat es in der Vergangenheit Schulwechsel oder eine Schulpause gegeben?
Als ich 14 Jahre alt war, musste ich meine Schule in Syrien wechseln. Ich besuchte damals eine United Nations Relief and Works Agency for Palestine Refugees in the near East-Schule. Die UNRWA-Schulen waren sehr gute, nicht öffentliche Schulen. Meine Schule war weit entfernt und um sie besuchen zu können, war ich über eine Stunde mit dem Bus unterwegs, auch als ich erst sechs Jahre alt war. Das hat sich außerordentlich gelohnt, weil alle LehrerInnen die SchülerInnen gut gefördert haben.

Als der Krieg ausbrach, ist der Weg dorthin schwieriger geworden. Ich musste durch mehrere Kontrollstellen fahren. Daher haben sich meine Eltern dafür entschieden, mich in eine öffentliche Schule in der Nähe unseres Wohnortes zu schicken. Ich habe diese öffentliche Schule für ein Jahr besucht, dann habe ich eine Aufnahmeprüfung für die Begabtenschule gemacht und wurde aufgenommen. Nach zwei Jahren in dieser Schule haben wir Syrien verlassen. Danach besuchte ich in Wien das Hernalser Gymnasium Geblergasse für zwei Jahre.

Was magst du an deinem Zuhause? Was gefällt dir nicht?
Meine Familie steht mir bei, tröstet und glaubt so sehr an mich. Zu Hause habe ich die Atmosphäre, in der ich lernen, mich konzentrieren und mich entwickeln kann. Ich hasse es, wenn meine Familie laut redet und mich nicht allein lässt oder wenn sie über mich entscheidet.

Welche Dinge machen dir Spaß?
Sport, vor allem Schwimmen, Reisen und immer etwas Neues lernen.

Wie oft und mit wem kannst du sie tun?
Ich mag mit meinen Freunden beziehungsweise mit meiner Familie wandern gehen. Schwimmen mag ich alleine. Außerdem erforsche ich gerne alleine neue Dinge.

Was macht dir in der Schule am meisten Spaß?
Dass ich in der Schule viel Zeit mit meinen Freunden verbringen kann. Wenn ich mir viel Wissen über Wissenschaft aneigne. Ich liebe es, Logikrätsel gemeinsam mit meinen Freunden zu machen. Wenn ich sie schaffe, versuche ich, diese meinen Freunden zu erklären, da erlebe ich mich anders. Wenn ich Mathe-Nachhilfe gebe, erlebe ich mich ebenfalls anders. Als ich Deutsch nach zwei Jahren sehr gut konnte, erlebte ich mich auch anders.

Mit 14 Jahren habe ich den Mathematik-Wettbewerb als beste Schülerin aller UNRWA-Schulen von Syrien gewonnen. Ich hätte nicht gedacht, dass ich diesen Wettbewerb gewinne, weil ich mich dafür im Vergleich zu den anderen TeilnehmerInnen nicht sehr gut vorbereitet habe. Natürlich habe ich mich über die Urkunde sehr gefreut.

Was gefällt in der Schule gar nicht?

Wenn die LehrerInnen mit mir so reden, als wäre ich eine schlechte Schülerin. Neue LehrerInnen wissen nicht, wer die guten SchülerInnen sind. Sie reden vielleicht normal mit allen SchülerInnen, aber ich will immer herausstechen. Obwohl mir das sehr selten passiert, dass die LehrerInnen mich tadeln, beeinflusst mich das sehr lange. Ich habe deswegen so hart zu Hause gelernt, um ihnen zu beweisen, dass ich die Beste bin. Ich mag es auch nicht, wenn ich nicht zu den Klassenbesten gehöre. Ich war sehr neidisch auf die anderen, die um einen Grad besser als ich waren.

Ich mag nicht, wenn mir im Unterricht langweilig ist, weil ich alles schon weiß. Während meine Gleichaltrigen den Stoff schwierig finden, will ich nämlich etwas Neues lernen. Ich habe ständig der Lehrerin Fragen gestellt, die die anderen Schüler verwirrt haben, sodass meine Lehrerin mich nicht mehr drangenommen hat. Sie sagte: „Wir können darüber nach der Stunde reden."

Welche Menschen magst du am liebsten?

Meine Familie und meine Freunde.

Mit wem verbringst du am meisten Zeit? Was macht ihr gemeinsam?

Mit meiner Familie, nichts Besonderes.

Bist du gerne alleine?

Ja, manchmal sehr gerne.

Gibt es Dinge, die du gerne tust und die Gleichaltrige nicht interessieren?

Viele Dinge. Beispielsweise die Beschäftigung mit Politik und mit gesellschaftspolitischen Belangen. Mich interessieren Mathe und darstellende Geometrie sehr. Während ich die Matheübungen mache, habe ich wirklich Spaß. Besonders wenn die Übungen schwierig sind und ich lange Zeit dafür brauche, versuche ich, diese mehrmals mit verschiedenen Methoden zu lösen. Sogar wenn ich schlafen gehe, denke ich darüber nach. Aber wenn ich sie schaffe, habe ich so eine große Freude, es ist wie ein Triumph. Ich erlebe dann so ein Erfolgserlebnis.

Ich gebe ehrenamtlich Mathe-Nachhilfe, ich finde, dass die Zeit bei dieser Nachhilfe sehr schnell vergeht. Ich sehe die Mathe-Übungen wie eine Herausforderung, die ich immer bestehen will.

Entwickelst du manchmal gerne neue Ideen und Dinge?
Ich mag es sehr gerne, in leitender Position tätig zu sein. Daher organisiere ich unterschiedliche Dinge und Projekte. Zum Beispiel vernetze ich Menschen und bringe sie bei Ausflügen zusammen.

Wer unterstützt dich bei dem, was du magst?
Meine Familie und meine Freunde.

Was brauchst du, um glücklich zu sein?
Meine Familie und meine Freunde. Ich sehe mich als Entwicklerin, vielleicht werde ich Roboter entwickeln. Im Bereich Smart Homes und assistive Technologien sind sowohl die Kreativität als auch die Individualität sehr wichtig. Es wird neue Berufe in diesem Bereich geben, und hier werde ich tätig sein.

Das gewisse Etwas

Mathematik Nachhilfe für eine Oberstufenschülerin

Clemens: „Es motiviert mich, wenn ich meine Linie verfolgen kann."

Schüler der Sir Karl Popper Schule und Schachtalent

2020: Student der Soziologie, Psychologie, Wirtschafts- und Sozialwissenschaften; Leitung zweier Schachteams der Wiener Liga und aktiver Spieler

Name/Nickname
Clemens

Alter, Geburtsort
18 Jahre, geboren in Stockerau

Wo lebst du?
Ich lebe in Wien.

Welche Schule besuchst du derzeit?
Sir Karl Popper Schule in der achten Klasse.

Hat es in der Vergangenheit Schulwechsel oder eine Schulpause gegeben?
Nach der Volksschule wechselte ich auf ein Gymnasium, auf dem es mir gut gefallen hat. Meine ältere Schwester war Schülerin der Sir Karl Popper Schule. Meine Mutter und sie haben mir dann für die Oberstufe geraten, die Schule zu wechseln. Das Positive daran ist, dass ich an beiden Schulen Freunde habe.

Was magst du an deinem Zuhause? Was gefällt dir nicht?
Ich habe ein Zimmer für mich alleine. Das genieße ich sehr. Außerdem mag ich unseren Garten mit dem Schwimmteich. Dort kann ich machen, was ich will. Leider wurde unsere Katze letzte Woche eingeschläfert.

Welche Dinge machen dir Spaß?

Mein größtes Hobby ist Schach. Das übe ich exzessiv, möglichst täglich. Ich habe in der Unterstufe begonnen es zu lernen und ich spiele sehr gerne psychologisch. Mein Lehrer war nicht so motiviert, den Schachklub aufzubauen, also habe ich die Initiative an der SKP begründet und ein Team aufgebaut. Glücklicherweise habe ich am letzten Tag der Anmeldefrist gesehen, dass unser Team beim Schachturnier teilnehmen könnte. Wir kamen dreimal ins Finale, haben aber verloren. In diesem Jahr hat unser Team das Finale gewonnen. Wir könnten jetzt beim Bundeswettbewerb mitmachen, sind aber auf Maturareise.

Wie oft und mit wem kannst du sie tun?

Dank des Internets kann ich täglich mit vielen Menschen spielen. Mit Freunden besuche ich regelmäßig Turniere. Kürzlich gewann ich einen Kategoriepreis und war unter den Top 10 der Spieler.

Was macht dir in der Schule am meisten Spaß?

Ich habe viel Freiraum und Möglichkeit zur eigenen Gestaltung. Zusätzlich ist die Schule ein sehr gutes soziales Umfeld. Ich mag alle Leute dort. Ich treffe gerne meine Freunde und mag Unternehmungen wie Picknicken, Sport machen und Bälle besuchen.

Was gefällt in der Schule gar nicht?

Es gibt Fächer wie Französisch, die ich nicht machen will. Diese schließe ich nebenbei ab.

Welche Menschen magst du am liebsten?

Die Menschen, die mir nahestehen. Meine Familie, meine Freundin, meine Freunde.

Mit wem verbringst du am meisten Zeit?
Was macht ihr gemeinsam?

Mit meinen Freunden und meiner Familie. Ich mache am liebsten alle möglichen Unternehmungen, ich mag Abwechslung und werde schnell gelangweilt, wenn ich immer das Gleiche machen müsste.

Bist du gerne alleine?

Nicht so sehr. Es ist zwar kein Problem, aber ich bin gerne mit anderen zusammen. Mein zweitgrößtes Hobby ist Fußballspielen.

Gibt es Dinge, die du gerne tust und die Gleichaltrige nicht interessieren?

Nichts Spezifisches. Wahrscheinlich ist es die Art, wie ich mich mit Dingen beschäftige. Ich vertiefe mich sehr, wie zum Beispiel in Schach. Darüber hinaus interessiere ich mich für Psychologie und NLP und lese darüber viel.

Entwickelst du manchmal gerne neue Ideen und Dinge?

Sehr gerne. Ich mag Gruppenarbeiten sehr gerne. Es gefällt mir, Probleme zu lösen. Schach ist die ideale Möglichkeit zu lernen, meine Intention zu verfolgen. Mir gefällt es, wenn passiert, was ich will.

Wer unterstützt dich bei dem, was du magst?

Meine Familie und Freunde. Sie freuen sich über meine Erfolge.

Was brauchst du, um glücklich zu sein?

Das ist schwer zu beantworten. Auf jeden Fall soziale Kontakte. Dinge, die mir Spaß machen. Sowohl kleine als auch große Dinge. Ausleben und tun können, was ich will. Beruflich möchte ich auf jeden Fall Psychologie, wahrscheinlich in der Kombination mit Wirtschaft, studieren und später Menschen helfen. Hauptsächlich würde mich Coaching zur Optimierung der eigenen Möglichkeiten interessieren.

Das gewisse Etwas

Internationales Schachturnier in Venedig 11/2017.
Ich bin in der Mitte, der fünfte von links.

Constantin: „Reich ist, das tun zu können, was man will."

Schüler der Sir Karl Popper Schule
und Mathematiker

Name/Nickname
Constantin

Alter, Geburtsort
16 Jahre, geboren in Wien

Wo lebst du?
In Wien.

Welche Schule besuchst du derzeit?
Sir Karl Popper Schule, derzeit in der sechsten Klasse.

Hat es in der Vergangenheit Schulwechsel oder eine Schulpause gegeben?
Nach vier Jahren Gymnasium wechselte ich auf die Sir Karl Popper Schule.

Was magst du an deinem Zuhause? Was gefällt dir nicht?
Ich mag mein Zuhause sehr gerne. Ich wohne im Grünen, am Stadtrand von Wien. Mir gefällt unser Garten und ich habe viele Haustiere.

Welche Dinge machen dir Spaß?
Sport, sehr gerne Schwimmen und Taekwondo. Zeit mit meinen Freunden verbringen. Naturwissenschaften und Mathematik.

Wie oft und mit wem kannst du sie tun?
Taekwondo und Schwimmen betreibe ich regelmäßig, wöchentlich im Verein. Mathematik und Naturwissenschaften immer. Ich verbringe auch viel Zeit mit unterschiedlichsten Tieren.

Was macht dir in der Schule am meisten Spaß?

Man ist nie alleine. Es gibt immer Leute, die man kennt. Ich mag sehr gerne Mathematik und naturwissenschaftliche Fächer.

Was gefällt in der Schule gar nicht?

Künstlerische Fächer machen mir im Allgemeinen nicht so viel Spaß.

Welche Menschen magst du am liebsten?

Menschen, mit denen ich mich über meine Interessen unterhalten kann. Menschen mit demselben Humor. Gerne Gleichaltrige. Manchmal macht es auch Spaß, sich mit älteren, erwachsenen Menschen zu unterhalten.

Mit wem verbringst du am meisten Zeit?
Was macht ihr gemeinsam?

Ich verbringe viel Zeit mit meiner Familie. Außerdem mit meinen KlassenkollegInnen. Dann auch noch mit Freunden außerhalb der Schule und mit Freunden aus dem Sportverein.

Bist du gerne alleine?

Gern, hier hat der lange Schulweg etwas Positives. Es würde mir aber nicht gefallen, immer allein zu sein. Ich mag die Interaktion mit anderen Menschen, der Austausch an Meinungen würde mir sonst fehlen.

Gibt es Dinge, die du gerne tust und die Gleichaltrige nicht interessieren?

Mein großes Interesse an Mathematik und Naturwissenschaften, vor allem Biologie.

Entwickelst du manchmal gerne neue Ideen und Dinge?

Sehr gerne. Ich löse gerne mathematische Probleme und denke viel über neue Dinge nach.

Wer unterstützt dich bei dem, was du magst?

Meine Eltern, meine Familie sind eine sehr große Unterstützung. Die Sir Karl Popper Schule mit ihrem Modulsystem nimmt hier auch eine sehr große Rolle ein. Im Gymnasium war mir oft sehr langweilig.

Was brauchst du, um glücklich zu sein?

Die Interaktion mit Menschen, die ich gerne habe. Außerdem die Möglichkeit, meine Interessen zu verfolgen. Ich wünsche mir später einen Job, in dem ich meine Interessen verfolgen kann, der mir aber in meiner Freizeit genügend Freiraum lässt. Ich habe vielfältige Interessen und Geld kann niemals Freizeit aufwiegen.

Das gewisse Etwas

Da ich mich selbst nicht für besonders künstlerisch halte und meine Interessen naturwissenschaftlicher Natur sind, entschied ich mich, eine Collage anzufertigen, die meine Interessen widerspiegelt. Neben griechischen Buchstaben und einem kleinen Schmäh, aufgrund meines mathematischen Interesses, sind auch Tiere zu sehen, mit welchen ich im Rahmen empirischer Ausarbeitungen arbeiten durfte.

David: „Ich erfinde gerne Melodien."

Student und Komponist, START-Stipendiat

2020: Zurzeit studiere ich Kultur- und Sozialanthropologie an der Uni Wien. Nebenbei arbeite ich bei der UNO als PR-Consultant, wo mein Job es ist, die Öffentlichkeit zu informieren, was die Arbeit der UNO und deren Suborganisationen in Wien ist. Ich bin in einer Band als Sänger und bin auch ab und zu noch als Model tätig, allerdings sind die Jobs in Wien, gerade auch als Schwarzes Model, begrenzt. Ich würde gern wieder fürs Modeln ins Ausland reisen. Ich bin nach wie vor mit meinem Freund zusammen und wir sind sehr glücklich. Wir wohnen jedoch nicht zusammen, wir sind zufrieden in unseren unterschiedlichen WGs. Ich wohne im wunderbaren 2. Bezirk zwischen Taborstraße, Praterstern und Nestroyplatz. Ich prahle gern mit der Lage, weil ich nur 15 Minuten sowohl in die Arbeit als auch in die Uni brauche. Also habe ich letztendlich doch noch ein Zuhause gefunden ;-)

Name/Nickname

David

Alter, Geburtsort

22 Jahre, geboren in Genf (Schweiz)

Wo lebst du?

In Delhi (Indien).

Welche Schule besuchst du derzeit?

Ich habe das Musikgymnasium in Wien besucht.

Hat es in der Vergangenheit Schulwechsel oder eine Schulpause gegeben?

Nein. Ich bin von der Volksschule ins Musikgymnasium gewechselt und habe dort auch maturiert. Allerdings bin ich innerhalb der Schule beim Übertritt von der

Unter- in die Oberstufe in die 5-jährige Schulform ohne Samstagsschule gewechselt. Diese verlängerte Oberstufenform ist für neue SchülerInnen, die an anderen Schulen nicht das musikalische Grundwissen vermittelt bekamen wie in unserer Unterstufe. Aber ich hatte Samstagsschule von der Unterstufe einfach satt.

Was magst du an deinem Zuhause? Was gefällt dir nicht?

Mein Zuhause ist nicht diese WG in Delhi, wo ich gerade wohne. Zurzeit habe ich nicht wirklich ein Zuhause.

Das letzte Mal zu Hause habe ich mich vor bisschen mehr als einem Jahr gefühlt. Da hatte ich sogar zwei Zuhause: Die Wohnung von meiner Mutter, aus der ich nie ausgezogen bin, und das Zimmer im Studentenwohnheim von meinem Freund, wo ich mich vorletzten Sommer fast täglich mit ihm aufgehalten habe.

Ich fühle mich dort zu Hause, wo ich Menschen, die mir am Herzen liegen, öfter in der Woche sehe. Zum Beispiel war ich vor eineinhalb Jahren in Brasilien und habe mich so sehr zu Hause gefühlt, weil ich ständig mit Menschen zusammen war, die mich zu Hause fühlen haben lassen. Ich habe bis vor einem Monat ein Jahr in Berlin gewohnt und habe mich da nie zu Hause gefühlt. Die engen Freunde, die ich dort hatte, habe ich nicht oft gesehen. Direkt nach Berlin bin ich nach Delhi gezogen und natürlich fühle ich mich hier auch noch nicht zu Hause nach zwei Wochen. Also hatte ich jetzt mehr als ein Jahr eigentlich kein Zuhause.

Ich fühle mich in Wien am „zuhausesten". Ich bin da aufgewachsen und zur Schule gegangen, habe eine Menge enger Freunde, die ich auch regelmäßig treffe. Was zu Hause eben für mich ist. Ich mag das ausgeglichene und relativ schöne Wetter, die Wiener U6 (als Floridsdorfer unumgänglich), Wiener Hochquellwasser, die perfekte Größe (groß genug für eine internationale Metropole, aber klein und kompakt genug, um relativ schnell von A nach B zu kommen und Strecken auch easy zu Fuß laufen zu können), den Wiener Schmäh, den Wiener Grant, Wienerisch im Allgemeinen ... ich könnte noch weiter aufzählen, aber man merkt auch so, dass ich mich in Wien sehr wohl fühle.

Welche Dinge machen dir Spaß?

Reisen und neue Kulturen und Menschen kennenlernen, am besten durch Locals (so authentisch wie möglich), Surfen, Tanzen, Sonne tanken, Essen, Musik hören und machen ...

Wie oft und mit wem kannst du sie tun?

Sehr unterschiedlich und ortsabhängig. Musik höre ich sehr gerne mit Menschen, die wie ich nicht nur Mainstream hören wollen, sondern auch an alternativen Richtungen interessiert sind.

Am liebsten reise ich mit meiner Schwester. Wir matchen perfekt in unserer Abenteuerlust und unserer „Just-do-it"-Mentalität, wobei der gewisse Chill-Faktor auch stimmen muss. Essen tu ich am liebsten mit Menschen, die genauso Genießer sind wie ich.

Was macht dir in der Schule am meisten Spaß?
Was gefällt dir an der Schule gar nicht?

Mit Skala: Sternsystem (1 schlecht, 5* super)*
Englisch 4 – Sport 4* – Deutsch 1* – Latein 3* – Musik 3* – Mathe 3* – Geo 3* – Geschichte 3* – Physik 1* – Chemie 1**

Welche Menschen magst du am liebsten?

Meine Familie und meinen Freund.

Mit wem verbringst du am meisten Zeit?
Was macht ihr gemeinsam?

Mit meinem Freund faulenze ich oft gemeinsam, aber wir gehen auch gern spazieren oder essen und feiern. Wir halten uns auch sehr gern in der Natur auf, mit Hängematte immer dabei.

Mit meiner Schwester mache ich viel Abenteuerlustiges. Sport, Reisen, veganes Essen. Ich habe viele enge Freunde, mit denen ich alles Mögliche mache, von Lagerfeuer bis Feiern ist alles dabei.

Bist du gerne alleine?

Absolut nicht. Ich habe es sehr schwer, über längere Zeit (mehrere Stunden reichen) allein zu sein. Ich habe keine Motivation und liege nur rum.

Ich muss mich mit jemandem treffen, um produktiv zu sein.

Gibt es Dinge, die du gerne tust und die Gleichaltrige nicht interessieren?

Die Musik, die ich höre, ist sehr unterschiedlich und es gibt nicht viele, die es interessiert (Klassik, orientalisch, Dubstep, Jazz, Blues, Funk).

Entwickelst du manchmal gerne neue Ideen und Dinge?

Ich erfinde gerne Melodien.

Wer unterstützt dich bei dem, was du magst?

Meine Familie (sowohl Schwestern als auch Mutter) stehen voll und ganz hinter mir.

Was brauchst du, um glücklich zu sein?

Ich brauche zum Glücklichsein: Nähe zu anderen Menschen. Vor allem körperliche Nähe. Es ist mir sehr wichtig, Zeit mit meinem Freund zu verbringen. Aber auch die Nähe zu meiner Familie würde ich nicht missen wollen. Musik. Ohne Musik ist das Leben sehr langweilig und traurig. Musik kann jedoch auch Gemütszustände (gute wie schlechte) unterstreichen. Musik macht mich aber vor allem glücklich und bringt mich zum Tanzen.

Essen. Ich liebe gutes Essen. Und ich weiß gutes Essen sehr zu schätzen. Freunde sagen, ich sollte Werbung machen für all das Essen, von dem ich immer so übertrieben schwärme. Reisen. Ich liebe es, in andere Kulturen einzutauchen, neue Gerüche wahrzunehmen, neues Essen (!) zu probieren und neue Musik aus dieser Region kennenzulernen.

Vor allem habe ich mich in den Orient verliebt und liebe es, in arabische Länder zu reisen. Außerdem macht mir Fliegen sehr Spaß. (Ich habe dann aber leider auch immer ein kleines schlechtes Gewissen wegen meines ökologischen Fußabdrucks, deshalb reise ich innerhalb Europas sehr oft mit dem Bus.)

Das gewisse Etwas

Dieses Bild ist am 19. Juli 2018 entstanden. Man sieht einen Teil der Karlskirche und eine Leinwand. Zur Dämmerung hatte das Bild der Leinwand exakt denselben Blauton wie der Himmel. Die Leinwand stammt von „Kino unter Sternen“. Das ist ein gratis Open Air Kino, das jedes Jahr im Sommer stattfindet. Vor der traumhaften Kulisse der Karlskirche. Ein Grund mehr für mich, Wien zu lieben.

David: „Ich bin besser mit Mädchen befreundet."

Schüler der Sir Karl Popper Schule und Rapidfan

2020: Wirtschaftsrecht Student an der WU Wien

Name/Nickname
David

Alter, Geburtsort
17 Jahre, in Straßburg

Wo lebst du?
Ich lebe in Klosterneuburg.

Welche Schule besuchst du derzeit?
Sir Karl Popper Schule in der achten Klasse.

Hat es in der Vergangenheit Schulwechsel oder eine Schulpause gegeben?
Nach der Volksschule wechselte ich auf ein Gymnasium und danach in der Oberstufe auf die Sir Karl Popper Schule. Ich war in der Volksschule sozusagen „verhaltensauffällig": Mir war sehr fad, dadurch war ich oft laut und frech. Ich hatte drei unterschiedliche VolksschullehrerInnen.

Das erste Jahr war offenbar am schwierigsten, an das zweite kann ich mich nicht mehr erinnern. Meine Lehrerin in der dritten und vierten Klasse ist dann mehr auf mich eingegangen. Meine Mutter wusste, dass ich sehr begabt bin, vor allem in Mathematik. Die Unterstufe im Gymnasium war in den ersten beiden Klassen ähnlich schwierig und ich wäre fast von der Schule geflogen. Mein Klassenvorstand hatte mich auf dem Kicker. Meine Noten waren gut, aber es waren auch ein paar Dreier und ein Vierer dabei. Nachdem mir eine Lehrerin in der dritten Klasse einen Zweier gab, obwohl ich der Meinung war, einen Einser ver-

dient zu haben, wurde mein Ehrgeiz geweckt. Im Anschluss habe ich mich mehr bemüht, mein Verhalten hat sich gebessert und ich habe fast nur noch Einser bekommen. Meine Schwester war auf der SKP und hat mir diese dann empfohlen.

Was magst du an deinem Zuhause? Was gefällt dir nicht?
Ich mag die ruhige Gegend sehr gerne und gehe gerne mit meinem Hund spazieren. Die Wegzeiten nach Wien stören mich manchmal und die Auseinandersetzungen mit meiner Familie bisweilen. Diese sind aber wohl hauptsächlich dem Alter geschuldet.

Welche Dinge machen dir Spaß?
Sport, Floorball, im Winter Eishockey. Schulsport, mit meinem Hund spazieren gehen, Fernschauen und Freunde treffen.

Wie oft und mit wem kannst du sie tun?
Nach der Matura möchte ich wieder mehr Sport treiben und Freunde treffen. Größere Gruppen mag ich nicht so sehr, lieber mit drei, vier Menschen unterwegs sein. Ich spiele Floorball ein- bis zweimal in der Woche.

Was macht dir in der Schule am meisten Spaß?
Am liebsten habe ich Sport und Geografie. Ich finde bei den Wahlmodulen die Wirtschaftsmodule toll. Wir haben einen tollen Kunstlehrer, der uns im Blockmodul Kalligraphie beigebracht hat. Ich war mit meinem Ergebnis nicht so zufrieden, weil mir Kunst nicht so liegt, aber die Möglichkeit, diesen Gegenstand intensiv zu lernen, war sehr interessant.

Was gefällt in der Schule gar nicht?
Naturwissenschaften und Deutsch interessieren mich weniger, auch mag ich die detaillierte Vertiefung von Mathematik nicht sehr. Früher war ich faul und musste nie etwas lernen.

Ich war ein Jahr in Finnland. Das war zu Anfang nicht leicht, da die Finnen sehr zurückhaltend sind, danach aber umso lustiger, als ich die Menschen besser kennenlernte. In Finnland war das Schulsystem („das Beste der Welt") ganz toll für mich. Es war ein öffentliches Gymnasium und wir konnten Inst-

rumente ausprobieren. Auf 20 unterschiedlichen Gitarren konnte ich mit der ganzen Klasse Griffe lernen. In Kunst war es außerdem möglich, viele Techniken auszuprobieren. Es wäre toll, wenn es hier ein ebenso großes Budget für Bildung geben würde.

Welche Menschen magst du am liebsten?
Ich bin mit Mädchen im Allgemeinen besser befreundet als mit Jungen. Dennoch habe ich natürlich auch männliche Freunde, mit denen ich auch gerne Sachen unternehme.

Mit wem verbringst du am meisten Zeit?
Was macht ihr gemeinsam?
Mit meinen besten zwei Freundinnen. Meine engsten Freunde sind weiblich. Essen gehen, schwimmen, Partys, Kino

2020: Inzwischen habe ich eine eigene Wohnung, dort verbringen wir immer wieder gerne Zeit miteinander. In Bars gehen und was trinken gehen gehört auch immer wieder dazu, je nach Saison auch Oktoberfest, Eislaufen, Adventmarkt, Kino oder schwimmen gehen. Essen gehen gehört nach wie vor oft dazu.

Bist du gerne alleine?
Zu Hause gerne. Wenn ich fernschaue, tue ich das am liebsten alleine. Aber eigentlich bin ich sehr gesellig. Manchmal brauche ich halt Zeit für mich.

Gibt es Dinge, die du gerne tust und die Gleichaltrige nicht interessieren?
Mein Musikgeschmack. Ich höre sehr gerne Austropop, auch Country Musik gefällt mir. Darüber hinaus komme ich aus einer Opernfamilie und bin mit Klassik aufgewachsen. Ich habe lange im Volksopernkinderchor gesungen.

Entwickelst du manchmal gerne neue Ideen und Dinge?
Nicht wirklich. Ich bin für einen Erfinder zu ungeduldig. Ich bin eher ein Dienstleister.

Wer unterstützt dich bei dem, was du magst?

Meine Familie und Freunde.

Was brauchst du, um glücklich zu sein?

Meine Freunde und genug Zeit für meine Hobbys. Ich bin Rapid Fan und gehe gerne ins Stadion. Außerdem jemanden, dem man vertrauen kann. Nach dem Bundesheer möchte ich in Wien studieren. Jus, Wirtschaft, Bankwesen und Management interessieren mich sehr. Mein Ziel ist es, größere Unternehmen dahingehend zu unterstützen, um sie vor Gerichtsprozessen zu beschützen bzw. sie in solchen zu vertreten.

Das gewisse Etwas

Dieses Bild ist bei einem gemeinsamen Stadionbesuch mit meiner Schwester beim Spiel Rapid gegen Sturm Graz entstanden.

Im Arm halte ich eine meiner drei Katzen (damals zwei), mein Hund zeigt sich auch sehr interessiert an ihr.

Florian: „Struktur, Abwechslung und Freiheit sind das Fundament."

Schüler der Sir Karl Popper Schule und Blockflötist

2020: Ich studiere Blockflöte (BA) und bin als ehrenamtlicher Rettungssanitäter und Barista tätig

Name/Nickname
Florian

Alter, Geburtsort
17 Jahre, geboren in Wien

Wo lebst du?
In Purkersdorf.

Welche Schule besuchst du derzeit?
Die achte Klasse der Sir Karl Popper Schule.

Hat es in der Vergangenheit Schulwechsel oder eine Schulpause gegeben?
Es hat mehrere gegeben, wobei jeder ein positiver Wechsel war. In der Volksschule habe ich mich sehr wohlgefühlt. Ich bin meiner damaligen Lehrerin sehr dankbar.

In der Unterstufe wechselte ich auf ein bestimmtes Gymnasium, das eine zu dem Zeitpunkt noch sehr junge Schule war. Obwohl es dadurch nicht nur für die Schüler, sondern auch für die meisten Lehrer eine neue Erfahrung war, waren der Umgang und das Klima sehr angenehm.

Zu meiner jetzigen Schule bin ich zuerst durch meinen Bruder gekommen, der vor etwa 12 Jahren an der SKP maturiert hat und mir nur Gutes erzählte. Anfangs war ich noch skeptisch, habe aber den Test gemacht und mich schließlich doch entschieden zu wechseln. Über diese Entscheidung bin ich sehr froh.

Was magst du an deinem Zuhause? Was gefällt dir nicht?

Das Angenehmste an meinem Zuhause ist auf jeden Fall das Landgefühl. Hier sind alle freundlich, es gibt nicht diesen Stadtstress und die Luft ist auch besser. Zu meinen Eltern habe ich ein sehr gutes Verhältnis und ich bin gern zu Hause. Das Einzige, was mich stört, sind der lange Schulweg und die im Vergleich zu Wien schlechte öffentliche Anbindung.

Welche Dinge machen dir Spaß?

Ich bewege mich sehr gerne und mache Sport. Bis vor Kurzem trainierte ich in einem Verein Jiu-Jitsu, ich mag Basketball, Volleyball und Geräteturnen. Abgesehen von Bewegung mache ich viel Musik. Seit einem Jahr bin ich auf der Musik- und Kunst Privatuniversität Wien im Vorbereitungslehrgang für Blockflöte, zusätzlich spiele ich Klavier. Außerdem lese ich noch gerne.

Wie oft und mit wem kannst du sie tun?

Sport mache ich etwa zwei bis drei Mal in der Woche, sehr gerne mit meinem Bruder und gemeinsam mit Freunden. Musik versuche ich öfter zu machen, da übe ich zumindest fünf- bis sechsmal in der Woche und da immer für ein bis zwei Stunden.

Was macht dir in der Schule am meisten Spaß?

Wenn es nur um Fächer geht, dann Turnen, Mathe, Latein und Englisch. Ansonsten gefällt mir das offene Klima zwischen Lehrern und Schülern. Als Schüler ist man geradezu aufgefordert, sich eigenständig in den Unterricht einzubringen und es herrscht ein gleichgestelltes Verhältnis zwischen Lehrern und Schülern, das ich noch an keiner anderen Schule so gesehen habe.

Was gefällt in der Schule gar nicht?

Dadurch, dass bei unserem Modulsystem jeder einen anderen, personalisierten Stundenplan hat, kann es durchaus vorkommen, dass man zuerst um acht Uhr zwei Stunden hat und die nächsten dann erst wieder um fünf Uhr am Nachmittag. Solche großen Löcher machen es oft schwierig, sich etwas auszumachen oder die Zeit sinnvoll zu nutzen, besonders weil ich mit meinem langen Schulweg nicht so einfach in den Freistunden nach Hause fahren kann.

Welche Menschen magst du am liebsten?

Das sind ganz klar meine Familie und Freunde.

Mit wem verbringst du am meisten Zeit? Was macht ihr gemeinsam?

Mit meinen Eltern, ganz einfach aus dem Grund, dass wir zusammenleben, dann mit meinem Bruder und mit Schulfreunden. Wir machen Sport, gehen essen oder ins Kino und so weiter, halt Dinge, die Jugendliche so machen.

Bist du gerne alleine?

Manchmal habe ich gern Zeit für mich, da möchte ich dann lieber alleine sein. Trotzdem bin ich auch gerne in Gesellschaft.

Gibt es Dinge, die du gerne tust und die Gleichaltrige nicht interessieren?

Da bin ich mir nicht ganz sicher, aber am ehesten ist es Blockflöte spielen. Ich habe das Gefühl, fast alle lernen mal in der Volksschule für ein oder zwei Jahre Flöte und hören dann schnell wieder auf. Deshalb hat die Flöte auch leider ihren Status als einfaches Kinderinstrument, was sie in Wirklichkeit nicht ist.

Entwickelst du manchmal gerne neue Ideen und Dinge?

Ich mag Herausforderungen, besonders wenn es darum geht, mit neuen Ideen ein Problem möglichst effizient zu lösen.

Zum Beispiel beim Organisieren des Schulballs im letzten Jahr: Das Motto war „And the Oscar goes to ...". Da durfte ich das Schulballlogo entwerfen und mich viel den Plakaten und dem Marketing widmen, das war zwar auch anstrengend, aber auf jeden Fall eine wertvolle Erfahrung.

Wer unterstützt dich bei dem, was du magst?

Meine Familie und Klassenkollegen – eigentlich alle, mit denen ich viel zu tun habe.

Was brauchst du, um glücklich zu sein?

Für mich ist eine ausgewogene Mischung aus Struktur, Abwechslung und Freiheit essentiell. Auf der einen Seite ist die Routine, eine Art System wichtig, denn ohne das wird es bald chaotisch und unmöglich, erfolgreich auf größere Ziele hinzuarbeiten. Andererseits brauche ich auch Möglichkeit zur Selbstbestimmung. Ich möchte mir Prioritäten selbst setzen können und entscheiden dürfen, wo ich meine Energie hinstecke. Wer kennt das nicht, dass man viel lieber seine eigenen Ziele verfolgt als die von jemandem anderen? Die klischeehafte Fließbandarbeit, bei der man immer das Gleiche macht und sich nie etwas verändert, wäre für mich der Horror. Ich will verschiedene Bereiche im Leben haben, wo ich wachsen und besser werden kann, wo ich mein Herzblut hineinstecken und mich richtig reintigern kann. Ich glaube, jeder braucht so eine Leidenschaft im Leben, um wirklich glücklich zu werden, bei mir sind das die Musik und die Bewegung.

Das gewisse Etwas

Der Morgen

And the Oscar goes to ...

Fleißiges Üben

Johanna: „Jeder ist begabt, aber auf sehr andere Art."

Schülerin der Sir Karl Popper Schule
und Autorin

Name/Nickname
Johanna

Alter, Geburtsort
17 Jahre, geboren in Wien

Wo lebst du?
In Wien.

Welche Schule besuchst du derzeit?
Sir Karl Popper Schule in der achten Klasse.

Hat es in der Vergangenheit Schulwechsel oder eine Schulpause gegeben?
Nach der Volksschule wechselte ich auf das Gymnasium und dann in der Oberstufe auf die Sir Karl Popper Schule. Ich hatte eine sehr schöne Schulzeit, immer gute Freunde und Entwicklungsmöglichkeiten. In der Volksschule hat mir das restriktive Programm unserer jungen Lehrerin mit eher alten Unterrichtsmethoden nicht gefallen. Einmal waren wir laut auf der Treppe und mussten daraufhin die Treppe zwei Stunden leise auf- und abgehen.

Ein Freund hat mich auf die SKP aufmerksam gemacht und wir haben sie dann gemeinsam in der Unterstufe angeschaut.

Was magst du an deinem Zuhause? Was gefällt dir nicht?
Meine Fragen und Meinungen wurden und werden zu Hause sehr ernst genommen. Ich mag es zu argumentieren und schätze es sehr, mit meinen Eltern einen

interessanten Austausch haben zu können. Ich habe Glück, dass sie mich immer so gelassen und unterstützt haben, wie ich bin.

Welche Dinge machen dir Spaß?
Ich lerne sehr gerne Neues und lese sehr gerne. Am liebsten Essays, aktuell lese ich Rebecca Solnit. Momentan interessiert mich die Civil Rights Movement.

Wie oft und mit wem kannst du sie tun?
Ich verbringe viel Zeit außerhalb der Schule, insofern gibt es genügend Raum, mich mit anderen Menschen zu treffen und auszutauschen. Das passt für mich sehr gut. Im letzten Jahr habe ich 40 bis 45 Stunden pro Woche in der Schule verbracht, das war auch okay.

Was macht dir in der Schule am meisten Spaß?
Eigentlich gefällt mir alles gut. Ich verbringe viel Zeit mit meinen Freunden. Beim Unterricht kommt es sehr auf den Lehrer an. Meine Freunde sind mir viel wert. Ich verbringe gerne eine schöne Zeit mit ihnen, brauche aber auch konstruktive Kritik.

Was gefällt in der Schule gar nicht?
Nichts.

Welche Menschen magst du am liebsten?
Meine Eltern und meine Freunde.

Mit wem verbringst du am meisten Zeit?
Was macht ihr gemeinsam?
Mit Freunden picknicken. Ich brauche aber auch alleine Zeit zum Nachdenken und Recherchieren.

Bist du gerne alleine?
Ich bin sehr gerne allein. Ich war ein halbes Jahr in der Bretagne. Am Anfang war es nicht so leicht, Anschluss zu finden. Ich konnte dort das Alleinsein gut schätzen lernen.

Gibt es Dinge, die du gerne tust und die Gleichaltrige nicht interessieren?

Ich recherchiere oft fünf Stunden am Stück zu einem Thema. Das macht mir viel Spaß. Ich würde sehr gerne mit interessanten Menschen zusammenarbeiten. Ein internationales Umfeld interessiert mich sehr. Gerne würde ich Politikwissenschaften und/oder Wirtschaft studieren.

Entwickelst du manchmal gerne neue Ideen und Dinge?

Ich schreibe viele Texte und fotografiere seit einem Jahr recht viel. Außerdem brauche ich die Argumentation, den Austausch von Ideen und Standpunkten. Ich lasse mich sehr gerne auf mein Gegenüber ein.

Wer unterstützt dich bei dem, was du magst?

Einige enge Freunde. Meine Mutter ist mit ihrer praktischen Art ebenfalls eine sehr große Stütze.

Was brauchst du, um glücklich zu sein?

Ein nettes Umfeld. Menschen, die für mich da sind und für die ich auch da sein kann. Ich finde es schade, wenn Menschen und insbesondere Kinder in ihrer Entwicklung gebremst und in Bereichen, in denen sie begabt sind, zurückgehalten werden. Es hat einen Sinn, dass jeder so ist, wie er ist und das sollte man immer fördern.

Jonas: „Manchmal hält mich mein Perfektionismus von etwas ab."

Schüler der Sir Karl Popper Schule und Autor

2020: Ich studiere an der Yale University in New Haven, CT und werde dort voraussichtlich in Film & Media Studies oder English mit Fokus auf kreatives Schreiben meinen Bachelor machen.

Name/Nickname
Jonas

Alter, Geburtsort
18 Jahre, geboren in Wien

Wo lebst du?
In Wien.

Welche Schule besuchst du derzeit?
Sir Karl Popper Schule in der achten Klasse.

Hat es in der Vergangenheit Schulwechsel oder eine Schulpause gegeben?
Nach der Volksschule wechselte ich auf Empfehlung meiner Lehrerin auf ein Wiener Gymnasium und dann in der Oberstufe auf die Sir Karl Popper Schule.

Mittlerweile ist meine Volksschullehrerin Direktorin an einer Schule. Ich bin ihr für ihre Unterstützung sehr dankbar und unterrichte manchmal gerne freiwillig bei ihr. Sie hat mich sehr gefördert und gefordert. Mit dem Wochenplan war ich als Volksschulschüler meistens schon dienstags fertig und ich habe neue Aufgaben bekommen. Sie hat meine Eltern auch sehr ermutigt, mich intensiv zu fördern.

Was magst du an deinem Zuhause? Was gefällt dir nicht?
Ich mag mein Zuhause sehr gerne. Mit meinen Eltern bin ich gut befreundet. Sie arbeiten viel dafür, dass wir gemeinsam ein gutes Leben haben. Beide sind Künstler und wir haben gemeinsam viele Ebenen an Interessen.

Welche Dinge machen dir Spaß?
Ich vollbringe gerne Projekte, allerdings habe ich sehr hohe Ansprüche an mich. Sehr gerne strebe ich nach künstlerischer Selbsterfüllung in Projekten. Ich spiele gerne Basketball und verbringe oft Zeit mit Freunden.

Alleine schaue ich mir gerne Filme und Serien an.

An der Schule habe ich „Theory of Sitcom" unterrichtet. Es macht mich glücklich zu lachen und andere zum Lachen zu bringen. Mein Wunsch wäre, später für das Fernsehen zu schreiben.

Wie oft und mit wem kannst du sie tun?
Oft. Ich treffe mich häufig mit Freunden. Mit meinem Vater gehe ich gerne ins Kino.

Was macht dir in der Schule am meisten Spaß?
Ich mag Mathe sehr gerne. In dieses Fach kann ich sehr vertieft eindringen, was mir bei Naturwissenschaften oft eher fehlt. Logik befriedigt mein Gehirn. Ich gehe sehr gerne in die Schule, weil ich dort tolle Menschen treffe, sowohl Lehrer als auch Schüler. Ich mag die vielen Anregungen, KoSo (Kommunikation und Sozialkompetenz) und interessante Diskussionen.

Was gefällt in der Schule gar nicht?
Ich mag fast alles in meiner Schule. Wir haben viele Freistunden, das ist angenehm. Allerdings habe ich am Mittwoch und am Freitag frei und weiß manchmal nicht, was ich mit mir anfangen soll.

Welche Menschen magst du am liebsten?
Menschen, die über sich selbst lachen können und sich nicht so ernst nehmen. Meine Freunde und die Bestätigung, dass sie mich schätzen. Ich brauche symmetrische Beziehungen mit einem fairen Abtausch.

Es soll gegenseitige Akzeptanz, ein Maß an Selbstreflexion und Konfliktfähigkeit da sein. Wenn etwas schiefläuft, sollte man sich entschuldigen können. Ich bin dankbar, wenn mich jemand zu einem besseren Menschen macht.

Mit wem verbringst du am meisten Zeit? Was macht ihr gemeinsam?

Mit meinem besten Freund. Wir sind seit acht Jahren beste Freunde. Wir spielen gemeinsam gerne Basketball und haben ähnliche Interessen. Mit meinen Eltern verbringe ich auch gerne Zeit.

Bist du gerne alleine?

Ich war früher sehr extrovertiert und gerne der Mittelpunkt in einer Gruppe. Mittlerweile brauche ich oft Zeit, um Energie zu tanken, indem ich alleine zu Hause bin.

Gibt es Dinge, die du gerne tust und die Gleichaltrige nicht interessieren?

Ich weiß es nicht. Ich mag Mathe und Logikrätsel sehr. Außerdem setze ich mich sehr vertieft mit künstlerischen Prozessen auseinander.

Entwickelst du manchmal gerne neue Ideen und Dinge?

Total. Allerdings hapert es dann an der Umsetzung, weil ich sehr perfektionistisch bin und keinen Fehler machen will. Ich muss lernen, Schritt für Schritt zu gehen und mir zu sagen, „Übung macht den Meister“.

Wer unterstützt dich bei dem, was du magst?

Alle Menschen in meinem Umfeld.

Was brauchst du, um glücklich zu sein?

Eine schwierige Frage. Ich bin keine besonders glückliche Person. Zur Selbsterfüllung mache ich das, was ich machen will. Allerdings weiß ich manchmal nicht, was ich machen kann, um glücklich zu sein. In meiner ersten Beziehung habe ich gespürt: „Jetzt bin ich glücklich.“ Nach dem Zivildienst würde ich sehr gerne in den USA studieren oder im englischsprachigen Ausland.

Das gewisse Etwas

Mein Gesicht dient hier als Leinwand für die kreative Entfaltung von jemand anderem, aber dafür bin ich zumindest maßgeblich am Ergebnis beteiligt

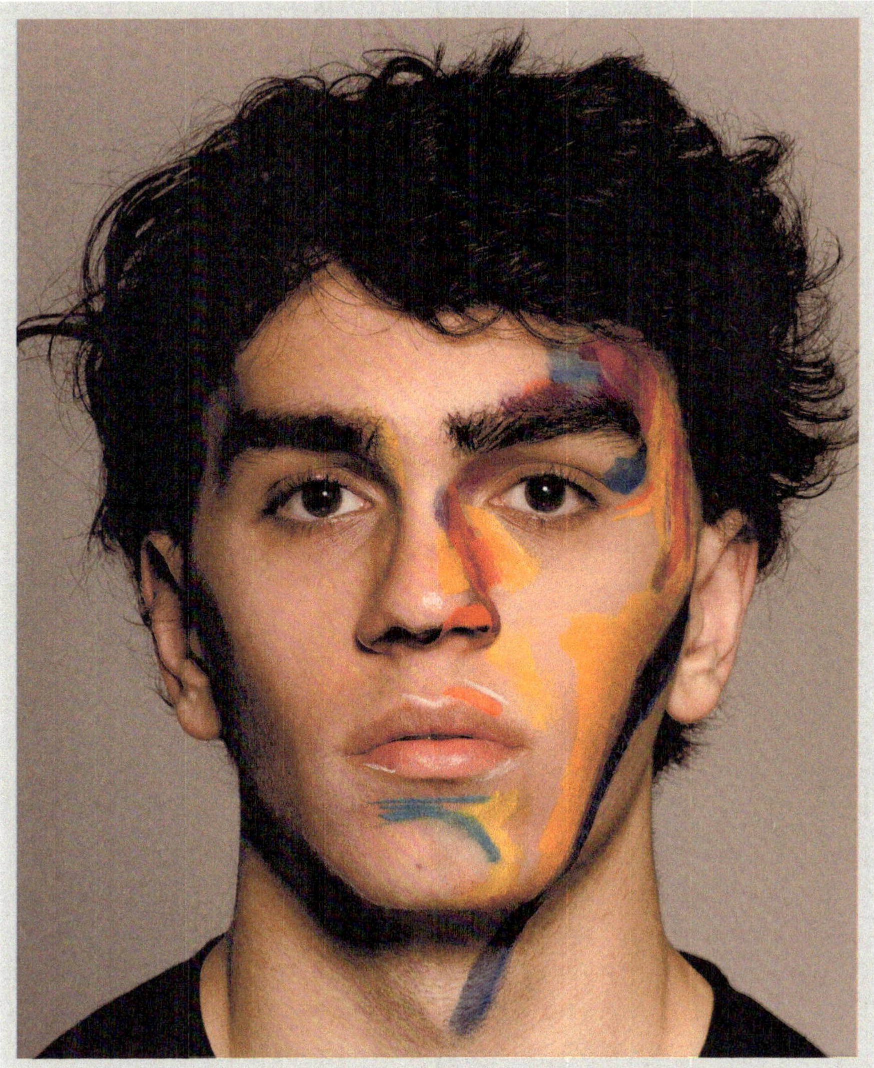

Julian: „Ich bewege mich gerne in logischen Lösungen."

Schüler der Sir Karl Popper Schule und Aktionär

2020: Mittlerweile bin ich 20 Jahre und habe mit dem Studium der Rechtswissenschaften begonnen. In der Zwischenzeit habe ich mit einem ehemaligen Schulkollegen eine Marketingfirma gegründet. Weiterhin bin ich als Schiedsrichter tätig und auch bei der Wertpapierfirma bin ich stets aktiv. Hier habe ich mich auch massiv weitergebildet und 2019 die Prüfung zum staatlich geprüften Wertpapiervermittler abgelegt. Selbstverständlich bin ich auch weiterhin selbst Aktionär, jedoch in einem viel größeren Ausmaß als noch vor 2 Jahren. Ich bin auch bereits aus dem Schülerwohnheim ausgezogen (ich bin ja auch kein Schüler mehr) und wohne nun alleine in einer Wohnung. Es ist schon eine große Umstellung (ich glaube sogar größer als zuvor von zuhause ins Wohnheim).

Größte Veränderung ist einfach das Alleinesein. Ich hatte sonst immer Leute um mich, was nun doch zu einem großen Teil wegfällt. Vielleicht fällt mir das aber auch einfach nur stärker auf, weil auch die Klassengemeinschaft im Studium natürlich wegfällt. Ich mache nun deutlich mehr sportliche Aktivitäten. Ich habe mit dem regelmäßigen Turmspringen und der Leichtathletik begonnen und auch Tanzen steht nun seit mehreren Jahren Pause wieder am Programm und macht mir Spaß.

Leider muss ich eingestehen, dass sich meine Befürchtungen, was das Lernen betrifft, größtenteils bewahrheitet haben. Zusätzlich ist es aber auch, dass bei einer Klausur die Antwort „3" auf die Frage „2+1=" nicht ausreicht. Das bringt vielleicht einen von zum Beispiel acht Punkten. Um die restlichen Punkte zu bekommen, müsste man noch zeigen weshalb es 3 ist und nicht 1/2/4/5/6..., warum man das überhaupt so machen darf und wer das zuerst so gemacht hat. Diese Kombination hat mir den ersten Teil des Studiums nicht gerade einfach gemacht.

Name/Nickname
Julian

Alter, Geburtsort
18 Jahre, in Linz (Oberösterreich)

Wo lebst du?
Ich lebe in Wien in einem Schülerwohnheim, weil ich aus Oberösterreich bin. Am Wochenende und in den Ferien lebe ich mit meinen Eltern und Geschwistern gemeinsam auf dem Land.

Welche Schule besuchst du derzeit?
Sir Karl Popper Schule in der achten Klasse.

Hat es in der Vergangenheit Schulwechsel oder eine Schulpause gegeben?
Nach der Volksschule wechselte ich auf ein Gymnasium nach Linz und dann in der Oberstufe auf die Sir Karl Popper Schule. Ich habe positive Erinnerungen an meine Schulzeit. In der Volksschule gab es einen Test für Hochbegabung, bei dem ich sehr gut abgeschnitten habe. Meine Mutter erzählte mir, dass ich schon mit einem halben Jahr versuchte, die richtigen Teile bei Steckbildern in die richtige Form zu bringen, allerdings war ich motorisch noch nicht dazu in der Lage. Ich war dann mit der Stiftung Talente auf Sommerkurse eingeladen.

Für mich war der Wechsel nach Wien in die SKP etwas Neues, aber keine Überwindung. Das System mit dem modularen Lernen gefällt mir sehr gut.

Was magst du an deinem Zuhause? Was gefällt dir nicht?
Ich mag in Ansfelden die Natur sehr gerne. Ich gehe gerne wandern, was in Wien nicht so leicht geht. Es ist außerdem sehr schön für mich, mit meiner Familie zusammen zu sein. Die öffentlichen Verkehrsanbindungen bei mir sind relativ gut, aber nicht vergleichbar mit Wien. Außerdem gibt es kein unmittelbares Gymnasium.

Welche Dinge machen dir Spaß?
Wandern und Skifahren, sehr gerne gemeinsam mit Freunden. Ich bin zudem Schiedsrichter in den Wiener Fußballligen.

Wie oft und mit wem kannst du sie tun?
In den Ferien verbringe ich mit meinem Vater und Onkel sehr gerne Wander- beziehungsweise Skiurlaube. Manchmal nehme ich einen Freund mit.

Was macht dir in der Schule am meisten Spaß?
Mathe. Ich habe letztes Jahr vormaturiert und begonnen, mit einem Freund an der Uni Wien Mathe zu studieren. Und Latein macht mir sehr Spaß, auch wenn ich nicht zu den Besten gehöre. Dann gibt es noch viele Wahlmodule, die mich ebenfalls begeistern konnten.

Mit einigen Menschen habe ich einen sehr guten Kontakt, mit anderen dafür weniger. Man kann aber mit allen konstruktive Gespräche führen. Die Lehrer sind sehr motiviert und haben große Freude an der Stoffvermittlung. Es ist toll, dass man das machen kann, was man gerne macht. Wenn man einen Auftrag nicht macht, ist es kein Drama.

Was gefällt in der Schule gar nicht?
Was mir weniger gefällt, ist, dass manche Lehrer versuchen, der Klasse die allgemeine Notendefinition aufzupressen, bei der die Note 3 als der Klassendurchschnitt zu sehen wäre und nur die absolut Besten der Klasse einen 1er bekommen dürften. Es wäre also laut Definition unmöglich für einen Sprachbegabten, in Mathematik einen 1er zu bekommen, auch wenn seine Matheleistungen im allgemeinen AHS-Durchschnitt einen 1er ergeben würden, nur weil er mit jemandem in der Klasse sitzt, der seine absolute Stärke in Mathe hat, bei der Olympiade dabei ist, den Känguru gewinnt und vielleicht noch vormaturiert. Selbes gilt natürlich auch umgekehrt. Wir haben einige englische Native Speaker in der Klasse; wie soll ein Schüler, der Englisch in der Schule gelernt hat, je so gut werden wie jemand, der von Kindheit an mit seinen Eltern Englisch spricht?

Welche Menschen magst du am liebsten?
Meine Familie und meine Freunde. Menschen, die für andere Menschen Vorbilder

sein können. Mich beeindrucken unerwartete Dinge, die man sich vielleicht nicht erklären kann, egal ob menschlich oder auch Phänomene in der Natur.

Mit wem verbringst du am meisten Zeit? Was macht ihr gemeinsam?

Mit einem Freund. Alles Mögliche. Wir teilen ein gemeinsames Interesse für Mathematik; in diesem Fach haben wir beide vormaturiert und wir studieren nun auch gemeinsam Mathematik an der Uni. Wir verbringen unsere Freizeit zusammen, musizieren und unterstützen uns in allen Bereichen.

Bist du gerne alleine?

Hin und wieder.

Gibt es Dinge, die du gerne tust und die Gleichaltrige nicht interessieren?

Mein Mathestudium. Wandern. Sehr gerne und lange Schachspielen. Wir haben dieses Jahr die Schulschachmeisterschaft gewonnen und selbst zwei Jahre intensiv Jugendarbeit in den unteren und vor allem neuen Klassen betrieben. Mit einem provisorischen Team gewannen wir in der 5. Klasse bei einem internationalen Wettbewerb (Italien–Deutschland–Österreich) den dritten Preis und waren beim darauffolgenden Wiener Schulschachturnier besser als unser Lehrer mit seinem Team und haben es dort ins Finale der besten 4 Teams geschafft. Darüber hinaus beschäftige ich mich seit Jahren mit Aktien, bin seit Dezember 2017 selbst Aktionär und investiere in verschiedene Firmen aus dem Technologiebereich. Außerdem habe ich begonnen, in einer Investmentfirma zu arbeiten.

Entwickelst du manchmal gerne neue Ideen und Dinge?

Sehr gerne. Ich habe in Geografie für einen Arbeitsauftrag eine Vorlage für eine App inklusive Unternehmensportfolio entwickelt, die man noch programmieren müsste. Sehr gerne entwickle ich neue logische Lösungen. In Darstellende Geometrie beschäftige ich des Öfteren meine Lehrerin beim Kontrollieren, weil ich nicht immer so vorgehe, wie die Theorie es vorsieht. Ich lerne meistens die Theorie nicht, sondern führe mich selbst durch logische Schritte zum Ziel, die sie dann auch erst durchdenken und nachvollziehen muss.

Wer unterstützt dich bei dem, was du magst?

Meine Eltern, ohne die ich nie nach Wien hätte gehen können, generell meine Familie und mein Schulfreund.

Was brauchst du, um glücklich zu sein?

Nicht viel. Ich bin generell positiv eingestellt. Es gibt Dinge, die man verändern kann und Dinge, die man nur schwer bis gar nicht verändern kann. Das muss man akzeptieren und dann versuchen, das Beste aus der Situation zu machen. Beruflich gibt es für mich drei interessante Optionen: Ich kann mir vorstellen, Anwalt zu werden, im Consulting oder im Finanzmanagement/Investmentbanking zu arbeiten.

Das gewisse Etwas

Es stellt sich die Frage: „Was will man noch von sich preisgeben?" Vorweg einmal eine meiner Lieblingssituationen, die sich erst unlängst auf dem nächtlichen Nachhauseweg durch den Wald auf unserer Maturareise zwischen meinem besten Freund und mir abgespielt hat: Ich, in die Menge: „Es ist dunkel und ich sehe nichts, trage ein Handtuch, trage die Musikbox, den Korb und habe nur Flip-Flops an." Er, ebenfalls bepackt: „Die Flip-Flops kannst du mir geben, für die habe ich noch Platz." Wie man sieht, sind wir nicht (immer) konzentriert in ernste und „nerdige" Gespräche verwickelt, sondern haben in fast allen Aktivitäten, sei das nun schulisch oder privat, enorm viel Spaß. Das wäre das erste Gerücht, das wir über die Gruppenmentalität von Hochbegabten verabschieden können.

Zuerst will ich auf die Dinge eingehen, die vielleicht nicht ganz so toll sind, wenn man hochbegabt ist: Es ist doch sicher eine großartige Sache, sich so vieles merken zu können, oder? – Dieses blöde Gedächtnis! Natürlich ist es super, dass es mir leichtfällt, mir Dinge zu merken. Doch manches würde ich lieber eher wieder vergessen wollen. Hin und wieder fällt es sehr schwer, nicht hunderte Male über ein und dasselbe nachzudenken.

Bist du sehr fleißig? – Faulheit! Bei mir ist es so, dass mich mein Können faul macht. Mit etwas mehr Einsatz könnte ich sicherlich eine Menge an höher gelegten Zielen erreichen, aber ich bin einfach zu faul. Meist reicht es aus, meine Anforderungen zu erfüllen, wenn ich nur sehr wenig Effort zeige. Sobald ich mich mehr anstrengen und mehr Zeit investieren müsste, gehe ich dem nicht mehr nach. Dennoch bleibt immer der Gedanke in mir, besser werden zu wollen, was in manchen Situationen zum Konflikt führt, da doch meistens aus nichts auch nichts kommt. Ich denke, dass hier auch bei mir und einigen meiner Mitschüler ein Problem in der Uni entstehen könnte. Denn einige sind es nicht gewohnt, wirklich lernen zu müssen.

Was sagst du, wenn jemand fragt, auf welche Schule du gehst/gegangen bist? – Dies ist eine Frage, die bei uns des Öfteren im Unterricht bewusst thematisiert wurde. Konkrete Frage ist, ob die Antwort „Wiedner Gymnasium" oder „Sir Karl Popper Schule", welche ja ein Teil des Wiedner Gymnasiums ist, lautet. Bei mir stellt sich diese Frage eigentlich nicht. Besonders gepaart mit der Frage, woher ich komme, ist es klar, dass die Antwort Sir Karl Popper Schule lautet. Wenn die Schule meinem Gegenüber bekannt ist, erübrigt sich dann meist das Erklären, warum genau ich nach Wien gegangen bin, und wenn nicht, dann gebe ich einen groben Überblick über unser Modulsystem, wie zum Beispiel „Fächer abwählen", was meist in einem „Boah, das hätte ich auch gerne!" endet.

Mir ist es auch noch wichtig, meine Erfahrungen mit dem Internat zu teilen. Sollte sich bei einer der Familien, die dieses Buch lesen, die Frage stellen, ob ein Internatsbesuch das Richtige ist, könnte das ja hilfreich sein:

Zuallererst möchte ich sagen, dass das Wichtigste ist, was das Kind will. Es sollte in keinem Fall zu etwas gedrängt werden. Ist die Entscheidung des Kindes, dass es unbedingt auf eine bestimmte Schule will, die einen Internatsbesuch benötigt, ist die Wahrscheinlichkeit groß, dass es sich auch wohlfühlen wird. Versucht nicht, das Kind abzuhalten oder sich den Internatsbesuch von irgendjemandem ausreden zu lassen.

Dieser Punkt gilt auch für die Eltern: Lasst euch nicht durch Zureden von Verwandten oder Bekannten verunsichern. Diese Erfahrung des ersten (noch teils unterstützten) selbstständigen Lebens ist unersetzlich. Ihr würdet es sonst später bereuen und euch eventuell auch vorwerfen lassen müssen. Sollte das Kind noch nicht bereit dazu sein, wird es das merken und von alleine wieder eine Lösung finden. Doch auch dies kann eine wertvolle Erfahrung sein. Noch viel wichtiger ist, dass das Kind weiß, dass es von den Eltern unterstützt wird. Ich habe in meinem Wohnheim zahlreiche Bekanntschaften gemacht und ein sehr großer Anteil stammt aus anderen Ländern. Manche sogar aus China. Für diese ist es natürlich nicht möglich, jedes Wochenende nach Hause zu fahren, und trotzdem geht es ihnen gut und es gefällt ihnen. Innerhalb Österreichs wird es durch die Schülerfreifahrten zumindest nicht an den Kosten scheitern, hin und wieder zu Hause vorbeizuschauen.

Mir wurde vorgeschlagen, ich könnte doch ein paar Investment-Tipps einbringen. Das geht nur allgemein, wer sich konkret interessiert, kann sich über den Verlag bei mir melden.

Wenn man investieren will, muss man sich zuerst einmal die grundlegenden Fragen stellen. Wie viel Kapital habe ich dafür? Wie viel Risiko möchte ich eingehen? Wie viel Zeit habe ich? Was erwarte ich mir? Je nachdem, wie diese Fragen für die einzelne Person zu beantworten sind, muss unterschiedlich gehandelt werden. Auch wichtig ist, ob es sich um ein rein finanzielles Investment oder ein Engagement in Wertgegenstände wie Immobilien handeln soll. Immobilien sind in vielerlei Hinsicht eine super Sache, doch erfordern sie ein großes Startkapital! Auch hier gibt es bereits Möglichkeiten, einen Kredit so anzulegen, dass man am Ende mehr erhält, als eigentlich zurückgezahlt wird. Wer nicht eine so große Investition tätigen will/kann, kann sich für einmalige oder monatliche Investitionen, die schon bei geringen Beträgen beginnen, entscheiden. Die Möglichkeiten hier sind zahlreich.

Die beliebtesten sind Aktien oder Fonds, also eine Zusammensetzung mehrerer Aktienanteile, um das Risiko weiter zu streuen. Und besonders bei Fonds sind die Möglichkeiten riesig. Zwischen den landwirtschaftlichen Betrieben in Indien bis hin zu den etablierten Nasdaq100-Firmen findet sich für jeden eine passende Investitionsmöglichkeit. Wer lieber sein eigenes Portfolio erstellt, kann dies auch machen, jedoch wird es sich hier meist um einmalige Investments handeln, weil eine einzige Aktie teilweise schon 1000 Dollar oder noch mehr kostet. Bei monatlichen Investments mit niedrigen Beträgen ist einer der Vorteile, dass sich Fluktuationen im Kurs äußerst positiv für den Investor auswirken können.

Jetzt möchte ich noch die Möglichkeit nutzen und mich bei allen und vor allem meinen Eltern bedanken, die mich maßgeblich unterstützt haben und dafür verantwortlich sind, dass ich alles, was ich hier angegeben habe, auch so angeben konnte. Dass meine gesamte Erfahrung so ausfällt, ist nur euch zu verdanken.

Konstantin: „Freiheit ist wichtig für die Entwicklung eigener Begabung."

Schüler der Sir Karl Popper Schule
und Unternehmer

Name/Nickname
Konstantin

Alter, Geburtsort
18 Jahre, geboren in Salzburg

Wo lebst du?
Ich habe immer in Wien gelebt.

Welche Schule besuchst du derzeit?
Sir Karl Popper Schule in der achten Klasse.

Hat es in der Vergangenheit Schulwechsel oder eine Schulpause gegeben?
Nach 4 Jahren Gymnasium wechselte ich auf die Sir Karl Popper Schule.

Was magst du an deinem Zuhause? Was gefällt dir nicht?
Ich mag mein Zuhause sehr gerne. Ich weiß, dass ich privilegiert bin. Ich habe viele Freiheiten.

Welche Dinge machen dir Spaß?
Sport, da bin ich sehr vielseitig. Laufen, Fahrrad fahren, Tennis, Klettern, Fitness, Skifahren, Segeln.

Wie oft und mit wem kannst du sie tun?
Momentan weniger, durch die Anforderungen in der Schule.

Was macht dir in der Schule am meisten Spaß?

Meine Freunde und interessante Diskussionen. Positiv war, dass ich jeden Tag meine Freunde getroffen habe. Schlimm habe ich in der Unterstufe im Gymnasium das System der Angst mit hohem Leistungsdruck und Auswendiglernen erlebt. Die 4 Jahre Unterstufenzeit im Gymnasium waren nicht besonders förderlich für die Entwicklung meiner Talente oder einer Begeisterung für den Schulbesuch. Ich habe es als konservatives, strenges System der Unterdrückung erlebt. In der Volksschule hat mir meine Lehrerin zudem nicht geglaubt, dass ich in einem Jahr 100 Bücher gelesen habe. Meine Eltern mussten in die Schule kommen und sie sagte zu ihnen, dass es ihre Aufgabe sei, die Schüler zu normieren.

Im letzten Jahr war ich mit dem Assist-Stipendium in den USA an einer sehr guten Schule. Das war toll, ich habe viele interessante und internationale Menschen getroffen. Wir waren alle im Internat untergebracht und gleichgestellt. Es waren Schüler aus verschiedenen sozialen Schichten, Ländern und Ethnien an der Schule vertreten und diese Diversität habe ich als sehr fruchtbaren Nährboden für die eigene Entwicklung erlebt.

Was gefällt in der Schule gar nicht?

Schularbeiten. Ich finde das unnötig. Man sollte um des Lernens willen lernen.

Welche Menschen magst du am liebsten?

Internationale und interessante Menschen mit neuen Ideen.

Mit wem verbringst du am meisten Zeit?
Was macht ihr gemeinsam?

Mit meinem Projektpartner und guten Freund. Wir entwickeln viele neue Ideen und Projekte, auch LOBU.

Bist du gerne alleine?

Nein. Ich brauche die soziale Interaktion.

Gibt es Dinge, die du gerne tust und die Gleichaltrige nicht interessieren?

Fast alles, was ich mache. Ich lese sehr gerne Biographien.

Entwickelst du manchmal gerne neue Ideen und Dinge?
Das ist das Wichtigste in meinem Leben. Ich bin sehr ehrgeizig.

Wer unterstützt dich bei dem, was du magst?
Meine Familie, die Sir Karl Popper Schule und viele MentorInnen. Ich treffe mich sehr gerne mit erfolgreichen Start up-UnternehmerInnen, die mich unterstützen und mir wertvolle Tipps geben.

Was brauchst du, um glücklich zu sein?
Diese Frage beschäftigt mich jeden Tag. Ich sehe mich als Unternehmer. Es macht mir Spaß, Projekte aufzubauen und zu sehen, dass sie funktionieren und Menschen begeistern. Ich habe noch sehr viel vor. Ich weiß, dass ich sehr privilegiert aufgewachsen bin und in einem der reichsten Länder der Welt lebe. Deshalb gehe ich nach der Matura für ein soziales Jahr nach Quito/Ecuador, um Straßenkindern zu helfen. Ich möchte mich entwickeln.

Das gewisse Etwas

Mein Unternehmertum begründete ich mit ungefähr zwölf Jahren im Gymnasium, weil das Schulbuffet maßlos überteuert war. Ich besorgte dieselben Artikel und verkaufte sie um 20 Prozent günstiger. Das war so ein Erfolg, dass alle nur noch bei mir einkauften und niemand mehr beim Schulbuffet.

Es dauerte eine Weile, bis die Schule dies mitbekam. Ich musste mein Unternehmen schließen und meine Eltern wurden informiert.

Meine Unternehmen:

LOBU – Die meisten Menschen kaufen online ein. Doch wenn online eingekauft wird, müssen Produkte meist sehr lange Strecken zurücklegen, was auf Kosten der Liefereffizienz und der Umwelt geht. LOBU liefert Produkte (zurzeit nur Bücher) direkt aus der nächstgelegenen Buchhandlung, um eine umweltschonende schnellere Lieferung zu gewährleisten und gleichzeitig die lokale Wertschöpfung zu fördern.

MATURAMEISTER – Die österreichische Matura in Mathematik ist seit einigen Jahren standardisiert (Multiple-Choice-Test). Da Mathematik für viele Schüler das große Angstfach ist und die Vorbereitungsmaterialien teuer und schwer zugänglich sind, haben wir den MATURAMEISTER gestartet. Damit ist es möglich, direkt auf dem Smartphone in der Straßenbahn, am Weg in die Schule, im Wartezimmer des Arztes oder sonstwo für die Matura spielend zu üben. Einer Frage folgt eine Erklärung und der aktuelle Lernfortschritt wird gemessen, so dass dem Schüler bewusst wird, in welchen Gebieten seine Stärken und Schwächen liegen. Der Maturameister wurde von dem Bildungsministerium unterstützt und zählte ca. 12,5% der Maturanten als Nutzer. In weiterer Folge wollen wir uns noch mehr in Bildungstechnologie vertiefen, da wir Technologie als großartige Möglichkeit sehen, das verstaubte Bildungssystem zu revolutionieren.

Luna: „Meine Geschichten kommen aus meinen Träumen."

Schülerin und Autorin, START-Stipendiatin

2020: Aktuell studiere ich Biologie an der Universität Wien und befinde mich im ersten Semester.

Name/Nickname

Luna

Alter, Geburtsort

Ich bin 16 Jahre alt und bin seit 15 Jahren in Österreich. Geboren wurde ich in der Türkei.

Wo lebst du?

In Wien.

Welche Schule besuchst du derzeit?

Ich besuche das Ella Lingens Gymnasium und befinde mich in der siebenten Klasse.

Hat es in der Vergangenheit Schulwechsel oder eine Schulpause gegeben?

Während ich in der ersten Klasse war, gab es einen Schulwechsel, weil wir umgezogen sind. Danach gab es einen weiteren, weil ich von einer Kooperativen Mittelschule auf eine Allgemeinbildende Höhere Schule aufgestiegen bin. Ich bin froh, dass Letzteres zustandegekommen ist – wegen Mobbing hatte ich es damals nicht leicht, aber im Gymnasium geht es mir viel besser.

Was magst du an deinem Zuhause? Was gefällt dir nicht?

Ohne meine Geschwister könnte ich es nicht aushalten, weil ich zu alleine wäre, aber sie sorgen auch für Nachteile wie beispielsweise Unruhe. Natürlich kommen da auch noch kleine Probleme dazu, wie Deko etc.

Welche Dinge machen dir Spaß?

„Deep-Talks" zu jeder Zeit mit Personen – ich mag es zu philosophieren und alles zu hinterfragen. Zeichnen und kreatives Schreiben zählen zu meinen Leidenschaften sowie Make-up und Fashion – allerdings nicht klassisches. Ich liebe es, Looks zu kreieren, die den Schönheitsidealen unserer Gesellschaft nicht entsprechen. Politische Diskussionen bereiten mir auch Freude. Mit Freunden abhängen ist ein Muss!

Wie oft und mit wem kannst du sie tun?

Ab und zu. Am liebsten mit einer kleinen Gruppe, die wir Snakes nennen, oder mit einer sehr guten Freundin.

Was macht dir in der Schule am meisten Spaß?

Ich interessiere mich für vieles, aber meine Lieblingsfächer wären die Sprachen und Biologie.

Was gefällt in der Schule gar nicht?

Von vielen Mitschülern stört mich, dass sie intolerant (Sexismus, Homophobie, Rassismus, Speziesismus ...) sind.

Welche Menschen magst du am liebsten?

Meine engsten Freunde, Geschwister und einige Künstler, die mich dazu inspirieren, anders zu denken. Oder die mir geholfen haben, zu dieser Person zu werden, die ich heute bin.

Mit wem verbringst du am meisten Zeit?
Was macht ihr gemeinsam?

Mit meinen Geschwistern – wir machen vieles Verschiedenes wie beispielsweise Plaudern, Ausflüge, Kochen und noch mehr.

Bist du gerne alleine?

Eher nicht, weil ich mich zu allein fühle mit meinen Gedanken und mir schnell langweilig wird. Ich kann Langeweile nicht ausstehen.

Gibt es Dinge, die du gerne tust und die Gleichaltrige nicht interessieren?

Die meisten in meinem Alter leben nicht vegan und viele sind kaum politisch engagiert oder allgemein an Gesellschaftskritischem interessiert. Für Kunst und Philosophie scheint sich die Mehrheit auch nicht zu interessieren.

Entwickelst du manchmal gerne neue Ideen und Dinge?

Vor allem Geschichten aus meinen Träumen, die mich auf Ideen für Zeichnungen, Geschichten oder Filme bringen. Mein Traumjob wäre es, eine Regisseurin und nebenbei Autorin zu sein. Aber auch Utopien sind cool aufzustellen.

Wer unterstützt dich bei dem, was du magst?

Freunde und ich mich selbst. Ebenso START und manchmal meine Eltern.

Was brauchst du, um glücklich zu sein?

Einen festen Freundeskreis, der mich glücklich macht. Menschen, die eine offene Weltanschauung haben, dürfen nicht fehlen sowie Menschen, die gegen die Ideale unserer Gesellschaft kämpfen, die vor allem in meinem Alter schaden, denn unsere Freiheit wird durch diese „fiktiven Gesetze" nur beschränkt.

Das gewisse Etwas

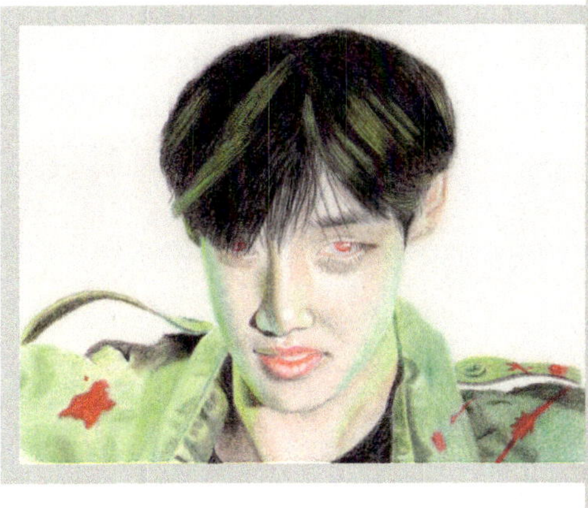

Oben: Koreanischer Sänger Kim Taehyung.
Rechts: Zeichnung eines fiktiven Charakters, den ich im Rahmen einer Geschichte über einen Jungen, der von jung auf mit den Schönheitsfehlern der Welt konfrontiert wird, kreiert habe.

Marian: „Ich bewege mich gerne durch unterschiedliche Sichtweisen."

Schüler der Sir Karl Popper Schule
und Künstler

Name/Nickname
Marian

Alter, Geburtsort
14 Jahre, geboren in Wien

Wo lebst du?
In Wien.

Welche Schule besuchst du derzeit?
Sir Karl Popper Schule in der sechsten Klasse.

Hat es in der Vergangenheit Schulwechsel oder eine Schulpause gegeben?
Schon seit der 1. Klasse Volksschule war ich in Mathe im Drehtür-Modell, das heißt eine Klasse höher. In der dritten Klasse des Gymnasiums stellte sich in den restlichen Fächern eine gewisse Langeweile ein, worauf ich die vierte übersprang. (Ein Jahr Lateinunterricht musste ich nachlernen, das war ein bisschen nervig.) In der fünften Klasse hatte ich ein seltsames Gefühl, da ich aus dem unteren Jahrgang viele Leute kannte.

Was magst du an deinem Zuhause? Was gefällt dir nicht?
Mein Zuhause ist eine angenehme Arbeitsumgebung. Es gibt viel Platz und mein Lieblingsplatz ist neben dem Ofen. Allerdings wünsche ich mir manchmal eine wohnungsartigere Umgebung als das Büro meiner Eltern.

Welche Dinge machen dir Spaß?

Klavierspielen, Musizieren (Singen, Band, Chor), Inlineskaten, Schauspiel, Sprachen (Spanisch, Russisch), Naturwissenschaften, Mathematik, Kartenspielen (Bridge)

Wie oft und mit wem kannst du sie tun?

Ich habe viel Freizeit, sitze aber gefühlt immer noch zu viel vor dem Computer. Inlineskaten mache ich hauptsächlich im Sommer, Klavierspielen geht immer, Chor und Sprachen sind von der Schule abhängig.

Was macht dir in der Schule am meisten Spaß?

Ich habe mit meinen Freunden viel Spaß. Mir gefallen fast alle Fächer sehr gut. Andere Menschen teilen mir ihre Sichtweisen mit. Ich mag das Modulsystem und Contracting sehr gerne. Wir können mit den LehrerInnen das Beurteilungssystem abstimmen. Das geht an anderen Schulen nicht. Da ist in der Regel jeweils ein Drittel für mündliche und schriftliche Mitarbeit, wie auch für die Tests vorgesehen. In der SKP gibt es in den Bewertungskriterien viel mehr Freiraum.

Was gefällt in der Schule gar nicht?

Manchmal langweilen mich gewisse Unterrichtsstunden. Grundsätzlich finde ich es nicht gut, immer im Unterricht zu sitzen und das Vorgegebene zu lernen. Jedes Kind ist anders und sollte individuell behandelt werden. Das gängige Bewertungssystem repräsentiert nicht das Können vieler SchülerInnen.

Welche Menschen magst du am liebsten?

Meine Eltern. Außerdem meine Freunde, mit denen ich außerhalb der Schule etwas unternehmen kann. Menschen, mit denen ich Spaß habe. Interessante Menschen mit neuen Ideen, von denen ich lernen und über interessante Aspekte nachdenken kann.

Mit wem verbringst du am meisten Zeit?
Was macht ihr gemeinsam?

Mit meinen Eltern, meinen Freunden und den TrainingspartnerInnen beim Inlineskaten.

Bist du gerne alleine?

Manchmal gibt es Phasen, wo ich gerne alleine bin, aber ebenso Phasen, wo ich gerne mit Menschen zusammen bin. Manchmal bin ich am Wochenende auf Camps.

Gibt es Dinge, die du gerne tust und die Gleichaltrige nicht interessieren?

(Marathon-)Inlineskaten

Entwickelst du manchmal gerne neue Ideen und Dinge?

Ich denke gerne über neue interessante Sichtweisen und Blickwinkel nach.

Wer unterstützt dich bei dem, was du magst?

Meine Eltern, meine Oma finanziell, die Sir Karl Popper Schule mit neuen Anregungen.

Was brauchst du, um glücklich zu sein?

Viele spannende und abwechslungsreiche Möglichkeiten. Sport und Musik. Tolle und interessante Menschen, von denen ich lernen kann.

Das gewisse Etwas

Mein Zeitvertreib für langweilige Unterrichtsstunden ist dies und Ähnliches:

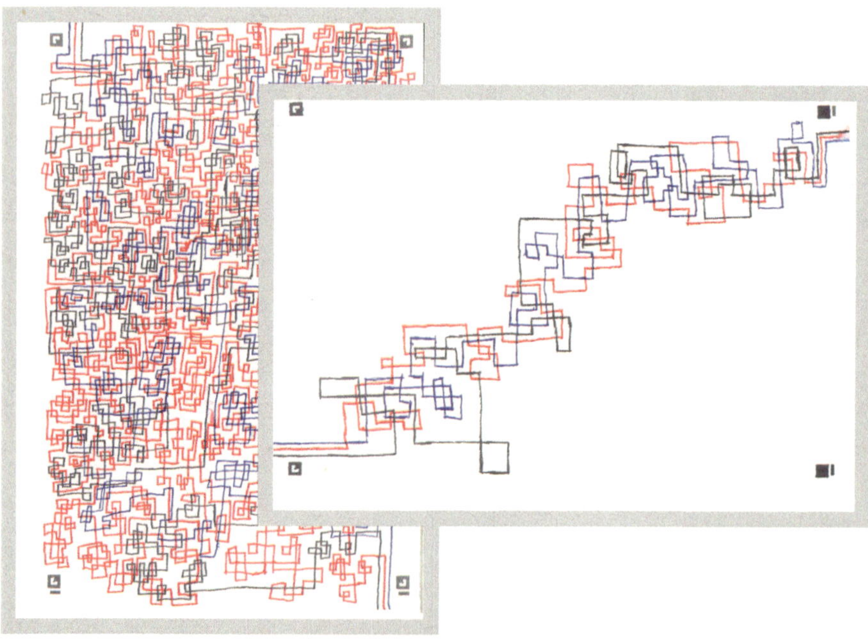

Marlies: „Ich erlebe mich im kreativen Ausdruck."

Schülerin der Sir Karl Popper Schule und Nail-Artistin

2020: Ich studiere Chemie auf der Universität Wien.

Name/Nickname
Marlies

Alter, Geburtsort
16 Jahre, geboren in Wien

Wo lebst du?
In Niederösterreich.

Welche Schule besuchst du derzeit?
Sir Karl Popper Schule in der achten Klasse.

Hat es in der Vergangenheit Schulwechsel oder eine Schulpause gegeben?
Im Kindergarten hat mich meine Mutter viel zu Hause gelassen, weil ich schon rechnen und schreiben konnte. Sehr gerne wollte ich die gleichen Dinge wie die Vorschulkinder machen, zum Beispiel auch Scheren verwenden, das hat mir meine Kindergärtnerin aber nicht erlaubt, obwohl ich damit umgehen konnte.

Ich war in der Volksschule in einer Mehrstufenklasse. Das habe ich sehr gemocht, weil meine Lehrerin mich gut gefördert hat und so konnte ich die dritte Klasse überspringen und musste nicht die Klasse wechseln.

Meine Zeit in der Unterstufe des Gymnasiums war auch sehr gut. Ich habe immer leicht gelernt. Der Bruder meiner Freundin hat mir dann die SKP empfohlen. Die Oberstufe war meine schönste Schulzeit.

Was magst du an deinem Zuhause? Was gefällt dir nicht?
Wir wohnen in Niederösterreich am Land. Es ist sehr angenehm im Grünen und nicht in der Stadt zu wohnen. Leider ist man mit dem Verkehr nicht so gut angebunden.

Welche Dinge machen dir Spaß?
Klavierspielen, Malen, Nail-Art.

Wie oft und mit wem kannst du sie tun?
Möglichst täglich. Meine Hobbys kann ich alleine ausüben.

Was macht dir in der Schule am meisten Spaß?
Ich mag meine Freunde sehr und ich verbringe gerne mit ihnen die Pausen. Von den Fächern mag ich Bildnerische Erziehung, Ethik und Englisch.

Was gefällt in der Schule gar nicht?
Obwohl ich Sprachen mag, gefällt mir der Unterricht oft nicht. Es liegt für mich sehr an der Qualität des Lehrers.

Welche Menschen magst du am liebsten?
Menschen, die ähnlich sind wie ich. Ich brauche meistens Zeit, um aufzutauen.

**Mit wem verbringst du am meisten Zeit?
Was macht ihr gemeinsam?**
Mit Freunden. Wir treffen uns in der Schule, gehen essen oder in den Park.

Bist du gerne alleine?
Ich brauche das auch.

Gibt es Dinge, die du gerne tust und die Gleichaltrige nicht interessieren?
Nicht wirklich. Ich bin ähnlich wie viele Gleichaltrige.

Entwickelst du manchmal gerne neue Ideen und Dinge?
Sehr gerne. Ich bringe mich gerne mit meinen Ideen ein und gestalte sehr gerne Dinge im kreativen Bereich.

Wer unterstützt dich bei dem, was du magst?
Meine Eltern, meine Mutter und meine Freunde. Ich habe ein sehr gutes Umfeld und wurde immer bei dem unterstützt und bestärkt, was ich gerne mache.

Was brauchst du, um glücklich zu sein?
Eine Mischung aus meinem Umfeld mit meiner Familie und meinen Freunden und den kreativen Dingen, die mir wichtig sind. Beruflich kann ich mir sehr gut ein Medizinstudium vorstellen, das ist mein Wunsch, seitdem ich klein bin. Außerdem möchte ich im kreativen Bereich viel ausprobieren.

Das gewisse Etwas

Dieses Bild ist als Geschenk für die Mutter einer Freundin entstanden.

Eines meiner liebsten Nail Designs

Moritz: „Man kann durch den Weltraum hier mehr erreichen."

Schüler der Sir Karl Popper Schule und Erfinder

2020: Aktuell studiere ich an der Stanford University in Kalifornien Luft-Raumfahrttechnik und bin im Stanford Space Club dabei.

Name/Nickname
Moritz

Alter, Geburtsort
18, geboren in Wien

Wo lebst du?
In Wien.

Welche Schule besuchst du derzeit?
Sir Karl Popper Schule in der achten Klasse.

Hat es in der Vergangenheit Schulwechsel oder eine Schulpause gegeben?
Nur zwischen Volksschule, Unterstufe und Oberstufe. In der zweiten Klasse meiner Volksschule habe ich mich häufig mit meiner Lehrerin gestritten, weil sie meine Argumentation nicht akzeptierte. Beispielsweise sollten wir als Muttertagsgeschenk eine Vase basteln. Ich wollte lieber einen Ferrari anfertigen, weil meine Mutter schon eine Vase besaß. Aus diesem Anlass ließen dann meine Eltern einen IQ-Test bei einer Psychologin machen. Das Ergebnis auf Papier zu haben hat geholfen. Ich habe danach besondere Aufgaben bekommen. Allerdings war ich schnell mit ihnen fertig und hatte Spaß mit meinen Freunden.

In der Unterstufe hatten wir einen extrem engagierten Klassenvorstand, der mich gut gefördert hat. Ich musste wenig lernen und hatte gute Noten. Es war von Anfang mein Plan, in die SKP zu gehen. Sehr wichtig war für mich in der sechsten Klasse mein Aufenthalt in den USA. Das hat mich sehr geprägt, weil ich die Einstellung, meine eigenen Ideen in Projekte umzusetzen, entwickelt habe.

Was magst du an deinem Zuhause? Was gefällt dir nicht?
Ich habe keine hohen Ansprüche. Ich habe mein eigenes Zimmer, genug Platz für meinen Schreibtisch und auf der Dachterrasse kann man gut feiern.

Welche Dinge machen dir Spaß?
Dinge, die ich zufällig finde, die mich interessieren und über die ich mehr wissen möchte, Sport, Feiern, an eigenen Projekten arbeiten, Rick and Morty schauen. Im Herbst 2016 begann ich mit zwei Freunden ein praxisbezogenes Marsrover-Projekt zu entwickeln. Wir hatten keine Lust mehr darauf, nur Beispiele in der Physikolympiade zu bauen, und beschlossen, an einem Wettbewerb von ESA, Airbus und CNES teilzunehmen.

Herausgekommen ist ein windbetriebener Marsrover-Prototyp mit Titanstruktur, der von den bis zu 360 km/h starken Winden über die Oberfläche bewegt wird und Daten sammelt. Damit haben wir den Österreichwettbewerb gewonnen und danach in Toulouse den internationalen Wettbewerb. Zusammen mit dem Österreichischen Weltraumforum haben wir Tests im Oman durchgeführt, da die Bedingungen ähnlich wie am Mars sind. Wir haben tolle Sponsoren gefunden, um unser Projekt zu verbessern. Von ihnen wurden wir zum Raketenstart nach Französisch-Guayana eingeladen.

Toll ist für mich, dass man in vielen Rollen sein kann, vom Softwareingenieur bis zum Presseberichtschreiber. Mit einem Freund betreibe ich das Projekt LOBU, das erlebe ich ebenfalls als sehr gut und lehrreich.

Wie oft und mit wem kannst du sie tun?
So oft wie ich will und entweder alleine oder mit Freunden/Kollegen, aber das ist alles sehr flexibel.

Was macht dir in der Schule am meisten Spaß?
Die Freiheit, an Projekten zu arbeiten, und der Freiraum, um innerhalb eines Faches sich intensiv mit bestimmten Themen zu beschäftigen.

Was gefällt in der Schule gar nicht?

Dass es keine Abstufungen der Schwierigkeitsgrade von Klassen gibt. Es gibt also zum Beispiel pro Jahr meist zwei Klassen Physik, in denen genau dasselbe gemacht wird, und nicht eine, die schneller voranschreitet und mehr macht, und eine normale.

Ich hätte sehr gerne eine schwerere Klasse gehabt. Andererseits ließ mir das viel Freiraum, um an meinen Projekten zu arbeiten. Ich habe im letzten Jahr in Mathematik und Englisch vormaturiert.

Welche Menschen magst du am liebsten?

Meine Klassenkameraden, einen kleinen Freundeskreis aus der Unterstufe, mit dem ich viel Zeit verbringe, klarerweise meine gesamte Familie. Ich mag eigentlich alle Menschen oder kann zumindest an jedem/jeder Aspekte finden, die ich mag.

Mit wem verbringst du am meisten Zeit?
Was macht ihr gemeinsam?

Mit meinen Freunden aus der Unterstufe zum Chillen oder Fortgehen, mit meinem Bruder, mit dem ich Fußball spiele oder irgendwas bastle, und mit Kollegen von Projekten, die jetzt aber primär schon sehr enge Freunde geworden sind.

Bist du gerne alleine?

Vor allem wenn ich an etwas konzentriert arbeiten will, ja. Und sonst brauche ich das schon ab und zu, um zu reflektieren, was ich in nächster Zeit alles machen möchte. Abgesehen davon ist es mir aber ziemlich egal.

Gibt es Dinge, die du gerne tust und die Gleichaltrige nicht interessieren?

Ich investiere sehr viel Zeit und Herzblut in ein Marsroboterprojekt und ein Start-Up, was beides vielleicht nicht so typisch für Leute in meinem Alter ist.

Entwickelst du manchmal gerne neue Ideen und Dinge?
Die ganze Zeit. Ich denke die ganze Zeit nach. Als ich klein war, weckte ich oft Sonntagfrüh meine Eltern, weil ich zum Beispiel wissen wollte, wie die Glühlampe funktioniert. Leider kannte ich damals Google noch nicht.

Wer unterstützt dich bei dem, was du magst?
Meine Kollegen, Freunde und Familie. Ich bin nicht schüchtern und kann gut einschätzen, wer was gut kann beziehungsweise weiß und so kann ich mir eigentlich immer die richtige Hilfe holen.

Was brauchst du, um glücklich zu sein?
Viel Essen und ein Ziel. Ich werde nach dem Bundesheer in Stanford Luft- und Raumfahrttechnik studieren. Mich freut es, nur 15 Minuten von der NASA und unzähligen Technologiefirmen entfernt zu sein. Die Beschäftigung mit dem Weltraum übt eine enorme Faszination auf mich aus, weil es der Realität entkoppelt und magisch ist. Ich würde mir sehr wünschen, dass es in diesem Bereich mehr Kooperation zwischen den USA und Europa gäbe. Ich bin überzeugt davon, dass sich mit Einbeziehung des Weltraums viele Probleme lösen würden.

Das gewisse Etwas

Tumbleweed Mars Rover Computer Modell

Nara: „Ich mag Menschen, die offen sind."

Schülerin und Autorin, START-Stipendiatin

2020: Aktuell bin ich in der Maturaklasse.

Name/Nickname
Nara

Alter, Geburtsort
17 Jahre alt, geboren in Syrien, in Österreich seit zwei Jahren

Wo lebst du?
In Wien.

Welche Schule besuchst du derzeit?
Ein Gymnasium in der sechsten Klasse.

Hat es in der Vergangenheit Schulwechsel oder eine Schulpause gegeben?
Ich war in Syrien im Gymnasium. Mit meiner Familie war ich eineinhalb Jahre auf der Reise durch den Libanon und die Türkei, um in Österreich anzukommen. Hier angekommen musste ich zusätzlich weitere drei Monate warten, bis ich in die Schule gehen durfte. Diese lange Zeit war sehr schwierig für mich, weil mein Gehirn nicht trainiert wurde. Ich lerne sehr gerne und konnte in dieser Zeit die Schule nicht besuchen. Danach besuchte ich den Polytechnischen Lehrgang. Nach der Übergangsklasse im Gymnasium konnte ich in die fünfte Klasse des Gymnasiums umsteigen.

Was magst du an deinem Zuhause? Was gefällt dir nicht?
Ich bin gerne zusammen mit meiner Familie. Darüber hinaus lebe ich sehr gerne in Wien, aber ich vermisse meine Familie (Oma, Tante, ...) und meine

Freunde in Syrien. Zudem habe ich ein Zimmer mit meinen drei jüngeren Geschwistern. Sie sind oft laut und das ist für mich störend.

Welche Dinge machen dir Spaß?
Lesen, Theaterspielen, Schreiben, mit meiner Familie zusammen sein.

Wie oft und mit wem kannst du sie tun?
Lesen zu Hause und in der Schule, gemeinsame Zeit mit der Familie.

Was macht dir in der Schule am meisten Spaß?
Deutsche Grammatik lernen, Biologie, Mathe habe ich gerne. Die Schule in Syrien hatte ein sehr hohes Niveau in Mathematik und in den Naturwissenschaften. Dafür haben wir in den Sprachen fast nur Grammatik gemacht. Das ist hier viel besser, weil wir im Unterricht auch Sprechen üben. Außerdem habe ich sehr nette LehrerInnen und die Schule ist ein altes Gebäude, das mir gefällt.

Was gefällt in der Schule gar nicht?
Ich mag nicht, dass die Schule mit einer anderen zusammengelegt wird.

Welche Menschen magst du am liebsten?
Ich mag Menschen, die offen sind. Natürlich auch meine Familie, eine befreundete Familie und eine Schulfreundin.

Mit wem verbringst du am meisten Zeit?
Was macht ihr gemeinsam?
Mit meiner Familie und einer Schulfreundin. Gerne bin ich im Restaurant oder in der Bücherei.

Bist du gerne alleine?
Sehr gerne.

Gibt es Dinge, die du gerne tust und die Gleichaltrige nicht interessieren?

Ich liebe Sprachen. Ich spreche fließend Arabisch, Kurdisch, Deutsch, Englisch und Italienisch. Ich spiele sehr gerne Theater und liebe die deutsche Grammatik. Manchmal schreibe ich Bücher ab. Meine Erinnerungs- und Merkfähigkeit ist sehr hoch.

Entwickelst du manchmal gerne neue Ideen und Dinge?

Ich denke sehr gerne nach und rede vor allem mit meinem Vater darüber.

Wer unterstützt dich bei dem, was du magst?

Mein Vater und meine ganze Familie. Der Uniclub zweimal die Woche ist sehr unterstützend. Ich bin sehr froh, dort zu sein, und werde toll gefördert. Ich kann die Studenten alles fragen, auch was nichts mit der Schule zu tun hat. Das START-Stipendium ist ebenso ganz toll für mich.

Was brauchst du, um glücklich zu sein?

Einen eigenen Platz, meine Familie und viele gute Möglichkeiten, um zu lernen.

Das gewisse Etwas

Wir sind alle gleich, indem wir unterschiedlich sind.

Jeder Mensch hat etwas Besonderes, was die anderen nicht haben. Jeder von uns hat die Möglichkeit, die Welt zu verändern. Lasst uns darüber nachdenken und die Welt besser machen. (Deutsch)

Nessuno è perfetto. Ognuno di noi è diverso. Cerchiamo di fare il mondo piú bello. (Italienisch)

Everyone is different; every one of us can do different things than the other. Let us use this to make the world more beautiful. (Englisch)

Hemû ciyawaz in, her kes dikare tiştan ji yê din ciyawaztir bike, em bikartînin ji bo cîhanê bedewtir (xweşiktir) bikin. (Kurdisch)

Paul: „Glück ist, mit dem zufrieden zu sein, was man hat."

Schüler der Sir Karl Popper Schule und Basketballspieler

2020: Aktuell studiere ich europäische Wirtschaft und Unternehmensführung in Wien.

Name/Nickname
Paul

Alter, Geburtsort
18 Jahre, geboren in Wien

Wo lebst du?
In Wien.

Welche Schule besuchst du derzeit?
Sir Karl Popper Schule in der achten Klasse.

Hat es in der Vergangenheit Schulwechsel oder eine Schulpause gegeben?
In der Volksschule war ich mit meinem zwei Jahre älteren Bruder in einer Montessoriklasse. Die Schule war direkt vor der Haustüre und ich habe sie sehr gut in Erinnerung. Wir hatten viele Freiarbeiten, so dass sich unsere Begabungen stark entwickeln konnten. In der Unterstufe war es für mich ebenso toll und es gab einen Freiarbeitsschwerpunkt. Es gab natürlich nicht nur positive Sachen, doch im Nachhinein habe ich nur noch ausschließlich die in Erinnerung.

Ich war mir nicht sicher, ob ich auf die SKP wollte. Meine drei älteren Geschwister waren alle dort. Eigentlich hätte ich auch gerne eine Gastronomieschule mit Matura gemacht. Nachdem ich den Test auf der SKP aber bestanden hatte, entschied ich mich für diese Schule. Es war die absolut richtige Entscheidung und jetzt genieße ich fast alles sehr an der Schule, wie zum Beispiel das Modulsystem.

Was magst du an deinem Zuhause? Was gefällt dir nicht?
Ich liebe meine Freiräume zu Hause. Meine Eltern sind sehr flexibel. Ich kann gehen und kommen, wann ich will. Meine Eltern haben einfach ein großes Vertrauen in mich, dass ich das schon gut mache, wie ich es eben mache.

Welche Dinge machen dir Spaß?
Ich treffe sehr gerne unterschiedliche Leute und mag es, ausgelastet zu sein. Ich koche und esse sehr gerne. Ich liebe Sport. Ich trainiere leistungsmäßig Basketball, mag aber fast jede Art von Sport. Eigentlich bin ich froh, wenn ich einfach Spaß habe.

Wie oft und mit wem kannst du sie tun?
Täglich. Das Basketballtraining macht nicht immer Spaß, aber es ist dann doch immer gut, wenn man es getan hat.

Was macht dir in der Schule am meisten Spaß?
Die soziale Komponente. Ich treffe mich sehr gerne mit meinen Freunden. Ich bin, muss ich gestehen, faul und arbeite sehr wenig für die Schule. Ich habe in der Oberstufe fast nichts daheim gelernt, eigentlich einfach, weil es nicht notwendig war. Ich sehe mein Privileg der Begabung und dass ich mich nicht wirklich anstrengen muss.

Was gefällt in der Schule gar nicht?
Mir gefällt nicht, dass wir uns sehr viel vergleichen.

Welche Menschen magst du am liebsten?
Ich mag die Menschen, die mir das Gefühl geben, sich zu freuen, wenn sie mit mir Zeit verbringen.

**Mit wem verbringst du am meisten Zeit?
Was macht ihr gemeinsam?**
Mit meinen Mitspielern gezwungenermaßen beim Basketball. Ansonsten ist es ziemlich unterschiedlich. Das ergibt sich eigentlich irgendwie.

Bist du gerne alleine?
Ich bin gerne allein, aber noch lieber in Gesellschaft.

Gibt es Dinge, die du gerne tust und die Gleichaltrige nicht interessieren?
Wenn ich so darüber nachdenke, habe nicht so abwegige Hobbys.

Entwickelst du manchmal gerne neue Ideen und Dinge?
Ich gebe gerne blöden Ideen Freiraum. Aber keine zu großen Sachen.

Wer unterstützt dich bei dem, was du magst?
Meine Eltern sehr. Allerdings rede ich mit ihnen nicht so viel, das ist aber auch gar nicht notwendig. Sie wissen nicht sehr, was in meinem Leben passiert, aber gerade vielleicht auch deswegen geben bestätigende Worte auch wieder viel Kraft.

Was brauchst du, um glücklich zu sein?
Glücklich sein ist für mich, wenn alles perfekt ist – also eigentlich in weiter Ferne. Ich glaube aber, ich bin glücklicher als viele meiner Mitschüler, weil ich nicht so hohe Erwartungen generell und vor allem an mich selbst habe. Meine Mutter ist ein großes Vorbild für mich. Sie vermittelt die Einstellung, dass man nicht mit allem glücklich sein muss, um zufrieden zu sein – sich einfach über das zu freuen, was man hat. Ich freue mich schon auf das Altwerden. Irgendwie gefällt mir die Vorstellung, mit 70 Jahren gemeinsam mit meiner Frau auf 23 Enkelkinder zu schauen. Da kann ich mir dann vorstellen, dass ich glücklich bin.

Das gewisse Etwas

Ein Bild, auf dem ich mit dem glücklich bin, was ich habe :-)

Sara: „Ich möchte am großen Ganzen etwas beitragen."

Schülerin der Sir Karl Popper Schule und Schauspielerin

2020: Ich hab nach der Matura ein Gap-year gemacht, wobei ich 6 Monate einfach gearbeitet habe (Verwaltungspraktikum im Bundeskanzleramt). Derzeit studiere ich am Amsterdam University College Liberal Arts and Sciences mit meinem Major in International Relations und Psychologie.

Als Schauspielerin wirkte ich in dem Film„Lovecut" mit, der mit dem Fritz Raff-Drehbuchpreis beim Max Ophüls Filmfestival 2020 in Saarbrücken ausgezeichnet wurde.

Name/Nickname

Sara

Alter, Geburtsort

17 Jahre, geboren in Wien

Wo lebst du?

In Wien.

Welche Schule besuchst du derzeit?

Sir Karl Popper Schule in der achten Klasse.

Hat es in der Vergangenheit Schulwechsel oder eine Schulpause gegeben?

Nach vier Jahren Gymnasium wechselte ich auf die Sir Karl Popper Schule. Das Gymnasium war für mich sehr normativ. Mein Eindruck war, dass die Lehrer-Innen schon davon ausgehen, dass sich niemand für ihr Fach interessiert. Sie weckten wenig Begeisterung mit ihren Inhalten. An der Volksschule mochte ich die Normierung ebenso nicht. Ich konnte schon alles, als ich in die Schule kam, und hatte bisweilen soziale Probleme mit meinen KlassenkollegInnen. Da ich unterfordert war, habe ich geredet und andere gestört. Allerdings bin ich froh, keine Klasse übersprungen zu haben. Auch wenn es intellektuell kein Problem gewesen wäre, hätte mir sozial ein Jahr gefehlt.

Was magst du an deinem Zuhause? Was gefällt dir nicht?
Ich mag mein Zuhause sehr gerne. Meine Mutter hat mich immer sehr unterstützt und akzeptiert, so wie ich bin.

Welche Dinge machen dir Spaß?
Lesen, Sport, ich laufe gerne (auch wenn ich nicht so sportlich bin). Ich liebe vor allem Kreatives: freies Schreiben, Zeichnen, Schauspiel.

Wie oft und mit wem kannst du sie tun?
Sehr oft. Meine Prioritäten setze ich auf Spaß. Pflicht erledige ich meist im letzten Moment.

Was macht dir in der Schule am meisten Spaß?
Ich mag das flexible System der Schule, die Freiheit im Arbeiten und das Verständnis der LehrerInnen.

Was gefällt in der Schule gar nicht?
An der Schule generell fand ich das vorgefertigte System schlimm und die Normierung.

Welche Menschen magst du am liebsten?
Menschen ohne Vorurteile. Persönlich meine Mama, die mich immer unterstützt, meine beste Freundin und meine Schwester, die mir viele Tipps gibt.

Mit wem verbringst du am meisten Zeit?
Was macht ihr gemeinsam?
Mit FreundInnen in unterschiedlichen Gruppen, meiner besten Freundin und KlassenkollegInnen.

Bist du gerne alleine?

Sehr gerne. Ich brauche Zeit für mich alleine.

Gibt es Dinge, die du gerne tust und die Gleichaltrige nicht interessieren?

Viele. Ich habe mir im Kindergarten selbst Lesen und Rechnen beigebracht. Mit zwei Jahren konnte ich alle Automarken.

Entwickelst du manchmal gerne neue Ideen und Dinge?

Unbedingt. Ich habe mir mit acht Jahren überlegt, ob der persönliche Name Auswirkungen auf die Gehirnfunktionen hat.

Wer unterstützt dich bei dem, was du magst?

Meine Mutter. Ich mache sehr gerne Dinge für mich selbst.

Was brauchst du, um glücklich zu sein?

Menschen, denen ich mich anvertrauen und öffnen kann. In meinem Berufsleben möchte ich gerne etwas Großes für die Gemeinschaft tun. Ich begreife Zusammenhänge sehr schnell. Das könnte im Bereich der Diplomatie/Politik, Umweltschutz, aber auch im kreativen Bereich, eventuell im Schauspiel sein.

Das gewisse Etwas

Mein Interrailtrip 2019

Valerie: „Glücklich zu sein muss man sich selbst erlauben."

Schülerin der Sir Karl Popper Schule und Forscherin

2020: Ich habe direkt nach der Matura begonnen, Humanmedizin in Wien zu studieren, und fühle mich in diesem Studium sehr, sehr wohl. Medizin ermöglicht mir, meinen Lerneifer mit meinem Interesse für den menschlichen Körper zu verknüpfen. Ich freue mich darauf, irgendwann mit dem Wissen und Verständnis, das ich mir jetzt erarbeite, andere in ihrem Weg unterstützen zu können. Diese Vorstellung hat mich im letzten Jahr auch mental gestärkt, von meiner früheren Essstörung konnte ich Abstand gewinnen. Mittlerweile kann ich mich auch besser von innerem Leistungsdruck oder Stress abgrenzen. Wichtig war dabei sicherlich das Erwachsenwerden – seit ich 18 bin, habe ich mehr das Gefühl, allein über mein Leben entscheiden zu können und für mein Glück selbst verantwortlich zu sein. Ständiges Vergleichen mit anderen hat dabei keinen Nutzen, genau so wenig wie emotionslos auf Ziele hinzuarbeiten. Ich musste für mich lernen, nicht immer in Schwarz-Weiß zu denken – also z.B. dass es auch etwas zwischen super glücklich und sehr unglücklich gibt. Um „normal" glücklich zu werden, musste ich lernen, dass es OK ist, in vielen Dingen einfach glücklich normal zu sein.

Name/Nickname
Valerie

Alter, Geburtsort
17 Jahre, geboren in Wien

Wo lebst du?
In Wien bei meiner Familie.

Welche Schule besuchst du derzeit?
Sir Karl Popper Schule in der achten Klasse.

Hat es in der Vergangenheit Schulwechsel oder eine Schulpause gegeben?

Nach der Volksschule wechselte ich auf das Gymnasium und dann in der Oberstufe auf die Sir Karl Popper Schule. In der dritten Klasse Volksschule gab es einen IQ-Test von der Uni, bei dem ich so gut abschnitt, dass mir eine besondere Förderung empfohlen wurde. Selbst habe ich mich oft mit den anderen Kindern gelangweilt und wollte mich nicht an ihren Aktivitäten (zum Beispiel Blättersammeln) beteiligen. Ich habe gemerkt, dass ich oft am schnellsten war, und war auch ehrgeizig.

Es gab von September 2016 bis März 2017 eine Schulpause, weil ich aufgrund meiner Anorexieerkrankung im Spital war. Ich war immer sehr stark auf die Schule fokussiert und habe mich für alle Projekte angemeldet. Selbst mache ich mir mit der Leistungsorientierung viel Druck. Das Notensystem trägt viel dazu bei.

Um mich gut zu fühlen, brauche ich die Bestätigung von außen. Die Psychotherapie hat mir aber sehr geholfen. Es ist mir unangenehm, dass die LehrerInnen jetzt Rücksicht auf mich nehmen. Ich möchte nicht das „Mädchen mit Anorexie" sein.

Was magst du an deinem Zuhause? Was gefällt dir nicht?

Ich habe ein Zimmer für mich in einem eigenen Stock. Wir wohnen sehr schön im Grünen und ich bin sehr dankbar für unsere Lebenssituation. Leider muss ich weiter in die Stadt fahren und mich können Freunde nicht so häufig besuchen. Außerdem gibt es manchmal Streit um Alltagsdinge. Meine Eltern haben sehr hohe Erwartungen an mich und es dauerte, bis sie begannen, meinen Stress zu verstehen.

Welche Dinge machen dir Spaß?

Das ist schwer zu beantworten. Ich mag es, entspannt genug zu tun zu haben, aber nicht zu viel. Außerdem ist es schön, im Chor zu singen, Klarinette zu spielen und Sport zu machen.

Wie oft und mit wem kannst du sie tun?

Circa dreimal die Woche. Ich treffe mich gerne mit Freunden.

Was macht dir in der Schule am meisten Spaß?
Mir gefällt es sehr, mit anderen Menschen in Kontakt zu sein, meine Freunde zu treffen und Neues zu lernen. Turnen, Latein, Physik und Chemie machen mir Spaß. An der Volksschule war toll, dass wir den ganzen Tag etwas Sinnvolles gemacht haben. Es gab Gemeinschaft und keine Cliquenbildung.

Was gefällt in der Schule gar nicht?
Manchmal erlebe ich es als Überforderung, schon um zwölf Uhr frei zu haben und meine Zeit selbst einteilen zu müssen. Glücklicherweise haben wir in der SKP aber eine gute Gemeinschaft. Und dadurch konnte ich schon immer viele Hobbys neben der Schule haben. Ich mag es nicht, Noten zu bekommen. Ich erlebe sie nicht als wirkliches Feedback und nur als Momentaufnahmen. Die Matura empfinde ich als unangenehm. Auf einmal erlebt man sich als Konkurrenz und nicht als Team.

Welche Menschen magst du am liebsten?
Meine Mutter, meine beste Freundin, die restliche Familie und den engeren Freundeskreis.

**Mit wem verbringst du am meisten Zeit?
Was macht ihr gemeinsam?**
Mit meiner besten Freundin, auch an der Schule. Wir haben die gleichen Ansprüche. Gerne mit meiner Familie und meinen Freunden, aber nicht zu viel Zeit.

Bist du gerne alleine?
Manchmal ja, manchmal gar nicht. Für mich gibt es zwei Arten von Alleinsein oder Einsamsein. Es gibt Risikozeit, in der ich mich nicht wohl fühle, aber auch Zeit, die ich für mich brauche.

Gibt es Dinge, die du gerne tust und die Gleichaltrige nicht interessieren?
Ich interessiere mich ganz besonders für Wissenschaft. Ich möchte unbedingt Medizin studieren. Der Körper interessiert mich sehr. Ich spiele gerne Klarinette, singe im Chor, außerdem schaffe ich gerne um mich herum Ordnung.

Entwickelst du manchmal gerne neue Ideen und Dinge?
Sehr gerne. Ich mag Gruppenarbeiten und Organisation. Ich bin sehr ideenreich und bringe mich gern in die Gemeinschaft ein.

Wer unterstützt dich bei dem, was du magst?
Meine Eltern, diese sind aber oft auch kritisch. Meine beste Freundin. Sie mag mich bedingungslos.

Was brauchst du, um glücklich zu sein?
Eine Umgebung, in der ich mich wohl fühle. Menschen, die mich unterstützen und mit denen ich mich verbunden fühle, helfen mir, mich glücklich zu fühlen. Manchmal ist es einfach ein kurzer Spaziergang im Freien oder ein lustiges Gespräch mit einem Freund, das mich lächeln lässt.

Zum Glücklichsein brauche ich Sicherheit, einen festen Rahmen und Struktur, in der ich mir erlaube, selbst glücklich zu sein.

Das gewisse Etwas

Einatmen, ausatmen

Einatmen, ausatmen. Auf den Dächern der Nachbarhäuser sieht man die Sonne scheinen und wünscht sich, man könnte das angenehme warme Prickeln der Sonnenstrahlen auf der Haut spüren. Es ist ein gewöhnlicher Schultag. Im Unterricht schweifen die Gedanken immer wieder vom Stoff ab, besonders viele Gedanken drehen sich darum, dass in wenigen Tagen der allbekannte Stress der Schularbeiten und Prüfung wieder einsetzt.

Diese Zeit des Schuljahres ist wie eine Verschnaufpause vor einer Zeit, in der Schülern psychisch und körperlich viel zugemutet wird. Eine Zeit, in der kein

Platz für Freunde, Hobbies und Familie ist. Kurz im Moment verharren, die Leere im Kopf genießen. Nicht daran denken, dass schon bald wieder Formeln und Stilmittel darin Platz finden müssen. Dass das Gefühl der Gelassenheit und Zuversicht bald wieder enormem Stress und Angst vor dem Versagen weichen muss.

Einatmen, ausatmen. Leise hört man die Lehrer in den Räumen, wie sie Wissen vermitteln. Als Schüler funktioniert man: hört zu, schreibt, lernt. Man wird verglichen, bewertet und gefördert. Schule – der Ort, an dem man als Jugendlicher sein halbes Leben verbringt. Der Ort, an dem man neue Erfahrungen macht, Träume entwickelt und Enttäuschungen erleben muss. Wir leben mit, in und für die Schule. Sie gibt uns Halt. Sie gibt uns das Gefühl von Gemeinschaft und doch nimmt sie uns Zeit und Kraft für das Leben außerhalb. Eigentlich ist sie ein verwirrender Ort. Und doch ein Teil unseres Lebens, der nicht wegzudenken ist. Den keiner hinterfragt. Schule und Leben – sie greifen ineinander, kreuzen sich, laufen aneinander vorbei und am Ende vereint sich doch alles zu einem.

Einatmen, ausatmen. Der Zeiger der Uhr kriecht zum letzten Mal zur 12 und die Schüler um einen erwachen zum Leben. Man steht auf und lässt sich vom Strom der Schüler zum Ausgang tragen.

Dann tritt man in die Sonne.

Unendlichkeit

Eines Nachts stand ein Mädchen mit flatterndem Kleid,
am Fenster des Zimmers mit Blick in das All.
Es blicken die Sterne so gütig herab,
das liebliche Mondlicht sie einhüllt in Glanz.
Und wie der warme Schein ihre Arme umspielt,
die Augen sie fragend nach oben erhebt.
Doch weiß sie, Gewissheit gibt es nicht,
nur die Weite des leeren Raums.
Wie weit auch die Lichter entfernt zu sein scheinen,
in der Nacht ist sie ihnen ganz nah.
Ihr Körper erfüllt von der Wärme des Lichts,
der Schein der Sterne sich in ihren Augen verfängt.
Unbezwingbar wirkt die Kraft des Moments,
Nichts kann sie dem Bann dieses Anblicks entreißen.
Staunend sucht sie den Himmel ab,
fasziniert von der schieren Unendlichkeit.

Vici: „Ich schenke der Welt gerne meine Ideen."

Schülerin der Sir Karl Popper Schule und Ideengeberin

2020: Aktuell studiere ich Publizistik an der Uni Wien und BWL an der WU Wien.

Name/Nickname
Vici

Alter, Geburtsort
18 Jahre, geboren in Wien

Wo lebst du?
In Wien.

Welche Schule besuchst du derzeit?
Sir Karl Popper Schule in der achten Klasse.

Hat es in der Vergangenheit Schulwechsel oder eine Schulpause gegeben?
Ich habe meine Volksschule sehr geliebt. Danach besuchte ich dort die Unterstufe des angeschlossenen Gymnasiums. Das Lernen fiel mir sehr leicht und ich war Klassenbeste.

Meine Lehrerin hat mir die SKP empfohlen. Anfangs wollte ich nicht dorthin, weil ich Vorurteile hatte. Den Aufnahmetest habe ich nicht auf Hochglanz bestanden (es gibt kein Bestanden oder Nicht bestanden, weil es eine Spannweite von Ergebnissen gibt, die genommen werden, ich war in dem Feld, bei dem nicht zu 100% sicher ist, ob man es hineinschafft), weil ich beim räumlichen Denken die Würfel immer in die falsche Richtung gedreht habe. Ausschlaggebend war dann mein Bewerbungsschreiben. Da ich nach diesem Test nicht hochbegabt bin, wollte ich mich zuerst auch nicht für das Interview bewerben.

Was magst du an deinem Zuhause? Was gefällt dir nicht?
Ich verstehe mich sehr gut mit meinem 16-jährigen Bruder. Das Familienleben funktioniert. In Ottakring bin ich gut angebunden, das ist angenehm. Da ich ein Zimmer mit meinem Bruder habe, gibt es wenig Privatsphäre und manchmal ist es mir zu eng.

Welche Dinge machen dir Spaß?
Ich rede sehr gerne. Meine Geschichten schreibe ich bisweilen auf. Außerdem laufe ich regelmäßig. Ich mag Englisch. Mit meinen Freunden tausche ich mich gerne über Serien, Filme und Popkultur aus. Essen und Kochen gefallen mir auch.

Wie oft und mit wem kannst du sie tun?
Laufen geht alleine. Manchmal auch gemeinsam mit meinen Eltern. Filme schaue ich mit meinen Freunden. Ich treffe sie täglich.

Was macht dir in der Schule am meisten Spaß?
Meine Freunde treffen, diskutieren und der Englischunterricht. Ich liebe Diskussionsrunden und den offenen Unterricht. Es ist toll, sich mit den anderen MitschülerInnen auszutauschen.

Was gefällt in der Schule gar nicht?
Ich mag den Frontalunterricht und lange Dokumentationen nicht. Das erlebe ich als sehr ermüdend.

Welche Menschen magst du am liebsten?
Meine Freunde und danach meine Familie. Im Moment sind mir meine Freunde sehr wichtig.

**Mit wem verbringst du am meisten Zeit?
Was macht ihr gemeinsam?**
Mit meiner besten Freundin. Wir gehen viel Kaffee trinken, schreiben oder telefonieren täglich.

Bist du gerne alleine?

In letzter Zeit immer mehr. Mit vollkommener Stille kann ich nicht umgehen. Ich höre gerne Musik. Manchmal koche ich für mich.

Gibt es Dinge, die du gerne tust und die Gleichaltrige nicht interessieren?

Ich weiß es nicht. Ich lese sehr gerne Fantasygeschichten und ich liebe Fiction. Viele Freunde machen das nicht mehr.

Entwickelst du manchmal gerne neue Ideen und Dinge?

Sehr gerne. Ich plane und organisiere sehr gerne. Es gibt viele „To-do"-Listen. Die Maturareise nach Kroatien habe ich organisiert. Ich war ein halbes Jahr in den USA und fand die Jahrbücher so toll dort, dass ich diese Idee mit den Fragebögen importiert und in unsere Maturazeitung integriert habe. Das fand sehr guten Anklang.

Wer unterstützt dich bei dem, was du magst?

Meine Eltern. Meine Mutter unterstützt mich beim kreativen Schreiben, mein Vater in praktischer und sportlicher Hinsicht.

Was brauchst du, um glücklich zu sein?

Menschen, mit denen ich mich austauschen kann. Eine Grundzufriedenheit mit meinen Entscheidungen. Mit mir selbst im Reinen sein. Leute, die mich gerne haben oder lieben. Beruflich bin ich sehr offen. Im Moment kann ich mir ein Studium der Publizistik oder der Kommunikationswissenschaften vorstellen, eventuell in Kombination mit Anglistik.

ESCAPE
Taking off and flying away
seeing the sky
spreading my wings
and getting lost like
a balloon that rises
and rises and never stops.

PIECES OF MY NIGHT
Have I ever told you that I miss you?
Lying awake and staring up at the ceiling
The night is long from being over
but we are not.
Did you know I miss the impossibility of us
being happy together?
Making each other happy and feel
Feel content, calm and satisfaction.
I miss the thought of a future
I'll never have and if I'm being honest
I don't really want anymore.
I just miss the piece of my heart
you took with you and
that hasn't been replaced
Yet.

OPEN EYES
The sun going down
and leaving me alone
made me realize
I can still see in the dark.
You disappearing into nowhere
and turning to dust
made me start from scratch
made me see the beauty
of the world.
Every human, every plant,
leaf, rain drop, sun ray.
Being aware of the finiteness
of life changed me.

SHINING
Why should I feel bad for my feelings
my wishes
my needs
my wants
the longings of my soul
Why should I care about your opinions
your suggestions
your remarks
your comments
or you
When you don't accept me
For being me
I'm not gonna let myself be put down
By you
Or anyone else.
For the sun doesn't apologize
she shines as brightly as she does
And hides behind the fog
on days she doesn't wanna see the earth.

GENIALE BEGLEITER – Die Begabung im Interview

Ich: Die Begabung. Teil 1.

„Es gibt mehr Ding' im Himmel und auf Erden
als Eure Schulweisheit sich träumt.“

(William Shakespeare, Hamlet, 1,5)

Name/Nickname
Begabung oder Talent

Alter, Geburtsort
Immer so alt wie seit der Konzeption. Ich habe mich mindestens gegen 300 Millionen KontrahentInnen geschlagen und bin einzigartig. Geboren werde ich überall auf der Welt. Wenn nach den aktuellen Messsystemen 2 Prozent aller Menschen mit einem IQ über 130 hochbegabt sind, gibt es ca. 160 Millionen hochbegabte Menschen weltweit und darüber hinaus haben 98 Prozent aller Menschen, bald 8 Milliarden, unzählige vielfältige einzigartige Begabungen.

Wo lebst du?
Ich lebe in jedem Gehirn und in jeder Synapse. Mit allen meinen an die 37 Billionen Nervenzellen im Körper lebe ich zusammen. In meinem Gehirn sind zumindest 100 Milliarden Nervenzellen, meine Neuronen, zuhause.

Welche Schule besuchst du derzeit?
Jede Schule, an der ich etwas lernen und mich entfalten kann. Ich bin nie faul. Mein Herz schlägt direkt nach meiner Konzeption schon nach 22 Tagen, obwohl ich noch ein kleiner Zellhaufen bin. In jedem Bruchteil einer Sekunde arbeite ich.

Hat es in der Vergangenheit Schulwechsel oder eine Schulpause gegeben?
Ständig und viele. Ich entwickle mich permanent. Wenn eine Entwicklung abgeschlossen ist, kommt die nächste. Ich will gehen, sprechen und denken lernen.

Das mache ich von ganz alleine. Ich brauche immer wieder neue Vorbilder, die mich Gutes nachahmen lassen. Natürlich brauche ich den richtigen Platz, um mich zu entwickeln und zeigen zu können. Wenn ich nicht gefördert werde, bleibe ich zu klein. Ich kann mein ganzes Leben lang Neues lernen. Das Schöne ist: Ich lerne nie aus und bin auch nie ganz weg.

Was magst du an deinem Zuhause?

Ich habe jeden Freiraum. Ich kann klein und groß sein, dick und dünn, bunt und schwarz-weiß, laut und leise, fröhlich und traurig, angepasst und unangepasst, auffällig und unauffällig, sichtbar und unsichtbar, alles, was ich will oder auch nicht.

Mich gibt es in allen Facetten, beispiellos ungewöhnlich, oftmals nicht bemerkt oder als durchschnittlich betrachtet. Meine Wahrnehmung hängt von meiner Außenwelt ab. Meine Außenwelt unterliegt vielen Kriterien, die unterschiedlich betrachtet werden und niemals festgelegt sind.

Was gefällt dir nicht?

Ich mag nicht normiert werden. Mich gibt es nur einmal und ich bin besonders. Ich kann spezifisch sein und allgemein. Ich möchte ernst genommen und gesehen werden.

Bis ich meinen Platz gefunden habe, brauche ich Unterstützung. Wenn ich zeichne, mag ich nicht, dass jemand lacht und sagt „Krizi-Krazi". Wenn ich vom Schwebebalken falle, mag ich nicht hören „Du bist tollpatschig", sondern „Probiere es nochmal". Wenn ich eine Melodie bei einem Lied noch nicht kann, möchte ich bestärkt werden und weiter daran üben und sie irgendwann singen.

Ich habe viele BegleiterInnen, die ich sehr mag. Sie sind genauso begabt wie ich, aber werden nicht oder falsch gefördert. Ich möchte sie gerne vorstellen, weil sie der Welt viel geben können, wenn man ihnen hilft.

Meine BegleiterInnen heißen Begabung und Armut, Begabung und Angst, Begabung und Überforderung, Begabung und Über-sehen-werden, Begabung und Demütigung, Begabung und Neid, Begabung und Trauma, Begabung und Lernfreude, Begabung und Offenheit, Begabung und Begeisterung, Begabung und Willenskraft, Begabung und Innovation, Begabung und soziale Kompetenz, Begabung und Bewegung.

Meine Begleiterin: Die Armut

Meine Begleiterin Armut ist die fleißigste Person, die ich kenne. Sie macht morgens das Frühstück für ihre vier Geschwister. Danach fährt sie mit ihnen zum Kindergarten und in die Schule. Nach der Schule kocht sie und kümmert sich um ihre kranke Mutter, um am Nachmittag ihren Geschwistern bei den Hausaufgaben zu helfen. Sie kann sehr gut rechnen und Geschichten schreiben, hat aber wenig Zeit dafür.

Ihre Klassenkameradinnen meiden sie, weil sie alte Kleider trägt und kein Smartphone hat. Wenn sie zu einem Geburtstag eingeladen ist, sagt sie ab, weil sie sich schämt, ohne Geschenk zu kommen. Wenn sie Zeit hat, geht sie in die Bibliothek und leiht sich viele Bücher aus. Sie möchte so gerne studieren, weiß aber, dass ihre Geschwister die Schule nicht schaffen würden und ihre Mutter überfordert wäre. Im Winter friert sie und macht mit Handschuhen ihre Hausaufgaben und die Hausarbeit. Damit ist sie nicht alleine.

Das europäische Statistikamt Eurostat hat erhoben, dass jedes vierte Kind in Europa unter 18 Jahren von Armut bedroht ist. Etwa 25 Millionen oder 24,3 Prozent der Kinder wuchsen 2018 in benachteiligenden sozialen Verhältnissen heran.

Meine Begleiterin: Die Angst

Meine Begleiterin Angst kann die tollsten Bilder malen. Sie geht in eine Schule, die sie nicht mag. Schon auf dem Schulweg lauern ihr Kinder auf, lachen sie aus und treten sie, weil sie kleinwüchsig ist und eine altmodische Brille trägt. Sie würde am liebsten nicht mehr aus dem Haus gehen. Die Gespräche mit den LehrerInnen haben nicht viel geholfen, weil die anderen Kinder sie verhöhnen, da sie sie verpetzt hat.

Sie sitzt in der Klasse und hat Angst vor der Pause. Sie ist klug, aber kann sich kaum konzentrieren. Im Zeichenunterricht ist sie glücklich. Sie wird gelobt und alle sehen, dass sie die tollsten Bilder malen kann. Sie wünscht sich ein Buddysystem, das sie in die Schule begleitet und sie schützt, wenn alle auf sie losgehen. Sie wünscht sich LehrerInnen, die mit der Klasse besprechen, wie soziales Lernen und Leben geht. Am liebsten hätte sie Fächer, in denen man soziales Lernen und Kommunikation unterrichtet. Später möchte sie Kunst studieren, hat aber bald kein Selbstvertrauen mehr. Sie fürchtet sich, dass sie die Situation an der Uni wieder einholt.

Die Angst ist nicht alleine. Nach der aktuellen Pisastudie der OECD ist die Schule sehr angstbesetzt. Im Leistungsbereich haben international 52 Prozent aller Schüler Schul- und Prüfungsangst. Die Feststellung „Ich werde nervös, wenn ich nicht weiß, wie ich eine Schulaufgabe lösen soll" bejahen über die Hälfte aller SchülerInnen. Dem Satz „Ich habe Angst vor schlechten Noten" stimmen 66 Prozent aller Schüler zu. Mehr als jedes zweite Kind hat Angst vor der Schule und seinem Bewertungssystem.

Jeder sechste 15-Jährige wird in Deutschland Opfer von Mobbing, in Österreich ist es schon jeder fünfte Schüler. Das liegt höher als der internationale Durchschnitt von 18,7 Prozent. Mobbing gibt es in jeder psychischen Gewaltvariante, wie zum Beispiel verbale Gemeinheiten, heimtückische Gerüchte oder völlige Ignoranz und Ausgrenzung aus der Klassengemeinschaft. Über physische Gewalt, beispielsweise Übergriffe oder Schläge, berichten nur 2,3 Prozent der deutschen und 4 Prozent der österreichischen SchülerInnen.

Am wenigsten Mobbing gibt es in den Niederlanden (9,3 Prozent), den Spitzenwert erzielt interessanterweise das Pisa-Siegerland Hongkong, wo fast jeder dritte Schüler, also 32,3 Prozent der SchülerInnen, über Mobbing klagten. Jungen werden etwas häufiger Opfer von Mobbing als Mädchen. Schülerinnen klagen dagegen öfter darüber, dass über sie böswillige Gerüchte in Umlauf sind, die oftmals auch über die sozialen Medien ausgetragen werden.

Meine Begleiterin: Die Überforderung

Meine Begleiterin Überforderung hat keine Zeit zum Spielen. Sie besucht jeden Nachmittag einen anderen Kurs, in dem sie etwas Neues lernt. Sie lernt

Chinesisch, Spanisch, Ballett, Reiten und Taekwondo. Ich würde gerne mit ihr plaudern, Musik hören und Filme anschauen. Das ist nicht möglich, weil ihre Eltern sagen, sie möchten sie gut auf das Leben vorbereiten.

Meine Begleiterin Überforderung ist sehr begabt und lernt gerne neue Dinge. Manchmal ist sie traurig, dass sie keine Zeit mit mir gemeinsam hat. Oftmals schläft sie schlecht, weil einige Kinder in ihren Kursen sind, die besser sind als sie. Überhaupt macht sie sich mehr Sorgen über das Leben als ich. Ihr gefällt das „Bulimielernen" gar nicht. Nach den Kursen gibt es Aufgabenstellungen und Zertifikate. Sie findet das überflüssig, weil sie selbst weiß, wann und ob sie das Gelernte kann. Sie leidet unter der ständigen Bewertung von außen.

Gerne möchte sie viel mehr Kind sein und auch einmal nichts Produktives tun. Sie möchte in ihrer Zeit etwas entwickeln, möchte aber ihre Eltern nicht enttäuschen, die alles tun, um sie zu unterstützen. Sie hat einen Intelligenzquotienten von über 130 und ihre Eltern sagen, dass sie darauf stolz sein kann. Manchmal ist es ihr peinlich, dass die Zahl immer erwähnt wird. Sie möchte sich auf keine Zahl reduzieren lassen und auch nichts Besonderes sein.

Mein Begleiter: Das Über-sehen-werden

*Mein*e Begleiter*in Über-sehen-werden ist leise. Er/Sie redet nicht gerne und meldet sich im Unterricht nie. Er/Sie konstruiert technische komplizierte Modelle und möchte Erfinder*in werden. Er/Sie schreibt gute Noten, ist aber nicht herausragend. Niemand in der Schule weiß, welcher Pioniergeist in ihm/ihr steckt. Es fällt ihm/ihr schwer, aufzufallen und laut zu sein.*

*Er/Sie möchte sich auf seine/ihre Ideen konzentrieren und mag viele Dinge nicht, die Gleichaltrige tun. Er/Sie geht nicht auf Partys, mag als Einzige*r nicht auf Social Media sein und sieht sehr unauffällig aus. Seine/Ihre Eltern interessieren sich nicht für ihn/sie. Meistens denkt oder arbeitet er/sie für sich alleine.*

Er/Sie würde gerne Kurse besuchen und Neues lernen, aber niemand unterstützt ihn/sie. Er/Sie fühlt sich manchmal hilflos, weil er/sie nicht weiß, wie seine/ihre Talente gefördert werden können.

Meine Begleiterin: Die Demütigung

Meine Begleiterin Demütigung sieht aus wie ein Paradiesvogel und hat immer neue Ideen. Jedes Fest wird mit ihr zu einem wunderbaren Erlebnis. Sie ist voller Phantasie und Extravaganz. Sie schneidert die ungewöhnlichsten Kleider und malt sich bunt an. Sie ist der Quell für Kreativität, Innovation und Originalität. Sie fällt überall auf und wird oft beleidigt und gedemütigt. Irgendwann nimmt sie jede Modeströmung wahr und kopiert sie im Kleinen.

Früher fuhr sie zur See und kam nach langer Zeit voller Tattoos zurück, als es hier noch keine Tattoostudios gab. Sie trug bunte Haare, als sich noch niemand traute, die eigenen zu färben. Sie bekannte sich zu ungewöhnlichen Lebensentwürfen, als diese noch tabu waren. Sie ist oft neu und ungewöhnlich in der Betrachtung, aber nie langweilig. Sie gibt nicht auf, aber kränkt sich, wegen der schmerzhaften Worte und Vorurteile. Sie schenkt der Welt all das, was noch nie gesehen, gedacht und erlebt wurde. Sie quälen die Ideen von Konservatismus und dem Festhalten an Traditionen aus Angst.

Meine Begleiterin: Die Lernfreude

Meine Begleiterin Lernfreude steckt in jedem Kind. Die Freude über die ersten Schritte, den ersten selbstgebackenen Sandkuchen und die erste geglückte Fahrradfahrt ohne Stützräder stärken das Selbstbewusstsein und die persönliche Sicherheit.

Im Wort Entwicklung steckt das Eingewickeltsein vieler Talente und das persönliche Bedürfnis, Menschen und Plätze zu finden, um sich entfalten zu dürfen. Vieles geht von ganz alleine, einiges braucht Unterstützung. Begabung und Lernfreude hat das Glück, in einem liebevollen und unterstützenden Umfeld aufzuwachsen. Ihre Eltern haben sich schon in der Schwangerschaft sehr über sie gefreut und seitdem alles getan, um sie in ihrer Entwicklung zu unterstützen. Sie darf alles ausprobieren und wird nicht dabei kritisiert. Ihre Erfolge werden bestärkt und begleitet. Sie findet immer wieder Spaß an neuen Herausforderungen und geht offen an die Dinge heran. Ihre positive Haltung motiviert ihr Umfeld, neue, kreative und innovative Lernfelder zu erschließen.

Meine Begleiterin: Die Offenheit

Meine Begleiterin Offenheit ist die interessanteste Person, die ich kenne. Sie betrachtet die Dinge und beurteilt sie nicht. Sie bewegt sich zwischen vielen Welten und ist immer neugierig. Sie liebt es, unterschiedliche Speisen auf der ganzen Welt auszuprobieren, Tänze aus jeder Kultur zu lernen und in allen Sprachen die Begrüßungen zu lernen. Sie ist bunt und interessiert, bringt immer viele neue Ideen mit, ihr Geist ist ständig in Bewegung. Ihr ist Geld nicht wichtig, für sie geht es immer um den Inhalt und das Erleben und Erkennen neuer Ideen und Lebensentwürfe. Sie begegnet Menschen und Lebensentwürfen interessiert, ohne sie zu beurteilen, und versucht, das Konzept, den Hintergrund und die Theorie hinter dem Gelebten zu verstehen. Sie sieht sich als Teil der Erde und des Universums und nicht als Krone der Schöpfung. Jedes Lebewesen bekommt seinen Raum bei ihr und hat seinen Wert.

Meine Begleiterin: Die Begeisterung

Meine Begleiterin Begeisterung verströmt unendlich viel Energie, wenn sie den Raum betritt. Sie ist mitreißend und interessant. Jede noch so kleine Idee greift sie auf und glaubt an deren Umsetzung. Bei ihr gibt es kein „Das geht doch nicht" oder „Der Aufwand ist zu groß". Sie glaubt an die Innovation und motiviert mit ihrer Begeisterung eine ganze Gruppe. Manchmal ist sie laut, manchmal leise. Sie reißt mit und erfreut die Herzen der anderen. Ihr gelingt es, traurige Menschen zu einem Lächeln zu bewegen, müde Menschen zum Tanzen zu bringen, dass vorsichtige Menschen etwas wagen und mutige Menschen neue Projekte initiieren. Man findet sie als Clown, als Start-Up-UnternehmerIn, als Eltern, als Astronaut/In, als PädagogIn, als VerkäuferIn und überall dort, wo Menschen ihre Tätigkeit mit Liebe und Herzensbildung ausführen.

Meine Begleiterin: Die Willenskraft

Meine Begleiterin Willenskraft ist der zielorientierteste Mensch, den ich kenne. Sie baute schon als kleiner Bub die tollsten Modelle, und obwohl sie oft kaputt gingen, baute sie sie immer wieder auf. In ihrem Keller ist eine Werkstatt, in der sie forscht, konstruiert und entwickelt. Sie weiß, dass es besser geht, und sie möchte für die Menschheit etwas Gutes tun. Ihr Antrieb ist, die Dinge zu einem Ende zu bringen und ihre inneren Bilder nach außen zu setzen. Meine Begleiterin Willenskraft hat viele Namen. Sie heißt Curie, Edison, Semmelweis, Lamarr, Gaudi, Callas, Picasso, Lassnig, Beethoven etc ... Manche Namen kennt man, andere wiederum werden nie aufgeschrieben sein, obwohl sie im Kleinen genauso wichtig wirken. Ein Bürgermeister in einem kleinen afrikanischen Dorf, der einen Brunnen gräbt, um die Menschen mit Wasser zu versorgen, eine Altenpflegerin, die stundenlang die Hand von sterbenden Menschen hält und sie in den letzten Stunden nicht im Stich lässt, und die Mutter, die für ihr behindertes Kind alle fördernden Maßnahmen erkämpft, gehören genauso dazu.

Meine Begleiterin: Die soziale Kompetenz

Meine Begleiterin soziale Kompetenz ist Klassensprecherin, organisiert den Schulball, betreut Alte und Kranke und gründet Einrichtungen für sozial schwache Menschen. Sie schafft unterstützende Wohlfühlräume, hilft an den Orten, an denen keiner mehr hilft, macht die Arbeit, die keiner machen möchte, und hat ein offenes Ohr für ihr Gegenüber. Sie nimmt sich gerne zurück und lässt dem Anderen den würdigen Platz. Sie ist mit sich zufrieden und braucht wenig Aufmerksamkeit. Sie schafft eine Wohlfühlatmosphäre und hat das Ganze im Blick. Sie denkt an die Geburtstage und Jahrestage, besorgt Blumen und Geschenke und macht viele Kontaktangebote. In ihrer Gegenwart beginnen Menschen wieder zu lächeln.

Mein Begleiter: Der Neid

Mein Begleiter Neid ist klug und schön. Er wird als Streber bezeichnet und engagiert sich sehr in der Schule. Er ist an allem Neuen interessiert und hat die besten Ideen. Er muss sich immer sehr zusammenreißen, um nicht laut herauszurufen, weil er die Antworten schon kennt, bevor die LehrerInnen den Satz zu

Ende gesprochen haben. Es ist schwierig für ihn, das Klassentempo auszuhalten. Außerdem stört es ihn, dass die Lehrer sich vor allem um die langsameren Kinder kümmern und ihm sagen, dass sie schon wissen, was er kann. Er engagiert sich als Klassensprecher, weil er gerne etwas für die Allgemeinheit tun möchte. Dafür erntet er häufig Kritik, weil sich Ergebnisse nicht immer so entwickeln wie gewünscht. Ihm wird häufig gesagt, dass er privilegiert sei und es leicht habe. Das ärgert ihn, weil er damit kämpft, sich anzupassen. Er möchte gerne ein Teil der Gemeinschaft sein, ist aber oft nur zum Abschreiben der Hausaufgaben und für die Konfliktlösung mit LehrerInnen gefragt.

Meine Begleiterin: Die Innovation

Meine Begleiterin Innovation überlegt sich in der Früh, wie sie Sonne und Wind in Energie umsetzen kann. Sie baut kleine Transformatoren und Windräder, berechnet die Möglichkeiten und schreibt Investoren an. Sie glaubt an die Verbesserung der ökologischen Konzepte und deren wirtschaftliche Umsetzung. Sie liebt es, das Gedachte neu zu denken, und sprudelt nur so vor neuen Ideen. Als sie klein war, war einer ihrer Sätze „Ich habe eine Idee!". Aus jedem Sandkastenspiel entstanden wunderschöne Landschaften mit Staudämmen, Bewässerungskanälen und Leuchttürmen. Begabung und Innovation stecken in allen ErfinderInnen, WissenschaftlerInnen, KünstlerInnen und „über die Suppenschüssel-HinausdenkerInnen": Ohne sie gäbe es keine Solaranlagen, Hilfsgüterlieferungen und architektonischen Kunstwerke.

Meine Begleiterin: Die Bewegung

Meine Begleiterin Bewegung surft auf den höchsten Wellen, erfindet atemberaubende Parcours, tanzt alle Tänze dieser Welt und liebt die Geschwindigkeit. Ihr Ausdruck liegt im Körper. Sie bringt als Clown und Pantomimin die Menschen zum Lachen und zum Weinen. Auf dem Seil balanciert sie gerne ohne Sicherung und probiert neue Kunststücke aus. Sie redet wenig und liebt es, ein Teil der Elemente zu sein. Man trifft sie auf den höchsten Gipfeln der Berge oder am

Meeresgrund. Sie hat Spaß daran, Grenzen auszutesten und Neues auszuprobieren. Sie leidet darunter, dass Lernen meist nur im Sitzen stattfindet, ihre Freunde mit ihr draußen nicht mehr spielen wollen und der Raum für Kinder immer kleiner wird. Am liebsten wäre sie ein wildes Pferd in der Prärie, das zügellos über die weite Landschaft galoppiert. Sie mag weder Helme noch Sicherheitsbestimmungen. Kurzum: Sie möchte ohne Angst neue Bewegungen ausprobieren.

Mein Begleiter: Das Trauma

*Mein*e Begleiter*in Trauma spielt wunderbar Klavier. Er/Sie kann so schön singen, dass jedem das Herz aufgeht. Als er/sie klein war, starben die Eltern bei einem Autounfall und er/sie kam in ein Kinderheim. Er/Sie lebt in einer Wohngemeinschaft mit vielen anderen Kindern. Für Klavierunterricht gibt es kein Geld und er/sie ist so traurig, dass er/sie nicht mehr singen möchte.*

Der Begriff Trauma (griech.: Wunde) lässt sich bildhaft als eine „seelische Verletzung" verstehen, zu der es bei einer Überforderung der psychischen Schutzmechanismen durch ein traumatisierendes Erlebnis kommen kann. Als traumatisierend werden im Allgemeinen Ereignisse wie schwere Unfälle, Erkrankungen und Naturkatastrophen, aber auch Erfahrungen erheblicher psychischer, körperlicher und sexueller Gewalt sowie schwere Verlust- und Vernachlässigungserfahrungen bezeichnet.

Wie ein Trauma erlebt beziehungsweise verarbeitet wird, ist individuell sehr unterschiedlich. Wesentlich ist das Erleben von zu viel, zu schnell und zu plötzlich. Besonders schlimm werden Traumatisierungen durch andere Menschen eingeordnet. Das Men-made-desaster ist abseits jeglicher Vorstellung von Menschlichkeit und Entwicklung. Vor allem Kinder stehen diesen Situationen mit großer Ohnmacht und Hilflosigkeit gegenüber.

Ich: Die Begabung. Teil 2.

Welche Dinge machen dir Spaß?
Alles, was mich leben und wirken lässt. Ich kann mich für vieles begeistern. Begeisterung, Lernfreude und Offenheit bringe ich von Beginn an mit. Wenn ich klein bin, brauche ich einen respektvollen und liebevollen Spiegel, der mich nimmt, wie ich bin. Ein menschliches Gegenüber, das mir Sicherheit und Geborgenheit schenkt. Vorbilder, die mich neidlos lernen lassen und es auch aushalten, wenn ich besser als sie selbst bin. Bestärkung und Unterstützung freuen mich am allermeisten.

Wie oft und mit wem kannst du sie tun?
Immer, wenn ich den Raum dafür habe. Oft brauche ich Unterstützung und Regelmäßigkeit. Jemanden, der mir hilft, zu üben. Der mir sagt, dass ich es gut mache, auch wenn es noch nicht gut ist. Gleichgesinnte sind wichtig zur Entwicklung des Gemeinsamen. Andersdenkende brauche ich, um mich zu spüren, zu reiben und neu nachzudenken.

Was macht dir in der Schule am meisten Spaß?
Alles, was mich fördert und nährt. Vor allem unterstützende LehrerInnen und eine angstfreie Umgebung. Eine tolle Klassengemeinschaft, in der ich mich angenommen fühle. Viele unterschiedliche Angebote, aus denen ich wählen kann und die ich in meiner Zeit ausprobieren darf. Ich möchte meine Meinung sagen dürfen, ohne bestraft zu werden. Ich mag das Drehtürmodellprojekt sehr gerne. Leider gibt es das nicht an jeder Schule.

Bei einem Drehtürmodellprojekt öffnet sich für mich eine imaginäre Drehtür zu einem anderen Lernort. Dies kann beispielsweise in der Volksschule bedeuten, dass ich mich in eine Leseecke oder in einen Sciencebereich zurückziehen kann, wenn ich frühzeitig mit Aufgabenstellungen aus dem regulären Unterricht fertig bin. Wenn ich älter bin, kann ich für eine bestimmte Zeit den Klassenraum verlassen und mich – betreut durch Lehrende – mit herausfordernden Themen beschäftigen, die nicht im Lehrplan vorgesehen sind. Auch außerschu-

lische Aktivitäten sind möglich, zum Beispiel „Pullout-Kurse" (Intensivkurse) oder die Teilnahme an Vorlesungen oder Übungen an Fachhochschulen oder Universitäten. Über einen längeren Zeitraum kann ich an einem bestimmten, selbst gewählten Projekt arbeiten und dazu den stundenplanmäßigen Unterricht verlassen.

In welcher Form und in welchem Ausmaß dies möglich ist, wird zuvor in einer Rahmenvereinbarung festgelegt, die zwischen der Schulleitung, den Eltern und mir getroffen wird. So ist es beispielsweise möglich, dass ich an einem bestimmten Wochentag regelmäßig eine Unterrichtsstunde statt im Klassenraum im EDV-Saal der Schule oder in der Bibliothek arbeite. Die Lernergebnisse aus dem Drehtürmodellprojekt kann ich bei einer passenden Gelegenheit vor einem größeren Auditorium präsentieren, zum Beispiel bei einem „Abend der besonderen Talente", bei einer „Wissenschaftsbühne" oder Ähnlichem.

Was gefällt dir in der Schule gar nicht?

Ich mag nicht, wenn man mich klein hält und nicht ernst nimmt. Ich bin schon von Anfang an da und möchte groß werden. Es gibt LehrerInnen, die mich als nicht vollwertige Person ansehen, weil ich jünger und noch nicht so ausgebildet bin, das gefällt mir nicht. Ich brauche eine Klassengemeinschaft, in der ich mich wohl fühle. Ich mag nicht gemobbt werden und Angst haben.

Welche Menschen magst du am liebsten?

Alle, die mich achten und respektieren. Ich möchte mit Würde behandelt werden, denn ich gebe der Allgemeinheit etwas weiter. Ich bin die Zukunft.

Mit wem verbringst du am meisten Zeit? Was macht ihr gemeinsam?

Mit meinem Gehirn und Milliarden von Zellen. Wir funktionieren gemeinsam, brauchen ständig Nahrung, organisieren uns aber ziemlich selbst.

Bist du gerne alleine?

Ja und nein. Eigentlich gibt es mich nicht ganz alleine, weil ich nur gut funktioniere, wenn alles andere auch gut funktioniert. Ich bin ein Teil vom Ganzen und das Ganze ist ein Teil von mir.

Gibt es Dinge, die du gerne tust und die Gleichaltrige nicht interessieren?

Das ist unterschiedlich. Mich gibt es allgemein und individuell. Mein Gehirn ist so individuell wie ein Fingerabdruck, genauso wie meine Begabung. Erfahrungen hinterlassen Spuren im Gehirn. So weisen SchachspielerInnen, ProfimusikerInnen oder TaxifahrerInnen Besonderheiten in den Hirngebieten auf, die sie für ihre Tätigkeit besonders stark beanspruchen. Genauso zeigen sich auch kürzere Ereignisse in der regionalen Hirnfunktion. Wird beispielsweise der rechte Arm für zwei Wochen ruhiggestellt, reduziert sich die Aktivität der Hirnrinde in den Gebieten, die für die Kontrolle des immobilisierten Armes zuständig sind.

Entwickelst du manchmal gerne neue Ideen und Dinge?

Immer. Aber ich vertiefe, verfeinere und verbessere auch das Bestehende. Alles, was da ist, ist hilfreich und gut für jede Neuentwicklung.

Wer unterstützt dich bei dem, was du magst?

Der, der mich sieht, und ich mich auch selbst.

Was brauchst du, um glücklich zu sein?

Erstens: Das Wichtigste ist ein wertschätzendes, gesundes, unterstützendes und liebevolles Umfeld, in dem ich mich sicher fühle. Ich brauche zumindest eine Bindungsperson, die an mich glaubt. Wie man aus der aktuellen Bindungs- und Hirnforschung weiß, ist ein gutes Urvertrauen der Schlüssel für eine gesunde Entwicklung des Gehirns. Das wiederum ermöglicht Lernfreude, Offenheit und Konzentrationsfähigkeit.

Zweitens: Zeit für meine persönliche Entwicklung. Ich weiß, dass ich manches sehr gut und sehr schnell kann, das heißt aber nicht, dass ich alles gut kann. Ich möchte nicht darauf festgelegt werden, ein „Genie" oder „Wunderkind" zu sein, sondern ich möchte auch in meiner Kindheit mit Gleichaltrigen im Kontakt sein. Soziales Lernen ist die Grundlage für Teamarbeit und das Gestalten neuer Welten.

Drittens: Anregungen für meine Interessen, auch wenn sie eigenartig oder nicht altersadäquat erscheinen. Ich möchte vieles kennenlernen und mich damit beschäftigen. Ich bin da, weil es mich braucht.

Viertens: Einen Kindergarten und eine Schule, in der ich akzeptiert werde und angstfrei lernen kann. Ich möchte gerne hingehen und vorurteilsfrei behandelt werden. Ich brauche gute LehrerInnen, die mehr können als ich und mich gut fördern. Außerdem ist eine gute Klassengemeinschaft wichtig. Kein Kind kann unter Angst und Unterdrückung Neues lernen und sich entwickeln.

Fünftens: Viele Menschen, von denen ich Neues lernen kann, die mich bestärken, fördern und vorurteilsfrei annehmen. Wenn es keine Schule in meiner Nähe gibt, die mich fördert, brauche ich andere Anregungen für meine Interessen und Talente.

Sechstens: Es stört mich, dass viele sehr begabte Kinder zu wenig Aufmerksamkeit von ihren LehrerInnen bekommen, die wahrscheinlich die intelligenten Schüler ignorieren, weil sie davon ausgehen, dass diese alles schon können. Die Forscher der SMPY-Studie stellten fest, dass die meiste Zeit den weniger begabten Kindern gewidmet wird. Mein Wunsch wäre ein individualisierter Lehrplan mit diversen Angeboten für unterschiedliche Lern- und Begabungstypen.

Siebentens: Es kann für mich gut sein, eine Klasse zu überspringen. Wenn meine kognitive Reife überdurchschnittlich hoch ist, sollte diese Fragestellung diskutiert werden. Allerdings ist es dabei wichtig, immer auch die persönliche soziale Reife und das zugehörige Umfeld zu betrachten. Vielleicht ist es auch von Vorteil, im Klassenverband bei meinen FreundInnen zu bleiben und spezielle Aufgaben zu bekommen. Ich habe gehört, dass meine Chance auf ein Doktorat in einem Bereich wie Wissenschaft, Technologie, Ingenieurswesen und Mathematik doppelt so hoch ist, wenn ich eine Klasse überspringe.

Achtens: Ich möchte meine ausgesprochen hohe räumliche Vorstellungskraft nutzen. Die Fähigkeit, sich Systeme im Kopf vorzustellen, wie zum Beispiel das menschliche Kreislaufsystem, bedeutet aber nicht gleichermaßen, Daten und Fakten auswendig wiedergeben zu können.

Neuntens: Meine frühe kognitive Entwicklung zeigt meist schon, wie ich mich später im Leben entwickeln werde, unabhängig davon, wie viel ich dazwischen übe und lerne. Das heißt, meine Eltern und LehrerInnen können schon im frühen Kindesalter mein Potenzial erkennen und mich fördern.

Zehntens: Ich bin überzeugt davon, dass ich mich stets bewege, anpasse, wachse und weiterentwickele. Ich bin nicht statisch. Ich bin glücklich, wenn jemand dieses „Growth Mindset“ schätzt, im Gegensatz zu einem „Fixed Mindset“.

GENIALE RESILIENZ FÖRDERN – Pädagogische Praxis mit Hochbegabten

Psychologische Diagnostik und Hochbegabung (Interview mit Veronika Handschuh)

Dr. Veronika Handschuh ist Klinische und Gesundheitspsychologin sowie Wahlpsychologin. Als viertes von sieben Kindern in einer Musikerfamilie aufgewachsen, erlebte sie früh einen ganz alltäglichen Umgang der Eltern mit ihren vielfältig begabten Geschwistern (Musik, Zeichnen, Technik, Handwerk, soziale Begabung). Trotz der großen Familie gab es Förderung ohne Druck und ohne spezifische Erwartungen.

Schon mit 14 Jahren besuchte sie aus Interesse einen Erwachsenenkurs „Psychologie" an der Volkshochschule. Nach einem einjährigen Stipendienaufenthalt in einer Familie mit einer hochbegabten Gastschwester und dem Praktikum in einer psychiatrischen Anstalt entschied sie sich für das Psychologie- und Pädagogikstudium. Im dritten Semester begann sie zusätzlich ein Kirchenmusikstudium. Im Berufsleben spezialisierte sie sich auf Diagnostik, Beratung und Begleitung von Klienten. Zahlreiche Vorträge für Eltern und Lehrer ergänzten die Tätigkeit.

Um hochbegabten Kindern auch außerfamiliäre Förderung anzubieten, begann sie mit der Begleitung altershomogener Gruppen. Ziel war, die Freude an der Beschäftigung mit vielfältigen, interessanten Themen zu wecken, die Vertiefung bereits vorhandener Spezialgebiete zu ermöglichen und dies im Kreis von ähnlich begabten wissens- und erfahrungshungrigen Kindern zu erleben. Fordernde aber auch lohnende Erfahrungen für alle waren die Folge. Besonderes Augenmerk wurde auch auf den sozialen, wertschätzenden Umgang miteinander gelegt. Es entstanden Beziehungen, die teilweise bis ins Erwachsenenalter gepflegt wurden.

Welche Voraussetzungen brauchen PädagogInnen/TherapeutInnen, um mit begabten Kindern zu arbeiten?

Wenn ich an meine Zeit an einem Beratungszentrum denke, tauchen in meiner Erinnerung öfters Kinder/Jugendliche auf, die ich im Rahmen einer

Diagnostik und daran anschließenden Beratung, Begleitung etc. kennengelernt habe. Eltern kommen häufig mit einer bestimmten in der Diagnostik zu klärenden Fragestellung in die psychologische Praxis. Ihnen sind selbst Eigenarten aufgefallen, Kindergartenpädagogen oder Lehrer haben ihnen Beobachtungen mitgeteilt, die sie von einer unabhängigen Person, die das Kind/den Jugendlichen bis dato nicht kennengelernt hat, fachlich begutachten lassen möchten.

Wenn sich die Frage nach der Hochbegabung stellt, schlage ich vor, über die kognitiven Fähigkeiten hinaus auch spezifische individuelle Persönlichkeitsaspekte in der Diagnostik zu erfassen. Das Kind/der Jugendliche definiert sich nicht nur über sein Leistungspotenzial, sondern möchte als „ganzer Mensch", als sich entwickelndes, als fühlendes Individuum wahrgenommen werden. So eine Erweiterung über das intellektuelle Vermögen hinaus stellt auch eine wertvolle und hilfreiche Ergänzung für die Beratung, familiäre und schulische Begleitung des Kindes/des Jugendlichen dar.

Folgende Fragestellungen können damit auch in der Regel besser beantwortet werden: Wie kann ich mein Kind in seiner besonderen Individualität am besten unterstützen? Braucht mein Kind zusätzliche Anregungen oder muss ich ihm helfen, seine vielen Interessen und seine Begeisterungsfähigkeit für neue Themen zu erhalten und unter einen „Hut" zu bringen? Warum erbringt mein Kind nicht die seiner Intelligenz entsprechenden Leistungen? Warum geht mein Kind, obwohl es den Schulstoff rasch begreift, nicht gerne in die Schule? Wie kann ich mein Kind besser motivieren? Warum ist mein Kind oft unzufrieden? Warum hat mein Kind kaum Freunde?

Themen wie (eventuell auch fehlender) Zusammenhang von Intelligenz und Leistung, Motivation, allgemeine Stimmungslage, Schulunlust, Unzufriedenheit, Gerechtigkeitsempfinden, Freundschaft, Klassengemeinschaft, Geschwisterrivalität etc. können bei der Anwendung und Auswertung diagnostischer Verfahren auftauchen und leisten wertvolle Ergänzungen zum Intelligenztest.

Es kommt aber auch vor, dass bei Kindern/Jugendlichen eine Hochbegabung diagnostiziert wird, die vorher in keinster Weise aufgefallen ist und Eltern und andere Betreuungspersonen völlig überrascht.

Hochbegabte Kinder/Jugendliche sind in erster Linie Kinder/Jugendliche mit all ihren Bedürfnissen, Nöten, Freuden etc. Sie haben so wie jedes Kind/jeder Mensch ein Recht darauf, in ihrer Einmaligkeit individuell gesehen, behan-

delt, gefördert, begleitet zu werden. Relativ leicht besteht die Gefahr, das Kind/den Jugendlichen hauptsächlich über seine Begabung zu definieren und seine zusätzlichen individuellen Merkmale und Fähigkeiten weniger zu beachten. So wie jeder Mensch wollen diese Kinder/Jugendlichen vor allem eines: ernst genommen werden, bei allem, was sie beschäftigt, was sie freut, kränkt, begeistert, erschüttert. Es sollte nie darum gehen, was wir Erwachsenen von einem hoch begabten Kind/Jugendlichen erwarten, sondern was gut und bereichernd für es/ihn/sie selbst ist, was seinen Neigungen, Interessen, Fragen, aber auch seiner Persönlichkeit entgegenkommt.

Das Geschenk der hohen Begabung ist ein Grund zur Freude, aber so wie bei einem anderen Geschenk ist ein sorgfältiger Umgang damit ein Ausdruck dieser Freude und Wertschätzung.

Im Rahmen einer ausführlichen Diagnostik, die ja immer in einem vorbehaltslosen, geschützten Rahmen stattfinden soll, öffnen sich Kinder/Jugendliche manchmal in ganz besonderer Weise. Sie packen gleichsam ihr Geschenk aus, welches ich dann im weiteren Gespräch den Eltern und manchmal – auf deren Wunsch hin und auch das Einverständnis des Kindes vorausgesetzt – auch den Lehrern übermitteln darf.

Bei der Überlegung, welche Fördermaßnahmen geeignet sind, gilt es wieder auf die Gesamtpersönlichkeit zu achten. Je nach spezifischen, oft lange überdauernden Interessen, Temperamentsmerkmalen, nach der Motivation und den sozialen Fähigkeiten ist die Art der Förderung zu überlegen. Nicht nur wir Fachleute sind da gefragt, auch das betroffene Kind/der betroffene Jugendliche hat diesbezüglich oft schon viel Gespür und Kompetenz. Fördern kann in den Alltag einfließen, wenn Fragen beantwortet werden, Fragestellungen nachgegangen wird, aber auch sensible Rückmeldungen über das Verhalten gegeben werden. In der familiären Situation wird es manchmal Einzelgespräche, manchmal auch Familiensitzungen geben, in denen das Kind/der Jugendliche sowie auch seine Geschwister wahrgenommen und begleitet werden.

Natürlich ist damit ein mitunter hoher Zeitaufwand verbunden. Hochbegabte Menschen gehen in der Bearbeitung von Themenstellungen und in Gesprächen gerne allem auf den Grund, Regeln werden hinterfragt, Argumente widerlegt. Sie fordern uns heraus. Gelingt es uns, diese Herausforderung anzunehmen und gute gemeinsame Lösungen zu finden, ist die Zeit gut investiert.

So wird eine stets wachsende, tragfähige Basis der Beziehung zueinander geschaffen. Sicherlich ist auch unser Wissen gefragt, in erster Linie aber das Miteinander, das Ernstnehmen und Wertschätzung, die unsere Kinder/Jugendlichen in ihrer Resilienz stärken.

Weiterhin gilt es, den begabten Kindern und Jugendlichen Möglichkeiten zu geben, ihre Interessen zu pflegen, ihre oft große – von sich aus aufsuchende – Neugierde und Begeisterung zu sehen und darauf mit entsprechenden Angeboten wie Büchern, Museumsbesuchen, Experimenten und Ähnlichem einzugehen.

Sorgfältiges Beobachten, sensibles Eingreifen und ausgleichendes Verhalten, falls nötig, sind wichtige Kompetenzen der Begleitung.

Welche Förderungsmaßnahmen haben sich bewährt?

In der Schule: Oberstes Gebot in jeder Schule sollte es sein, jedes Kind mit seinen ihm eigenen Persönlichkeitseigenschaften, Fähigkeiten und Begabungen, aber auch Schwächen wahrzunehmen und entsprechend zu fördern. Eine vertrauensvolle Beziehung zwischen Lehrern und Schülern, eine gute Beobachtungsgabe und Kreativität von Lehrkräften sind eine gute Basis, individuell entsprechende Angebote zu machen. Stationenarbeit, Tages- und Wochenpläne, Tutoringstunden, Ideensammelrunden oder soziale Lerneinheiten sind mögliche Methoden. Für manche Kinder ist die individuelle Förderung durch Mentoren, die Teilnahme an einzelnen Stunden höherer Klassen im Sinne eines Drehtürmodells, die Bildung von Projektgruppen innerhalb, aber auch außerhalb des Regelunterrichts eine förderliche Ergänzung. Viel Denkarbeit außerhalb des Klassenraumes ist nötig, um möglichst allen Kindern gerecht zu werden. Das ist ein hoher Anspruch, aber auch ein großer Gewinn, wenn beobachtet werden kann, wie sich Kinder gut entwickeln und die Gemeinschaft in einer Klasse gestärkt wird.

Kinder schätzen oft ihre Klassenkolleginnen hinsichtlich ihrer Fähigkeiten kompetenter ein als Erwachsene und können so in Gruppen rascher die jeweils passendste Aufgabe oder Rolle füreinander finden.

In einer Gruppe von begabten Kindern: In den Jahren meiner Berufstätigkeit habe ich auch Gruppen für begabte Kinder angeboten und begleitet. Die Kinder besuchten die dritte oder vierte Volksschulklasse. Ich versuchte, möglichst vielfältige Angebote zu machen, die Kinder mit Themenbereichen zu konfrontieren, die für sie möglicherweise ganz neu waren und ihre Neugierde wecken sollten. Mir war es aber wichtig, dabei den für Kinder unbedingt nötigen Spaß und die Freude am gemeinsamen Entdecken und Arbeiten nicht zu kurz kommen zu lassen.

Schon bei der gegenseitigen Vorstellung der Kinder bemerkte ich, dass einzelne sich stark über ihren Intelligenzquotienten, den IQ, definierten: „Ich habe 132, wie viel hast du?" Also musste ich mir für die Gruppen etwas Kreatives einfallen lassen, bei dem die Gefahr des Vergleichs von Intelligenzquotienten nicht gegeben war.

Natürlich können Eltern stolz darauf sein, wenn ihr geliebtes Kind eine wirklich hohe Begabung auszeichnet, aber es ist nicht förderlich, dem Kind das Gefühl zu geben, es sei besser, klüger, besonderer als andere Kinder. Das Kind wird selbst bemerken, dass es manches besser kann als andere, ihm manches zufällt, wofür andere hart arbeiten müssen, aber auch – bei der entsprechenden Begleitung – dass es selbst noch Kompetenzen in bestimmten Bereichen erwerben muss.

Ein großer Vorteil in diesen Gruppen war es, in Einzel- und Gruppenarbeit sich gegenseitig gut ergänzen und bereichern zu können. Innerhalb jeder Gruppeneinheit (90 Minuten) wurde ein anderes Thema angeboten, zum Beispiel Mathematik, räumliches Vorstellungsvermögen, Lyrik, die Welt im Inneren (Wie sieht es in einem Kreuzfahrtschiff, in einer Burg, in einem Raumschiff, in einer alten Dampflock, in einem modernen Hochgeschwindigkeitszug aus?), Musik, bildnerische Kunst, Umgang mit Gefühlen. An die meisten Themen wurde möglichst kreativ und selbsttätig herangegangen. Die „Verpackung" der Aufgaben, der Anreiz, diese lösen zu wollen oder sich mit den angebotenen Themen beschäftigen zu wollen, war besonders wichtig! Oft gab es auch von den Kindern Anregungen, die entweder gleich oder in einem der nächsten Treffen umgesetzt wurden.

Wenn Einzelne mit einer Aufgabe nicht gut zurechtkamen, wurden sie von anderen beinahe automatisch unterstützt, auch motivierten die Kinder einander gegenseitig, an einer Sache dranzubleiben. Diese Hilfestellung wechselte – wenn nötig – je nach Aufgabe unter den Kindern. In allen Gruppenstunden achtete ich besonders auch auf den Umgang miteinander. Die Angebote sollten schließlich auch der „Herzensbildung" zugutekommen.

Hochbegabte Kinder sind häufig schon daran gewöhnt, in ihrer Eigenart gesehen zu werden. Wichtig ist, dass sie das auch im Gruppenkontext gegenseitig erfahren und ein Nehmen und Geben ganz selbstverständlich wird.

Ein teilnehmender, deutlich hörbeeinträchtigter Bub hat beispielsweise sehr von den anderen Kindern profitiert, ihnen aber auch Erfahrungen ermöglicht, die eine Erweiterung ihrer sozialen Kompetenz zur Folge hatten.

Die jeweiligen Gruppentreffen endeten stets mit Rätseln oder Quizspielen. Ziel war, bereichert zu werden, Anregungen zu bekommen, aber auch möglichst viel Spaß zu haben.

Beispiele: Nach einer kurzen Einführung mit wenigen Beispielen haben Kinder zum Beispiel eigenständig Haikus – dreizeilige japanische Gedichte mit 5, 7 und wieder 5 Silben, die einen Augenblick in sensorischer Sprache wiedergeben sollen – verfasst. Manche von ihnen hatten zu Hause schon Geschichten geschrieben, aber Gedichte nach einer relativ strengen Vorgaberegel waren neu für sie. Sie gingen mit großem Eifer ans Werk und konnten mit den Ergebnissen beeindrucken.

Ausschnitte aus Gemälden wurden verglichen nach bestimmten Merkmalen und mögliche Ausschnitte des gleichen Gemäldes aus einer Vielzahl von angebotenen Bildern herausgefiltert. Unterschiede des Malstils in verschiedenen Epochen wurden entdeckt und benannt. Beim ersten diesbezüglichen Angebot hatte ich fast zu einfache Aufgaben zusammengestellt und die Gabe der Kinder, charakteristische realistische oder abstrakte Bildausschnitte in veränderter Form wiederzuerkennen, unterschätzt.

Auch das Erspüren von Emotionen, die durch ausgewählte Musikstücke in vielen Menschen ähnlich ausgelöst werden, wurde durch die Kinder ohne Kenntnis der Musikstücke, der Komponisten und der Musikgeschichte oft bravourös gemeistert.

Als hilfreich für den Umgang mit diesen Kindern erlebe ich folgende Haltungen und Maßnahmen:

- *eigenes Begreifen und Erleben des „Lebens in Fülle“*
- *Offenheit unterschiedlichsten Themen gegenüber*
- *gute Vorbereitung auf die Treffen*

- *Offenheit für die Unterschiedlichkeit der Kinder*
- *Flexibilität, auf Bedürfnisse und Gruppengeschehen adäquat einzugehen*
- *möglichst wenige Erwartungen an die Kinder zu entwickeln, sie sind bereits selbst fähig beziehungsweise können es erlernen, sich selbst Ziele zu stecken, einen kreativen Weg zum Ziel zu finden, mögliche Stolpersteine zu identifizieren und Anpassungen vorzunehmen*
- *selbsttätiges Tun zu ermöglichen*
- *hohes Einfühlungsvermögen und möglichst vorbildhaftes Verhalten im persönlichen Umgang*
- *Zeit für Gespräche, Diskussionen, Feedback und gemeinsames Reflektieren*

Gibt es Methoden, die zu empfehlen sind?

Bei der Wahl der Methoden zur Förderung hochbegabter Kinder und Jugendlicher kommt es ganz auf das individuelle Kind an, was es anspricht, herausfordert, wo es selbstständig lernen und erfahren kann, wo es sein Wissen, aber auch seine Kreativität für Neues verwenden kann. Wesentlich ist, Bedingungen zu schaffen, die individuelles, differenziertes Lernen unter Berücksichtigung des Lern- und Denkstils zu ermöglichen – und auch gemeinsam mit dem Kind das Erworbene und den Weg dahin zu reflektieren.

Hier möchte ich kurz einen Lernprozess eines überaus begabten Mädchens erzählen. Manche Kinder denken und lernen auf eine Art, die ungewöhnlich und für andere unplausibel ist. Die Volksschülerin (zweite Klasse) hatte sich selbstständig Multiplizieren und Dividieren beigebracht. Da sie das Einmaleins aber nicht abrufbar beherrschte, benötigte sie für die Rechenoperationen ungewöhnlich viel Zeit. Einerseits war sie begeistert über ihre neuen Fähigkeiten, andererseits aber auch ziemlich frustriert über den mühevollen Weg, die einzelnen Schritte durchzuführen. Sowohl Eltern als auch Lehrerin hatten bereits versucht ihr klarzumachen, dass das Auswendiglernen des Einmaleins eine nötige Voraussetzung für rasches Multiplizieren und Dividieren sei. Diesen Rat anzunehmen fiel ihr als schon gewohnt selbständig Arbeitende schwer. Es bedurfte vorerst einer Anerkennung und Wertschätzung ihrer großen Leistung. Erst danach, als ich Ideen von ihr erfragte und mit ihr erarbeitete, wie man das Einmaleins rasch und lustvoll abspeichern könnte, gelang dieser wichtige Schritt.

In Gruppen können unterschiedliche Kompetenzen erfahren und genutzt und vor allem auch das soziale Miteinander gestärkt werden. In einer Gruppe sind Kinder oft selbst bereit und auch fähig, andere zu unterstützen. In dieser Rolle entwickeln sie sich selbst weiter und können auch voneinander lernen.

So war der hörgeschädigte Bub eine große Bereicherung für die Gruppe, weil manches noch einmal in Geduld oder mit neuer Methode (Visualisieren, experimentelle Darstellung etc.) erklärt werden musste. Die große Geduld dieses Buben mit uns allen, die sichtbare Freude über das Verstandene, der Optimismus hinsichtlich der weiteren Vorgangsweise beeindruckte nicht nur mich, sondern auch die Gruppenteilnehmer.

Auch unterschiedliche Herangehensweise an eine Fragestellung, unterschiedliches Arbeitstempo, Anstrengungsbereitschaft oder rasche Frustration sind Felder, in denen Kinder voneinander profitieren. Solche Prozesse bewusst zu machen und sie für eine positive Entwicklung zu nutzen, ist Aufgabe eines Gruppenverantwortlichen.

Volksschule und Begabtenförderung (Interview mit Elisabeth Mangst)

Sissi (Elisabeth) Mangst wurde 1957 in Wien geboren und wuchs in der kleinen Wienerwaldgemeinde Mauerbach auf. Nach ihrer Matura mit 17 Jahren studierte sie Archäologie und Kunstgeschichte. In Folge begann sie die Ausbildung zur Volksschullehrerin an der Pädagogischen Akademie des Bundes in Wien und legte dort die Lehramtsprüfung mit Schwerpunkt Legasthenie und Bildnerischer Erziehung 1978 ab. Sissi Mangst begann im Jänner 1981 mit dem Unterrichten an der Volksschule Mauerbach. Sie unterrichtet bis heute an dieser Schule und hat fast 10 komplette Jahrgänge geführt. Die Bandbreite der Schulkinder ermöglichte ihr, jeweils auf deren Potenzial einzugehen. Sie arbeitete maßgebend an der Etablierung des Schulversuchs Musikalischer Schwerpunkt an ihrer Schule mit, weil sie die Erfahrung gemacht hatte, dass kreatives und musisches Tun die Kinder in ihrer Ganzheit erfasst und ihnen somit eine authentische Form von Ausdrucksmöglichkeiten gibt. Projektorientierter Unterricht mit vielen auch außerschulischen Aktivitäten machte es möglich, Kinder in einer besonderen Weise zu fördern und ihre Entwicklungsmöglichkeiten zu wecken. Sissi Mangst begann, neben dem Unterrichten eine riesige Schulbibliothek aufzubauen und betreut sie bis jetzt. Leseerziehung abseits von Computerprogrammen und kreatives Schreiben bleiben dabei ihr Haupanliegen. Sissi Mangst singt seit 25 Jahren in einem großen Konzertchor, führt eine Kindertheatergruppe in Mauerbach und betätigt sich im Ort auch politisch. Das Unterrichten bleibt ihre große Leidenschaft, immer mit dem Fokus darauf, die Sicht auf die Kinder nicht durch eine Überfülle an Vorgaben und Erwartungen zu verstellen.

Was ist hilfreich im Umgang mit begabten Kindern, was nicht?

Hilfreich ist, wenn man nicht schon vor dem ersten Schultag das Wort „hochbegabt" im Zusammenhang mit einzelnen Kindern hört. Ebenso sind Gespräche mit möglichst objektiven Beobachtungen der Eltern und anderer Bezugsperso-

nen gut. Jedes Kind, das man als Schüler bekommt, ist ein weißes, unbeschriebenes Blatt. Lehrer sollen auf Vorverurteilungen oder Mutmaßungen möglichst verzichten.

Welche Fördermaßnahmen haben sich bewährt?

Es gibt Kinder, die nach quantitativer Steigerung verlangen, aber auch solche, die qualitativ anspruchsvollere Materialien etc. brauchen und fordern. Am besten ist es, herauszufinden, ob das Kind für ein Thema brennt und dort steigt man dann ein. Viele individuelle Gespräche sind gefragt! Man ist dann gut bedient, wenn man genug Material zu den diversen Themenbereichen parat hat und sie unaufgeregt und ganz selbstverständlich dem besonderen Kind zur Verfügung stellt.

Gibt es Methoden, die zu empfehlen sind?

Die „ExpertInnenmethode" liebe ich! Spezielle Kinder dürfen ihre Fähigkeiten und Fertigkeiten an andere weitergeben, helfen, erklären, Teams koordinieren und mit ihrer Gruppe Präsentationen erstellen. Das Kind darf und soll statt der als Übungs- und Festigungseinheit gedachten Hausübungen kreativ zu einem von ihm selbst gewählten oder von den Lehrern gestellten Thema arbeiten und die Ergebnisse auch präsentieren. Damit der Rest der Klasse nicht misstrauisch und missmutig wegen dieser Regelung wird, ist es jedem Kind grundsätzlich freigestellt, zur Abwechslung mal zu forschen statt zu üben – das ist für die meisten aber viel zu schwer und sie kehren dann wieder zum traditionellen Aufgabenmachen zurück.

Wie wirkt sich eine Spezialförderung aus? Profitiert die Klasse davon? Wie ist es mit der Konkurrenz zwischen den Kindern?

Spezialförderung hat auf die Klasse dann eine beflügelnde Wirkung, wenn man das besondere Kind weder auf ein Podest noch in ein Eck stellt, sondern einfach offen und ehrlich auf seine Bedürfnisse und Elaborate eingeht. In der Volksschule bewundern Kinder einander grundsätzlich und bestaunen neidlos die Fähigkeiten der anderen und versuchen, ihnen auf ihre Art nachzueifern. Werten im schulischen Sinn ist natürlich ganz schlecht. Konkurrenz erzeugen meistens nur die Gehirne der Eltern und ihr Ehrgeiz überträgt sich schnell auf die Kinder. Als Lehrer muss man hellwach sein und immer genau schauen, wer gerade ein wenig mehr Beachtung und Lob und Ansporn braucht. Für jedes Kind in einer Klasse, in der ein hochbegabtes Kind ist, findet sich irgendeine Nische, wo es ganz seine individuelle Fähigkeit ausbauen kann.

Welche Voraussetzungen brauchen PädagogInnen, um gut mit Hochbegabten zu arbeiten?

Pädagoginnen brauchen ganz einfach eine Reset-Taste, um sich möglichst unvoreingenommen auf die Kinder einzulassen. Es gibt Hochschulfortbildungen etc., die sich mit dem Thema befassen, aber ich glaube, dass es einzig auf die Haltung der Lehrkraft ankommt. Man muss es einfach zulassen, dass es da plötzlich ein Kind gibt, das einem die Welt erklären kann und man dabei selber noch was lernt. Unser Schulsystem ist so weit dehnbar, dass man sich eigentlich jeder Methode bedienen kann, wie man seinen Unterricht gestaltet. Als Lehrer sollte man diese besonderen Kinder doch einfach auch für sich als Chance sehen, es mal etwas anders anzugehen. Der Kopf ist ja bekanntlich deshalb rund, damit die Gedanken schnell einmal die Richtung wechseln können – das bringt´s! Und Mut! Gegenüber der Schulleitung und den Eltern muss man einen Rucksack voller guter Argumente dabeihaben.

Woran erkennt man am deutlichsten Begabungen?

Ein Übermaß an Begabungen erkennt man an den Fragen der Kinder, wie sie sich auf Themen einlassen, wie sie logisch kombinieren. Zuerst aber sieht man es an ihrer Neugier für (fast) alles. Fehlerloses Schreiben und Rechnen kann auch antrainiert und gedrillt sein, das ist für mich kein Indiz. Auch wenn hochbegabte Kinder oft eher Einzelgänger sind, zeigen sie meist auch eine hohe soziale Intelligenz und Kompetenz. Sie durchschauen Beziehungen und Zusammenhänge sehr schnell. Sie reflektieren über Vorfälle und Vorgänge und können solche Dinge im Retourgang aufrollen. Sie können kombinieren und schauen hinter die Dinge. Sie sind kreativ, das heißt, sie entwickeln Dinge, die sie interessieren, weiter. Sie brauchen eigentlich keinen Lehrer ...

Erfahrungen im Gymnasium mit begabten SchülerInnen (Interview mit Edith Stepanow)

Dr. Edith Stepanov wurde 1947 in Graz geboren. Nach der Matura begann sie ein Dolmetschstudium in Russisch mit Wechsel zum Lehramt für Russisch und Französisch. Während des Studiums übte sie eine vielfältige Berufstätigkeit in einer Bibliothek, einer Redaktion und im Tourismus als Fremdenführerin in Wien, Österreich, und im Ausland in ihren Studiensprachen und Englisch aus.

In ihrer 30-jährigen Berufspraxis war sie in beiden Sprachen an Berufsbildenden Höheren Schulen in Wien tätig. Dazwischen gab es einen einjährigen Auslandsaufenthalt als Sprachassistentin in Frankreich und drei Jahre unterrichtete sie als Universitätslektorin für deutsche Sprache und Literatur an den Universitäten in Moskau und Woronesch in der ehemaligen UdSSR.

Seit ihrer Pensionierung 2007 arbeitet Frau Dr. Stepanow bis heute als Dolmetscherin für Flüchtlinge im Betreuungszentrum Hemayat für Folteropfer und Kriegsüberlebende und im Verein Jefira der Diakonie von 2008-2017.

Woran erkennen LehrerInnen besonders begabte SchülerInnen?

Ich konnte zwei „Typen" ausmachen: Typ 1 ist in der Unter- oder Mittelstufe unterfordert und legt gleichsam eine Pause ein. Ab dem Alter von 17 oder 18 bemüht er/sie sich um einen schnellen Schulabschluss, der ihm/ihr nicht schwerfällt. Unter Pause verstehe ich, dass er/sie aus dem Gymnasium aussteigt, vielleicht in eine Berufsorientierte Höhere Schule umsteigt oder arbeitet, mancher/manche bricht die Schulausbildung überhaupt ab. Typ 2 unterschätzt aufgrund der Leichtigkeit in der Auffassung Training, Üben und die Notwendigkeit regelmäßiger Teilnahme am Unterricht. Solche SchülerInnen schaffen aber einen mühelosen durchschnittlichen Schulabschluss.

Was brauchen Hochbegabte an Förderung?

Ich denke, es braucht eine professionell erarbeitete Schiene mit speziellen Programmen für selbstständiges Arbeiten in allen Schulstufen und Schultypen. Das ist besser, als Klassen zu überspringen, da das die sozialen Kompetenzen der SchülerInnen beeinträchtigen könnte. Auch im Regelschulsystem gibt es Möglichkeiten, Schwerpunkte für verschiedene Begabungen zu setzen, zum Beispiel durch Gruppenarbeit. Überhaupt wäre in der Oberstufe ein Coachingsystem denkbar. Was die Umsetzung allerdings erschwert, ist die Tatsache, dass wir keine Ganztagsschulen und dadurch keine Zeitlücken haben.

Wie lässt sich Hochbegabtenförderung in Klassen mit unterschiedlichen Talenten umsetzen beziehungsweise wie kann man Hochbegabung in der Klasse gut nutzen?

Ich habe zum Beispiel in den höheren Klassen oft Gruppenarbeiten beziehungsweise Gemeinschaftsreferate als Aufgabenstellung gegeben und dabei auf Ausgewogenheit in der Gruppenzusammensetzung geachtet. Das taten übrigens auch andere KollegInnen, die vom Frontalunterricht nicht überzeugt sind. Das ist manchmal zäh, weil es die Tendenz gibt, die „Guten" machen zu lassen, aber Referieren muss schließlich jede/r selber.

Ist es sinnvoll, begabte SchülerInnen weniger oft dranzunehmen, weil man weiß, dass sie Aufgaben alleine bewältigen?

Das hätte nur Sinn, wenn sie eine andere adäquate Beschäftigung hätten. Allerdings sind LehrerInnen auch nur Menschen, daher gibt's bei Frust und Müdigkeit die Tendenz, eher solche dranzunehmen, von denen man eine Antwort erwartet.

Was brauchen LehrerInnen für Unterricht und Weiterbildung?

In erster Linie Training für Arbeit in nicht-homogenen Gruppen. Einige Gedanken zum Thema von mir:

Das Regel-Schulsystem liebt keine Ausnahmen, abweichende Modelle müssen erstritten werden. Der Grund dafür ist, dass Bildung und Ausbildung als Grundlage für eine funktionierende Gesellschaft gelten. Man braucht nur schauen, unter welchen Kriterien Kinder in die ASO abgeschoben werden – zum Beispiel wegen sprachlichen Defiziten und anderen Dingen, die mit Begabung nichts zu tun haben. Außerdem ist Hochbegabung in der Gesellschaft nicht nur positiv besetzt, man denke nur an den Missbrauch für Spitzenwissenschaften – zum Beispiel im Militär, in der Überwachung, in der Pharmakologie oder im Management. Es geschieht da Vieles, das gegen die menschlichen Bedürfnisse spricht.

Hochschule und Hochbegabung (Interview mit Karen Diehl)

Dr. Karen Diehl, Jahrgang 1969, zweisprachige Kindheit in Nigeria und Nepal, lernt immer noch Sprachen, wovon sie einige vergaß, mit anderen kämpft, aber manche ziemlich gut spricht.

Sie kennt den Hochschulbetrieb seit gut 30 Jahren. Zunächst - nach einer Ausbildung zur Hotelfachfrau - als Studentin: Allgemeine und vergleichende Literaturwissenschaft, Filmwissenschaften sowie Osteuropastudien (Schwerpunkt Hungarologie) an der Freien Universität und Humboldt Universität Berlin, wo sie das Lebensgefühl immenser Freiheit im Berlin der Wendejahre maßgeblich prägte. Für ihr Masterjahr in Großbritannien erhielt sie ein DAAD-Stipendium, ebenso wie für ihre Promotion am Europäischen Hochschulinstitut Florenz.

Nach Forschungsaufenthalten unter anderem in Berkeley, London und Paris, Postdoc in Italien, arbeitete sie mehrere Jahre im Filmbereich, machte sich 2011 im Bereich Sprache selbstständig: als Übersetzerin, Ghostwriterin und nicht zuletzt als Lehrerin für Deutsch als Fremdsprache. Nach Lehrtätigkeiten im Ausland (Belgien und Italien) ist sie jetzt Lehrbeauftragte, unter anderem an der Fachhochschule Reutlingen und der Universität Tübingen.

Woran erkennen Sie als Lehrende besonders begabte Studierende?

Das ist ganz unterschiedlich. Manche Hochbegabte „funktionieren" im Sinne des Leistungssystems bestens, bei anderen ist es das genaue Gegenteil, die ecken überall in diesem System an.

Für ersteren Typ ist das, was als Leistungsdurchschnitt von den Studierenden verlangt wird, ein Kinderspiel, das er/sie fast beiläufig erledigt. Den anderen Hochbegabten-Typ, der im klassischen Leistungssystem aneckt, interessiert das einfach nicht genug, um sich da reinzuversetzen und die Leistung zu erbringen. Gemeinsam ist beiden Typen, dass sie zu hochkonzentriertem Arbeiten fähig und begeisterungsfähig sind. Bei beiden spürt man aber auch oft eine Art von Einsamkeit, die sie von den anderen Studierenden trennt oder die eine unsichtbare Trennungslinie zieht.

Brauchen diese eine spezielle Förderung?

Sie brauchen das Gefühl von Raum, denke ich. Den muss man ihnen als Lehrende geben. Und auch eine Offenheit in der Frage, inwiefern das Studium, das sie gerade verfolgen, zielführend oder sinnvoll für sie als Mensch und/oder für ihre Lebensziele ist, wenn sie solche schon konkret formuliert haben. Dem „Anecker-Typ" muss man manchmal auch klarmachen, dass er/sie ohne das Diplom der Uni schwer in seinem/ihrem Traumberuf oder Wunsch-Arbeitsbereich unterkommen wird.

So dumm solchen Hochbegabten die Stationen auf dem Weg zum Diplom scheinen, sie müssen absolviert werden, wenn sie später zur Realisierung ihrer eigenen Ideen darauf angewiesen sind, in eher traditionellen Bahnen denkende Menschen von ihren Vorhaben zu überzeugen.

Der Alles-fliegt-mir-zu-Typ hat es manchmal schwerer, genau zu erkennen, was er/sie eigentlich machen will. Weil alles so leicht ist, kann man ja theoretisch alles machen. Da muss man als Dozierende vielleicht Denkanstöße geben, wie man in sich hineinhorcht, um zu wissen, was man von sich aus innerlich gut und vor allem gerne machen will.

Wie lässt sich Förderung in einer Lehrveranstaltung umsetzen und wie sinnvoll ist das?

In Lehrveranstaltungen zum Spracherwerb ist es wichtig, unterschiedlichen Lerntypen gerecht zu werden und Hochbegabte auch explizit damit zu fordern, dass sie vielleicht nicht in allen Lernmethoden die besten sind und dass das Lernen in der Gruppe auch ihnen nutzen kann. Stichworte: visuelles Lernen, akustisches Lernen, Schreibproduktion, situatives Lernen, Lernen im Rollenspiel, Lernen durch Grammatikübungen, theoretisches Lernen, spielerisches Lernen, sprachkomparatives Arbeiten, Texte aus unterschiedlichen Themenfeldern und unterschiedliche Textarten usw.

Eine Lehrveranstaltung explizit auf Hochbegabte zuzuschneiden ist nicht sinnvoll. Es ist notwendig, sie als Hochbegabte zu erkennen und dann auch zu differenzieren: Wo sind sie hochbegabt? Ist es in genau dem Fach, das ich unterrichte – Hochbegabte im Spracherwerb – oder liegen ihre Hochbegabungen in anderen Bereichen? Und erst dann frage ich: Wie könnte ich das dann für sie und für die Gruppe produktiv mit einbinden? Ist beispielsweise ein Teilnehmer im Malen überdurchschnittlich begabt, so sollte man sein Talent in den Spracherwerb und -unterricht miteinbauen, indem man ihn/sie die Texte zu einer eigenen Bildergeschichte produzieren lässt oder ihn/sie in der Gruppenarbeit ein Bild für das Endresultat produzieren lässt, interessiert er/sie sich für Kunstgeschichte, so könnte man thematische Einheiten dazu einbauen, von denen auch alle profitieren.

Wie kann man besonders Talentierte für die Zusammenarbeit gut und zielführend nutzen?

Es ist sehr gut, wenn nicht essentiell, in einer Sprachlerngruppe ein Metanarrativ der Gruppe zu weben, welches darauf basiert, dass man gemeinsame, persönliche Kenntnis voneinander hat und das gemeinsame Lernen als eine Geschichte wahrnimmt, wo der Weg zusammen gegangen wird. Daraus kann man eigene Geschichten, Witze, Situationskomik ableiten. Aber so kann man auch akzeptieren, dass einer/eine nie ganz Teil sein wird, weil er/sie ein hochbegabter Sonderling ist, aber dass das eben zu ihm/ihr gehört. Idealerweise verstehen alle, dass er/sie damit der Gruppe nichts Böses will und diese Sonderstellung einfach zum Meta-Zusammenhalt der Gruppe gehört und beiträgt.

Gibt es empfehlenswerte Modelle, die Sie kennen?

Es gibt in der Pädagogik schon viele schlaue Bücher zu dem, was ich mir aus meiner Lehrerfahrung abgeleitet habe – nur fehlt mir die Zeit, das nachzulesen ...

Was das Lehren anbetrifft, bin ich im operativen Geschäft unterwegs. Das ist ein eigener Wert. 30 Jahre in Kontakt mit dem Hochschulwesen sind 30 Jahre sind 30 Jahre sind 30 Jahre.

Grundsätzlich kann ich Lehrenden nur raten, neugierig zu bleiben und offen. Und sich vor allem nicht persönlich angegriffen zu fühlen. Gerade wenn man noch nicht so viel Erfahrung hat, reagiert man auf ungewöhnliche Lernende manchmal unangemessen. Das reicht von zu autoritär über zu verständnisvoll bis hin zum Ignorieren.

Auf das Lehren im Sprachunterricht selbst bezogen kann ich sagen, dass es mein Ziel ist, den Lernenden Kommunikation zu ermöglichen. Diese kann ganz unterschiedlicher Art sein: Kommunikation mit einem Buch in einer Fremdsprache (als Lektüre oder zur Übersetzung) oder Kommunikation für den Alltag vor Ort – beim Reisen oder für das Leben im Ausland. Zu kommunizieren wagt aber nur, wer sich sicher fühlt. Diese Sicherheit muss man als LehrendeR zum einen in der Gruppe schaffen, zum anderen durch ein Angebot von unterschiedlichen Sprachunterrichtskonzepten, die alle Lernenden ansprechen. Lernen, das aus spielerischem Üben in situativem Sprechen entsteht, hilft dem einen Lerner weiter, für die andere Lernerin funktioniert Sicherheit über die Kenntnis grammatischer Strukturen. Manche sprechen gern, andere schreiben lieber.

Meiner Erfahrung nach brauchen Lernende immer eine Mischung. Ich muss unterschiedlichste Modelle der Spracherlernung in den vier Kompetenzen Sprechen, Hören, Schreiben, Lesen anwenden, und dies abwechselnd/abwechslungsreich in unterschiedlichen Arbeitsformaten umsetzen: Partnerarbeit, Kleingruppen, Plenum, Einzelarbeit. Und ich sollte den Lernenden auch immer transparent machen, welche Ziele jeweils damit verfolgt werden.

Was brauchen Lehrende für ihren Unterricht in Bezug auf die Förderung diverser Talente?

Es braucht übergeordnete LeiterInnen, die auch ungewöhnliche Unterrichtsformen verstehen, tolerieren und/oder fördern, und ebenso auch offene Prüfungsformate. Es braucht Anerkennung für diese Art von Arbeit, die Honorarkräfte oft unbezahlt neben der Unterrichtsvorbereitung, -durchführung und -nachbereitung machen. Es braucht weniger Dokumentationsverpflichtungen/ Dokumentationswut. Was heutzutage im Hochschulbereich an sinnlosen Beschreibungen, Protokollen und Ähnlichem verlangt wird, für immer abstrusere

Credit-Point-Systeme, das kostet viel Zeit und ist zu einem überwältigenden Großteil für die Schublade.

Wie erlebten Sie ganz persönlich die unterschiedlichen Möglichkeiten der Begabungsförderung an Ihren eigenen Universitäten?

Meine Hochbegabungen lagen/liegen im Sprachtalent, im analytischen Denken und der theoretischen Reflexion. In Berlin, Berkeley und Florenz wurden beide Felder aufs Beste gefördert: Ich hatte unendliche viele Mittel zur Verfügung, um meinen Studien und Forschungen nachzugehen, gleichzeitig konnte ich auch weitere Sprachen erwerben. Auf menschlicher Ebene war das sehr schön, ebenso die Option, diese Fähigkeiten gleich im Alltag anzuwenden.

In Tübingen und Reutlingen bin ich als Dozierende jetzt eher in der anderen Situation, dass ich Lernenden helfe, die besten Möglichkeiten zur eigenen Fortentwicklung und/oder zum Studieren/Forschen zu finden. Aber auch hier gibt es für mich ausreichende Möglichkeiten, meinen beiden begabungsbedingten Hobbys nachzugehen.

Welche Empfehlung würden Sie StudienanfängerInnen in Bezug auf Entwicklung ihrer Talente geben?

Studieren Sie, was Ihnen Spaß macht! Denn das Studium sollte eine Phase sein, in der man als Mensch ohne Zwang ein denkender, handelnder und ganzer Erwachsener wird. Studieren Sie, was Sie interessiert! Wenn man später in dem Bereich arbeitet, dann sollte das Interesse mindestens ein paar Jahre vorhalten.

Schauen Sie sich auch mal etwas ganz Anderes an: eine andere Uni, ein anderes Land, ein anderes Fach. Lernen Sie etwas, das explizit nicht zu Ihrem Studium gehört. Machen Sie etwas Zweckfreies. Da lernt man auch viel über das eigene Fach, das eigene Denken, über sich selbst. Wohnen Sie (auch) mit Leuten zusammen, die etwas Anderes studieren oder machen als Sie selbst.

Wenn Sie zu den Wenigen gehören, die mit 18, 19 oder 20 schon ganz sicher wissen, was Sie später im Leben machen wollen: Studieren Sie das, was Sie dahin bringt, wo Sie hinwollen!

Wenn Sie feststellen, dass das gewählte Studium oder Studieren generell nichts für Sie ist: Haben Sie keine Furcht, das abzubrechen und etwas Anderes anzufangen! Neu anzufangen ist keine Schande.

Und nicht zuletzt: Zu erkennen, dass die eigene Begabung beispielsweise im Klavierspiel doch nicht zur Solistenkarriere reicht; oder umgekehrt, auch wenn sie das tut, trotzdem umzusatteln, wenn man merkt, dass man mit den Rahmenbedingungen einer Solistenkarriere nicht gut zurechtkommt, ist eine große Leistung. Sonst lernt man im schlimmsten Falle noch, die eigene Begabung zu hassen. Für mich wäre das persönlich eine der schlimmsten Erfahrungen, die ich mir vorstellen könnte. Erkennen Sie aber auch, dass wenn man Eines macht, man Anderes vielleicht nicht oder nicht mehr oder nur schwerlich machen kann.

Mehrsprachigkeit und Begabungsförderung (Interview mit Zwetelina Ortega)

Mag. Zwetelina Ortega wurde 1979 in Sofia (Bulgarien) geboren. Sie wuchs dreisprachig mit Bulgarisch, Spanisch und Deutsch auf. An der Universität Wien studierte sie Romanistik und Komparatistik. Nach dem Studienabschluss hat sie übersetzt und gedolmetscht.

Derzeit ist sie tätig als Sprachwissenschaftlerin, Autorin und Expertin für Mehrsprachigkeit. Sie hat zahlreiche Großprojekte zur Förderung von Integration konzipiert und abgewickelt. 2014 gründete sie das Bildungs- und Beratungszentrum Linguamulti. Dort bietet sie Beratung und Workshops für mehrsprachige Erziehung im Bereich Bildung, Erziehung und Unternehmertum an. Sie ist ebenso Gründerin der LIMU-Academy, des Sprachinstituts zur Frühförderung der deutschen Sprache für Kinder zwischen zwei und zehn Jahren.

In ihren drei Muttersprachen verfasst sie ihre literarischen Texte. 2012 erschien der Gedichtband „Аз und tú“ (Edition Yara). Sie lehrt an der Universität Wien und leitet Fortbildungen an zahlreichen pädagogischen Einrichtungen im In- und Ausland. Ihre eigenen Kinder erzieht Ortega auch dreisprachig. Monatlicher Blog für Der Standard online.

Welche Besonderheiten zeigen mehrsprachige Kinder in ihrer Entwicklung?

Kinder, die in mehr als einer Sprache sozialisiert werden, also zwei- oder mehrsprachig sind, haben einen ganz entscheidenden Vorteil beim Erlernen von weiteren Sprachen. Das belegen zum Beispiel die Forschungen der Sprachwissenschaftler Peter Cichon und Ulrike Jessner: Solche Personen haben ein ausgeprägteres metalinguistisches Bewusstsein und eine größere kognitive Flexibilität. Das heißt, dass sie unbewusst besser mit dem Zeichencharakter von Sprache und mit der Dynamik und Veränderbarkeit des Sprachsystems umgehen können.

Des Weiteren haben sie ein besseres Verständnis dafür, dass es situativ wechselnde sprachliche Anforderungen gibt und dass Dinge sprachlich unterschiedlich ausgedrückt werden können. Sie wissen also, dass Sprache im Kontext passiert und funktioniert. Studien zeigen auch, dass es durch das Beherrschen mehrerer Sprachen zu einer möglichen Verlängerung der „critical period" kommen kann. Das bedeutet, dass Bilinguale zu einem späteren Zeitpunkt im Leben, nämlich nachdem die sensible Phase des Sprachlernens abgeschlossen ist, trotzdem noch in der Lage sind, eine Sprache nahezu auf Muttersprachenniveau zu erlernen. Der Grund dafür ist offenbar, dass ein bilingual trainiertes Gehirn länger formbar bleibt. Im Normalfall ist es so, dass nach der kritischen Periode, also nach der Pubertät, ein muttersprachliches Kompetenzniveau kaum mehr erreichbar ist.

Der andere große Vorteil von Bilingualen gegenüber Monolingualen ist die größere praktische Erfahrung im Spracherwerb selbst. Diese entsteht zum Beispiel durch die vielen Übertragungen von einer in die andere Sprache, die Mehrsprachige häufig durchführen.

Wenn Sprachen sich gegenseitig beeinflussen und es dadurch zu einer Fehlleistung kommt, sprechen wir von Interferenz. Dies kann auf grammatikalischer, phonetischer oder lexikalischer Ebene vorkommen. Meist beeinflusst die dominante Sprache die schwächere. Im Spracherwerb kann es Phasen geben, in denen es zu zahlreichen Interferenzen kommt. Diese Phasen gehen aber meist wieder zurück, wenn sich die Sprachsysteme gut entwickeln und das sprachliche Repertoire des Kindes wächst. Voraussetzung dafür sind eine gute Lernumgebung und Menschen, die viel und richtig mit dem Kind sprechen. Es gibt auch viele positive Interferenzen, sogenanntes Übertragen beim Sprachenlernen, die für uns verborgen bleiben, weil wir sie nicht identifizieren können.

Studien zufolge sind Mehrsprachige auch effizienter in ihrer allgemeinen Kommunikation, zum Beispiel spüren sie schneller kommunikative Missverständnisse auf und sind in der Lage, diese schneller aufzulösen.

Wenn wir uns die Sprachentwicklung des doppelten Sprachaufbaus ansehen, so gibt es allerhand Unterschiede im Vergleich zu einer monolingualen Sprachentwicklung. Es werden gleichzeitig zwei unabhängige Sprachsysteme aufgebaut. Diese sind zwar unabhängig voneinander, aber auch ständig im

Kontakt und Austausch miteinander. Dieser Austausch führt unter anderem dazu, dass Mehrsprachige im sprachlichen Begreifen effizienter sind.

Anfangs können sich die Sprachen „im Weg stehen". Es kommt zu den schon genannten Interferenzen oder zum Code-Mixing und mit Fortschreiten der Sprachentwicklung auch zum Code-Switching. Diese Entwicklungsphasen können Eltern und PädagogInnen verunsichern, wenn sie nicht mit dem entsprechenden Hintergrundwissen vertraut sind. Fälschlicherweise wird Mehrsprachigen nachgesagt, sie hätten weniger Wortschatz und weniger ausdifferenzierte, sprachliche Ressourcen in den jeweiligen Sprachen als Kinder mit einer Erstsprache. Untersuchungen zeigen, dass dies nur für die ersten Lebensjahre stimmt. Gegen Ende der Grundschule gleichen sich Grammatik und Wortschatz aus und oft überholen die bilingualen Kinder sogar die monolingualen.

Die aufgezählten Vorteile von Bilingualität sind keine Eigenschaft von bildungsprivilegierten Kindern, sondern, wenn man so will, Potenziale jeglicher Entwicklung kindlicher Zweisprachigkeit. Wie diese Vorteile genutzt, gefördert und weiterentwickelt werden, hängt sehr stark von der Umgebung ab, in der das Kind aufwächst.

Ein Kind kann eine Sprache allerdings ebenso schnell lernen wie auch wieder vergessen und in nur wenigen Monaten sogar einen kompletten Muttersprachenwechsel vollziehen. Dies gilt vor allem für jene Entwicklungsphase, in der ein Kind seine Sprache(n) noch stärker intuitiv als reflexiv erwirbt. Mit Blick auf kindliche Bilingualität heißt dies, dass Eltern für Kontinuität und Konsequenz in der Sprachvermittlung sorgen müssen.

Was sollte das vorschulische Bildungssystem unbedingt beachten?

Alle sprachlichen Kompetenzen der Kinder sollten gefragt sein und von der Bildungs- und Betreuungsinstitution wahrgenommen und gefördert werden. Dabei sollte die nichtdeutsche Erstsprache des Kindes als eine hochwertige Kompetenz betrachtet werden, die es zu entwickeln gilt. Es geht darum, das wertvolle Potenzial der Mehrsprachigkeit in den Kindern zu stärken. Das führt nicht nur dazu, dass die Kinder viele Sprachen gut sprechen können. Durch diesen Ansatz fördern PädagogInnen auch die sprachliche Entwicklung generell. Somit lernen die SchülerInnen, all ihre Sprachen kompetent und selbstbewusst zu nutzen.

Kommunikation ist in unserer modernen und globalen Gesellschaft eine der zentralen Fertigkeiten, die am Arbeitsmarkt erwartet wird. Mehrsprachige Personen leben sowohl in der einen als auch in der anderen kulturellen Dimension und beide sind Teil ihrer natürlichen Dynamik. Diese Kompetenzen sind in vielerlei Hinsicht ein Mehrwert. Erst, wenn sich die Kinder dieses Mehrwertes bewusst werden, können sie ihn für sich nutzbar machen. In der Aufwertung dieser Kompetenzen könnte das Bildungssystem viel leisten und sprachliche Ressourcen weiter ausbauen, die bislang ungenutzt bleiben.

Mit Blick auf die Zeit vor der Schule wird von mehrsprachigen Kindern oft eine sprachliche Leistung erwartet, die weder der allgemeinen kindlichen noch der sprachlichen Entwicklung Bilingualer entspricht. PädagogInnen und Bildungsverantwortliche sollten vertraut sein mit den grundlegenden Abläufen des doppelten Sprachaufbaus und dessen Förderung. In den ersten sprachsensiblen Jahren des Kindes könnten viele Defizite aufgefangen werden, ständen mehr Ressourcen zur Verfügung. Sprache braucht einen Dialog und Beziehung, um zu gedeihen. Aber in großen Gruppen, wo die PädagogInnen kaum Zeit haben, um sich jedem einzeln zu widmen, ist diese Voraussetzung ganz und gar nicht gegeben. Eine der wertvollsten Sprachfördermaßnahmen wäre es, mehr Personal in den Kindergärten zu ermöglichen. Dieses hätte nicht nur mehr Zeit für die Kinder, sondern auch für die Beziehungspflege zu den Eltern.

Zur sprachlichen Entfaltung tragen natürlich ganz maßgeblich die Eltern bei. In unserem Bildungssystem werden diese aber nur sehr halbherzig als Partner gesehen. Bei der Förderung von Mehrsprachigkeit müssten die Eltern viel mehr eingebunden werden. Und zwar als gleichberechtigte Bildungspartner, auf Augenhöhe. Ein weiteres Problem ist, dass es kaum Budget für die Schule gibt, um Eltern Bildungsangebote zu machen.

Wie können mehrsprachige Kinder in der Schule optimal gefördert werden?

Bei dieser Frage würde ich gerne mit einigen konkreten Anhaltspunkten beginnen: Zuerst müssen wir Erwachsene immer bei uns selbst anfangen. Das bedeutet, dass wir uns vertraut machen mit den grundlegenden Entwicklungsschritten mehrsprachiger Kinder. Ohne Hintergrundwissen würden wir wichtige Details übersehen. In der Schule sollten, vor allem im Sprachunterricht, die nichtdeutschen Erstsprachen der Kinder ebenfalls in die Unterrichtsarbeit einfließen. Gerade beim Erlernen von Fremdsprachen müssten etablierte didaktische Methoden überdacht und verändert werden. Neben dem Wissen, das Schule vermittelt, erwerben Kinder auch in vielen anderen Bereichen ihres Lebens Wissen. Bei einer migrationsbedingten Biographie gehören oft auch kulturelle und sprachliche Inhalte dazu, die so in der Schule und im Lehrplan nicht vorgesehen sind. Dieses Wissen wird somit ausgeklammert. Darauf könnte die Schule aber auch zugreifen und so das Kind in seiner Gesamtheit fördern.

Um die Kinder beim Sprachenlernen zu unterstützen, braucht es nicht unbedingt immer einen Förderunterricht. Sprache passiert immer und überall. Ein Unterrichtender, der das weiß und gezielt einsetzt, kann dies in jedem Fach umsetzen. Die immanente Sprachförderung wird in der Schule viel zu wenig genutzt. Mit kreativen Aktivitäten und Spaß an der Sache lernen alle Kinder gut, nicht nur die Kleinsten. Theaterspielen, kreatives Schreiben und vieles Andere geben den Kindern Selbstvertrauen und Selbstbestimmung, zwei zentrale Voraussetzungen beim Spracherwerb. Gerade vermeintlich schwächere SchülerInnen können durch solcherlei kreative Förderzugänge Begabungen gut aktivieren und machen die Erfahrung, dass sie sehr wohl auch Stärken haben.

Es braucht eine echte Sozialisation in den unterschiedlichen Sprachen. Dadurch werden sprachliche Inhalte mit vielseitigen Erfahrungen aufgefüllt. Diese Erfahrungen sind zum Teil gesellschaftlicher Natur, aber nicht nur. Jede Sprache hat auch ihre eigene Mentalität und ihren Rhythmus. Diese Tatsache führt dazu, dass Mehrsprachige eine vielschichtige Sicht auf die Welt entwickeln. Was ich beobachte, ist ein unkonventioneller Umgang mit unterschiedlichsten Aspekten des Alltagslebens. Auch ihr Umgang mit Sprache selbst ist durch die Vernetzung der Sprachenvielfallt davon beeinflusst. Wir müssen also offen sein für das Unkonventionelle, es ist kein Fehler, es ist eine Bereicherung!

Der österreichische Erziehungswissenschaftler Dietmar Larcher ist davon überzeugt, dass Sprache und Liebe in enger Verbindung zueinander stehen. Es geht also auch darum, ein Gefühl der Zugehörigkeit zu schaffen, weil das einen starken Einfluss auf das Selbstbewusstsein und die Selbstwahrnehmung der

Kinder hat. Es kann Kinder enorm stärken und ihnen Sicherheit geben, damit sie in der Gesellschaft ihren Platz einnehmen und sich nicht immer wieder als „anders" empfinden. Die Linguistin Katharina Brizic meint: „Einer der wichtigsten Faktoren, um Mehrsprachigkeit positiv zu erleben, ist das Selbstvertrauen. Die Abwertung der Muttersprache führt zur Selbstabwertung, das hat keine positiven Effekte bei der Beherrschung der Landessprache."

Gibt es empfehlenswerte Modelle?

Es gibt zahlreiche Kindergärten und Schulen, die bereits verschränkt bei der Sprachförderung arbeiten und auch die nichtdeutschen Erstsprachen der Kinder nutzen. Die Ergebnisse sprechen für sich, die Kinder fühlen sich wohl, sie erleben, dass ihre Sprachen Teil des Alltags sind. Für die Kinder, die noch nicht gut Deutsch können, entsteht kein sprachliches Vakuum, sondern sie können sich einbringen und bauen Schritt für Schritt auch ihre Deutschkompetenzen auf.

Auch gibt es Schulen, die ganz bewusst zu ihren vielen SchülerInnen mit Migrationsgeschichte stehen und diese Tatsache nicht problematisieren, sondern sich damit sogar profilieren. Auch das führt dazu, dass gesellschaftlich weniger prestigevolle Herkunftsländer und Sprachen der Kinder nicht abgewertet werden und sich alle Kinder willkommen fühlen.

Wie kann die Klassengemeinschaft davon profitieren?

Wird eine positive Einstellung zu Mehrsprachigkeit vermittelt, kann es zu einem sehr bereichernden Wissensaustausch kommen, von dem die ganze Gruppe profitiert. Die Kinder entdecken auch Facetten an sich, die sie so voneinander nicht kennen. Durch die Arbeit mit den Herkunftssprachen können Eltern sinnvoller eingebunden werden. Daraus kann eine weitere neue, bereichernde Dynamik für die Eltern-Kind-Beziehung entstehen, die sich positiv auf den gesamten Lernerfolg auswirkt.

Wie wirkt sich Mehrsprachigkeit bei hochbegabten Kindern aus?

Damit gerade sprachlich hochbegabte mehrsprachige Kinder gefördert werden können oder überhaupt eine Chance haben, ihr Talent zu zeigen, braucht es ein differenziertes Auge in der sprachlichen Bewertung. Zur Sprache gehören nicht nur Grammatik, Wortschatz und Aussprache, sondern auch eine große Portion an Gespür für die Situation, für den Kontext und den Kommunikationspartner. Diese soziale und pragmatische Kompetenz in der Sprachentwicklung wird kaum beachtet, dabei haben gerade Bilinguale dort ihre besondere Stärke. Sie sind auch neugierig auf neue Sprachen und sprachliche Herausforderungen. Diese Möglichkeiten der kindlichen Entfaltung werden kaum genutzt. Besonders viel Nachholbedarf sehe ich im Fremdsprachenunterricht, wenn muttersprachliche SchülerInnen diesen besuchen. Sie werden nicht nur nicht gefördert, sondern oftmals demotiviert und als inkompetent diskreditiert. Die Folgen sind verheerend. Die Kinder zweifeln an sich, auch andere schulische Leistungen sinken und sie verlieren die Freude an Schule und Sprachelernen, wo sie eigentlich ihre Stärken haben. Es ist unmöglich, auf die Begabungen dieser Kinder einzugehen, wenn man die gleichen Methoden für alle im Unterricht verwendet.

Was war für Sie persönlich wichtig und zielführend in Ihrer Entwicklung?

Meine mehrsprachige Kompetenz verdanke ich hauptsächlich meinen Eltern, die beide immer darauf bedacht waren, die Sprachen unserer Familie lebendig zu halten und sie attraktiv zu machen. Sie haben entgegen der vorherrschenden Meinung, nur Deutsch sei wichtig und die Herkunftssprachen würden dem Erwerb des Deutschen im Weg stehen, gehandelt, und dafür bin ich ihnen sehr dankbar.

In der Schule wurden meine „anderen" Sprachen eher als Hindernis und Problem gesehen. Ich habe schon als Kind Sprachen und Literatur geliebt. Aber genau in diesen Fächern hatte ich schlechte Noten. Das Meiste, das ich dazugelernt habe, habe ich traurigerweise nicht in der Schule gelernt. Die Fremdsprachen habe ich vor allem bei Auslandsaufenthalten gelernt und verfeinert und später an der Universität.

Meine Passion zur Literatur habe ich vor allem im Rahmen außerschulischer Freizeitaktivitäten gelebt. Ich habe an Schreibwerkstätten für Jugendliche teilgenommen, an Literaturwettbewerben und ich wurde immer sehr von meinen Eltern unterstützt. Rückblickend waren es vereinzelte Lehrkräfte, wie mein Geografielehrer, die mich in der Schule gefördert haben. Eigentlich ist das Bildungssystem, so wie es im Moment funktioniert, kein Ort für mich gewesen, an dem besondere Begabungen und Talente gefördert wurden. Noch immer funktioniert das Bildungssystem nahezu ausschließlich als System der Anpassung an die eine gesellschaftlich dominierende Sprache und Kultur. Überragende Begabungen sind nur dann akzeptabel, wenn sie den Ablauf nicht stören oder wenn es für deren Förderung keines zusätzlichen Aufwands bedarf. Ich hatte aber das Glück, dass ich außerhalb der Schule viele wunderbare Mentoren getroffen habe, die mich ermutigt haben und mir gezeigt haben, dass es etwas Besonderes ist, mit drei Sprachen aufzuwachsen und noch weitere drei gelernt zu haben, und dass ich daran wachse.

ERFOLGREICHE RESILIENZ – 13 brillante Persönlichkeiten berichten

Geniale (Lebens-) Geschichten

„Talent haben, das ist das Beste,
das zweite, es üben."

(Epicharmos, um 550 – um 460 v. Chr.,
griechischer Arzt und Lustspielautor)

In diesem Kapitel sprechen sehr erfolgreiche, begabte Menschen über ihre Biographien, die nicht unterschiedlicher sein könnten. Jedoch ist allen eines gemeinsam: Die Leidenschaft, das zu verfolgen, was man liebt und kann!

Resilienz als persönliche Stärke, unterstützende Menschen und der Wille, seinem Talent nachzugehen, lassen erkennen, wie wichtig das persönliche Umfeld und gute Förderangebote sind.

Faire Schokolade für die Welt: Interview mit Chocolatier Josef Zotter

Josef Zotter zählt mit rund 500 Schokoladensorten zu den innovativsten Chocolatiers der Welt. Er ist europaweit einer der wenigen unabhängigen Bean-to-Bar-Produzenten, der ausschließlich in Bio- und Fair-Qualität produziert.

Mit dem Schoko-Laden-Theater legte er den Grundstein für eine Erlebniswelt, die mit jährlich rund 270.000 Besuchern zu den beliebtesten Ausflugszielen in der Steiermark zählt und sich zu einem Kompetenzzentrum in Fachkreisen entwickelt hat. 2014 eröffnete Zotter das Schokoladen-Theater in Shanghai, das unter anderem drei Jahre von seiner Tochter Julia geleitet wurde. Im April 2015 startete er einen Webshop in den USA.

Das Unternehmen ist EMAS-zertifiziert und Mitglied der WFTO (World Fair Trade Organization) und somit einer der nachhaltigsten Betriebe Österreichs. Die handgeschöpften Schokoladen im Art-Design haben sich als Marke weit über die Landesgrenzen hinaus etabliert. Zotters Kreationen wurden bei den Academy of Chocolate Awards 2016 und 2017 in London von einer internationalen Fachjury mehrfach ausgezeichnet. Seit 2014 röstet Zotter auch seinen eigenen Kaffee zotter-Mi(s)Chung.

Wann und wie haben Sie Ihre besondere Begabung erkannt?

Ich denke, als ich meine „Lehren" begonnen habe als Koch, Kellner, Konditor. Ich habe die Lehren nicht begonnen, weil ich meine Begabung – sensorisches Talent und Geschmack denken können – gespürt habe. Das hat niemand erkannt und gefördert von den Lehrern, sondern vordergründig, weil ich aus der Oststeiermark wegwollte und überlegt habe: Wie und mit welchem Beruf kann mir das am besten und schnellsten gelingen? Da war die Gastronomie ein gutes Sprungbrett.

Während meiner Lehrzeit bin ich draufgekommen, dass mir dieser Beruf wie auf den Leib geschneidert ist. Das war mehr „Glück" als sonst was. Oder weil ich es instinktiv wollte.

Was war für Sie persönlich hilfreich, was nicht?

Dass ich die Entscheidung getroffen und sehr viel Überzeugungsarbeit geleistet habe, diesen Beruf für Lebensmittel lernen zu dürfen. Das Schwierigste war, meine Eltern zu überzeugen, die wollten eher, dass ich Landwirt werde. Was ich ihnen zuliebe ja heute auch bin. Und hilfreich war, dass es damals schon Fernsehen gab. Ich habe immer mit Begeisterung Reiseberichte angesehen oder Dokus über Naturreservate. Deswegen bin ich heute auch Bio-Landwirt, wahrscheinlich. Übrigens: Die letzten Jahre habe ich mich vom Fernsehen befreit. Brauch ich auch nicht mehr ... heute ist Internet super.

Wer hat Sie unterstützt?

Sicher meine Eltern, denn die haben mich ziehen lassen. Das hätten sie nicht müssen. Die haben bemerkt: Unser Sohnemann macht nicht immer alles, was man sagt oder sich wünscht als Elternteil. Den Rest habe ich selber gemacht, da war sonst nichts. Mein Umfeld war eher sehr bescheiden. Vielleicht war ich auch deswegen so fasziniert von der weiten Welt?

Wie hat das Bildungssystem auf Ihre Begabung reagiert?

Das war damals schon sehr kritisch für mich. Weil wir natürlich auch benotet und an diesen Noten gemessen wurden. Ich war vielleicht in einem Gegenstand super talentiert und in einem anderen eher schlecht, zum Beispiel, weil mich das nicht interessiert hat, also im Allgemeinen war ich mittelschlecht. Das ist, denke ich, heute noch so, dass die Schule das so nivelliert. Wir bräuchten nicht nur ein Bildungssystem, das quer drüberfährt, sondern ein Talentesuchsystem. Die Gesellschaft ist genial konstruiert. Jede(r) hat für irgendwas Talent. Man braucht keinen Nachhilfeunterricht, das ist vergeudete Zeit und vergeudetes Geld. Es gehören die Talente gefordert oder eher gefördert, da sollte man Geld reinstecken. Ob man in Deutsch oder Physik einen Vierer hat, macht das Kraut nicht fett, außer für den Physik- oder Deutschfanatiker. So gesehen hat das Bildungssystem auf mich befremdend gewirkt und mich damals schon traurig und wütend gemacht.

Welche Empfehlungen können Sie dem Schulsystem in Bezug auf Begabungsförderung geben?

Grundschule bis zur sechsten Klasse, da aber alles gleichgewichtet und da muss das Wichtigste fürs Leben unterrichtet werden (Kochen, Landwirtschaft, Handarbeiten, Grundrechnungsarten usw.). Ab der siebenten Klasse sollen sich die Schüler selbst entscheiden, in welche Richtung sie gehen wollen. Da sollten die Lehrer unterstützen. Da gehören auch ein paar Umkehrmöglichkeiten eingebaut, und je länger die Schule dauert, ab der achten oder neunten Stufe, sollte der Unterricht immer fokussierter gestaltet werden. Meine Tochter, 13, geht in die Waldorfschule. Dieses System halte ich für sehr gut. Rudolf Steiner war ein Großer.

Was brauchen Sie persönlich, um glücklich zu sein?

Geld ist es jedenfalls nicht. Ich persönlich fühle mich sehr glücklich, weil ich immer das machen durfte, was ich selber für richtig gehalten habe. Deswegen bin ich auch Unternehmer geworden. Meine jetzige Schokoladen-Arbeit hat naturgemäß auch sehr viel mit Reisen zu tun. Das wollte ich immer schon. Viel Reisen und gutes Essen oder Schokolade produzieren, die mir selber auch schmeckt. Und das ist heute mein Job.

Filigraner Filmstoff: Interview mit Filmemacherin Sabine Derflinger

Sabine Derflinger, geboren in Oberösterreich, studierte an der Filmakademie Wien und spezialisierte sich auf „Kinematografisches Erzählen zwischen epischer und dramatischer Kunst“. Danach produzierte sie verschiedene preisgekrönte Spielfilme und Dokumentationen (zum Beispiel *42plus, Tag und Nacht*). Im Jahr 2010 gründete sie ihre eigene Produktionsfirma, Derflinger Film – zusätzlich zur Förderung internationaler Kooperationen (zum Beispiel *For Those Who Can Tell No Tales* unter der Regie von Jasmila Zbanic, *Em Familia* produziert von Globo TV). Im Jahr 2011 wurde sie zur ersten weiblichen Tatort-Regisseurin (*Falsch Verpackt*), und erhielt 2014 für die Folge *Angezählt* den Grimme-Preis. In den Jahren 2015 und 2016 rief sie als Regisseurin die neue TV-Serie *Vorstadtweiber* ins Leben, die zur erfolgreichsten TV-Serie Österreichs der letzten zehn Jahre wurde und 2016 mit dem Metropolis-Preis für die beste Regie in einer TV-Serie ausgezeichnet wurde.

Wann und wie haben Sie Ihre besondere Begabung erkannt?

Ich habe meine Begabung schon sehr früh im Alter von circa sechs Jahren erkannt, obwohl ich damals noch nicht wusste, dass es Regie gibt. Mit Begeisterung habe ich mir Geschichten und Theaterstücke ausgedacht. Ich war ein sehr phantasiebegabtes Kind, habe mit mir selbst viel gespielt, aber auch Erwachsenen gerne vorgespielt. Diese habe ich dazu gebracht, mir Kostüme zu schneidern.

Was war für Sie persönlich hilfreich, was nicht?

Hilfreich war für mich, in Ruhe gelassen zu werden, um meine Begabung ausleben zu dürfen. Mein persönliches und familiäres Umfeld hat mein Talent goutiert. Bedauerlicherweise gab es in der Schule wenig Anerkennung. Ich gehörte zu den verträumten Kindern und diese schöpferische Begabung wurde nicht wahrgenommen.

Wer hat Sie unterstützt?

Ich hatte in der Schule dann mit 14 Jahren eine gute Deutschlehrerin. Wir mussten einen Aufsatz schreiben, bei dem ich meine ungefähr 15-minütige Beobachtung aus dem Klassenfenster heraus schilderte: Es ging darum, wie ein stets alkoholisierter Postbote die Pakete abholte und aufgab. Ich sehe das Einwickelpapier der Päckchen noch vor mir. Der Aufsatz wurde 12 Seiten lang und als besonders gutes Beispiel vorgelesen. Jahrzehnte später fand ich ihn wieder und stellte fest, dass ich ihn heute in etwa genauso schreiben würde.

Wie hat das Bildungssystem auf Ihre Begabung reagiert?

Meistens nicht positiv. Ich bin übriggeblieben mit meiner Kreativität. Wir hatten nach der genannten Lehrerin in Deutsch einen Lehrer, der auch Oberst der Reserve war und mit dem ich als friedensbewegter Mensch häufig Kontroversen führte. Einmal gab es bei ihm die Aufgabenstellung, einen Aufsatz zum Thema „Was unterscheidet Künstler von normalen Menschen" zu schreiben. Das Ergebnis war für mich eine Eins, während alle KlassenkollegInnen den Aufsatz wiederholen mussten. Ebenso erlebte ich, auch als Frau nicht intellektuell wahrgenommen und gefördert zu werden.

Welche Empfehlungen können Sie dem Schulsystem in Bezug auf Begabungsförderung/künstlerische Förderung geben?

Die Schule sollte mehr praktische Dinge vermitteln, die zum Überleben und Leben hilfreich sind. Ich halte es nicht für sinnvoll, nur Wissen zu vermitteln, viel mehr sollte die Kreativität gefördert werden. Ich sehe auch an meinen Enkeln, wie toll sich Kinder entwickeln können, wenn man sie lässt. Viele unterschiedliche Angebote sollten zur Verfügung stehen, ohne immer effektiv sein zu müssen. Manchmal ist es gut, einfach 3 Stunden aus dem Fenster zu schauen und nichts zu machen. Kinder sollten beobachten dürfen, ohne zu bewerten oder gleich bewertet zu werden. Ich habe Film an Schulen unterrichtet und war überrascht, wie wenig an Auseinandersetzung da war, wie man Dinge anschauen und betrachten kann. Zuhören können und im Kontakt sein, halte ich für sehr wichtig. So wie das preußische System gute Soldaten ausgebildet hat, so bildet unser Schulsystem in erster Linie gute Konsumenten aus.

Was brauchen Sie persönlich, um glücklich zu sein?

Erfüllende Beziehungen zu anderen Menschen. Zeit und Raum, um mich meiner Kreativität hinzugeben. Zeit ist ein sehr wesentlicher Faktor für mich, weil Regiearbeit sehr arbeitsintensiv ist. Obwohl Film meine liebste Arbeit ist, muss ich sehr auf meine Regenerationsphasen achten. Muße ist mir sehr wichtig und natürlich eine gute Gesundheit.

Reich mit Boliden: Interview mit Investmentpunk Gerald Hörhan

Der „Investmentpunk“ Gerald Hörhan ist ein in Österreich lebender Investmentbanker, Immobilieninvestor, Online-Unternehmer und Bestseller-Autor. Nach dem Abschluss des Wirtschafts- und Mathematikstudiums an der Universität Harvard arbeitete er an der Wall Street für JP Morgan, bevor er sein eigenes Unternehmen gründete. Er ist CEO und Gründer der Investmentpunk-Akademie, der führenden deutschen Online-Finanzbildungsplattform. Seit dem Jahr 2018 bietet die Investmentpunk-Akademie auch MSc- und MBA-Abschlüsse zum Thema Digital Business in Zusammenarbeit mit einer österreichischen Universität an. Gerald Hörhan ist in den Gebieten Finanzwirtschaft und Unternehmertum führend, Kolumnist für Österreichs größte Zeitung und Gastdozent an verschiedenen österreichischen und deutschen Universitäten.

Wann und wie haben Sie Ihre besondere Begabung erkannt?

Ich habe meine mathematische Begabung schon sehr früh erkannt. 1993 gewann ich bei der der internationalen Mathematikolympiade in Istanbul die Silbermedaille. Ich habe sehr viel gelernt und intensive Arbeit zum Erreichen meiner Ziele investiert. Für mich war von Anfang an klar: Ich will an die Spitze. Bereits mit 13 Jahren wusste ich, dass das Durchschnittsleben der Mittelschicht – Arschkriechen, Sachbearbeiterjob, Eigenheim auf Pump, Konsumschulden, keine Kohle und keine Freiheit – nicht das ist, was ich will. Und ich erkannte rasch, dass nachhaltiger Erfolg harte Arbeit und Disziplin voraussetzt. Diese Eigenschaften waren auch der Grundstein für den Aufbau meiner Unternehmensgruppe im Bereich Investment Banking und Immobilien.

Was war für Sie persönlich hilfreich, was nicht?

Hilfreich war für mich meine Motivation, reich werden zu wollen. Zu Hause war wenig Geld da und ich wollte kein Außenseiter sein. Ich war weder ein guter Sportler, noch hatte ich besonders große soziale Fähigkeiten. Insofern habe ich sehr hart daran gearbeitet, meine Zahlenbegabung in Geld umzusetzen.

Wer hat Sie unterstützt?

Meine Mutter hat mich sehr unterstützt. Das Schulsystem war gar nicht hilfreich, außer ein paar wenige LehrerInnen, wobei das eher punktuell war. Mein Antrieb, etwas zu erreichen, waren mein starker Wille und meine persönlich sehr große Arbeitsleistung.

Wie hat das Bildungssystem auf Ihre Begabung reagiert?

Wenig und wenig unterstützend. Ich erlebte das Bildungssystem als System des Gehorsams, des Auswendiglernens und der Anpassung. Die wirklich wichtigen Fächer, wie Wirtschaft und Digitalisierung, wurden nicht unterrichtet.

Welche Empfehlungen können Sie dem Schulsystem in Bezug auf Begabungsförderung/innovative Förderung geben?

Neben meiner Tätigkeit als Unternehmer und Investmentbanker ist mir die wirtschaftliche Bildung, insbesondere von jungen Menschen, ein großes Anliegen. Die Schule ist ein überholtes System von vor über 100 Jahren. Man müsste es komplett neu aufstellen und gründen. Leistungsorientierte Ansätze sollten vermittelt werden, genauso wie Kenntnisse aus der Wirtschaft und der Digitalisierung, wie zum Beispiel Künstliche Intelligenz. Ich halte KI für wichtiger als soziale Kompetenz. Außerdem sollten LehrerInnen nach leistungsorientierten Prinzipien bezahlt werden.

SchülerInnen sollten angeregt werden, denken zu lernen. Selbstständiges Denken ist das Wichtigste, was Menschen können sollten. Ich erwähne das in allen meinen Seminaren: „DENKEN!“

Konsumschulden sind wie Drogen, sie sind einmal cool, und man kommt nicht mehr davon weg. Jeder Jugendliche, der keine Konsumschulden macht und sich stattdessen Ziele für sein Leben setzt, ist ein Gewinn. Es freut mich, wenn ich durch meine Bücher, Medienauftritte, Seminare und Vorträge Men-

schen dabei helfen kann, ihre Finanzen gut zu regeln und ein Leben in Freiheit anstelle im Hamsterrad der Konsumschulden zu führen.

Was brauchen Sie persönlich, um glücklich zu sein?

Es erfüllt mich, meine Ziele zu verfolgen und erfolgreich zu sein. Ich mag es, wenn meine Geschäfte gut laufen und ich viel Geld verdiene. Mittlerweile gebe ich mein Wissen sehr gerne weiter und es freut mich, wenn ich Menschen motivieren und unterstützen kann. Gerade heute habe ich auf einer Veranstaltung in Berlin vor 1000 Immobilienmaklern gesprochen und darauf hingewiesen, wie wichtig die Auseinandersetzung mit Künstlicher Intelligenz ist. Meiner Prognose nach wird in den folgenden Jahren nur noch eine kleine Gruppe von Technologiefirmen die Macht haben und der Großteil der Menschheit verlässt sich auf Sprachsysteme. So halte ich es für sehr wichtig, zu lernen, wie man geschäftlich mit einem Sprachsystem verhandelt und umgeht.

Bei schönem Wetter fahre ich sehr gerne mit meinem Aston Martin spazieren oder gehe wandern. Schön ist es außerdem, mit meinem Sohn zu spielen.

Schlagfertig: Interview mit Boxweltmeisterin Nicole Wesner

Nicole Wesner wurde 1977 in Köln geboren. Ihre Schulzeit sowie ihre ersten Berufsjahre verbrachte sie in Mannheim. Nach ihrem International Business Studium war sie einige Jahre im Marketing-Management und Vertrieb tätig.

2009 begann sie mit dem Boxen und gewann seit 2012 zahlreiche Titel als Profiboxerin. Sie boxt sowohl in Deutschland als auch in Österreich und tritt in ihrer Wettkampfkleidung mit beiden Flaggen auf.

Abgesehen von ihrer Boxkarriere beschäftigt sich Nicole Wesner intensiv mit Yoga und nahm bei der ORF-Show Dancing Stars teil.

Wann und wie haben Sie Ihre besondere Begabung erkannt?

Ich bin eine absolute Quereinsteigerin. Ich habe mit dem Boxen erst im Alter von 32 Jahren begonnen. Als Kind habe ich andere Sportarten betrieben.

Was war für Sie persönlich hilfreich, was nicht?

Da ich später als alle anderen begonnen hatte und viel aufholen musste, habe ich versucht, alles von Anfang an richtig zu machen und habe mich mit dem Sport sehr beschäftigt: Wer ist der beste Trainer? Wie ernähre ich mich am besten? Wie kann ich mich so fit wie möglich machen?

Hier war das Alter, das eigentlich ein Nachteil ist, wiederum ein Vorteil, da ich viele Dinge analytisch betrachtet habe.

Wer hat Sie unterstützt?

Meine Trainer, insbesondere meine jetzigen Trainer Johann Senfter, Steven Küchler sowie Athletik-Trainer Mag. Dominik Schmidt, haben mich sehr unterstützt.

Welche Empfehlungen können Sie dem Schulsystem in Bezug auf Begabungsförderung/sportliche Förderung geben?

Kinder sollten zwei- bis dreimal pro Woche einen Schulsport betreiben, der auf Vielfalt ausgerichtet ist. Immer wieder habe ich Projekte mit Jugendlichen und stelle fest, dass die koordinativen Fähigkeiten, die die Basis für künftige Erfolge sind, zu mangelhaft sind, und das liegt insbesondere an der mangelnden Vielfalt. Kinder und ihre Eltern beklagen, dass sie im Schulsport immer das Gleiche machen.

Es ist wichtig, dass Kinder sehr viele unterschiedliche Sportarten in der Kindheit ausprobieren. Zum einen aus motivatorischen Gründen, um den Kindern die Freude am Sport zu vermitteln. Zum anderen können Kinder, die eine vielfältige Schulsportausbildung haben, einfacher neue Sportarten lernen, weil sie ein gutes Körpergefühl haben.

Es sollte einfach alles gestreift werden: Leichtathletik, Turnen, Ballsportarten, Schwimmen, Wintersportarten, Tanzsportarten und auch Kampfsport. Zum Beispiel lernt man in Bodenkampfsportarten wie Judo, Jiu Jitsu oder olympisches Ringen die Fallschule, was sehr wichtig für viele weitere Sportarten ist.

Was brauchen Sie persönlich, um glücklich zu sein?

Glücklichsein oder nicht ist eine Frage der Einstellung und des Lebensgefühls. So etwas kommt nicht von außen, sondern von innen. Ich kann jeden Tag aufs Neue entscheiden, ob ich glücklich bin oder nicht.

Künstliche Intelligenz: Interview mit IT-Pionier Sepp Hochreiter

Univ.-Prof. Dr. Sepp Hochreiter leitet das Institut für Machine Learning, das LIT AI Lab und das Audi.JKU Deep Learning Center der Johannes Kepler Universität in Linz.

Er forscht auf dem Gebiet des maschinellen Lernens und ist ein Pionier des boomenden Forschungsfeldes Deep Learning, das gerade die künstliche Intelligenz revolutioniert.

Bekannt wurde Sepp Hochreiter durch die Entdeckung und Entwicklung von Long Short Term Memory (LSTM) in seiner Diplomarbeit im Jahre 1991, die erst viel später, nämlich 1997, publiziert wurde. In jüngster Zeit hat sich LSTM zur besten Methode für Sprach- und Textverarbeitung entwickelt, wo es neue Rekorde aufstellte. Seit 2012 wird LSTM in Google's Android Spracherkenner verwendet, seit 2015 in Google's Voice Transcription, seit 2016 in Google's Allo und seit 2016 in Apple's iOS 10.

Zurzeit treibt Sepp Hochreiter die theoretischen Grundlagen von Deep Learning voran, indem er den Gradientenfluss durch neuronale Netze analysiert, das Konzept von „Self-Normalizing Networks" entwickelt und „Generative Adversarial Networks" (GANs) sowie „Reinforcement"-Algorithmen verbessert.

Derzeitige Projekte des JKU-Forschers umfassen Deep Learning für Medikamentenentwicklung, für Text- und Sprachanalyse, für Bildverarbeitung und im Speziellen für autonomes Fahren.

Wann und wie haben Sie Ihre besondere Begabung erkannt?

Bis jetzt habe ich noch keine Begabung bei mir erkannt. Ich tue mich schwer mit diesem Begriff, weil ich davon ausgehe, dass man sich mit Fleiß viel erarbeiten kann. Freude entwickelt sich durch die Beschäftigung mit einem Gegenstand.

Jemand, dem Mathematik keinen Spaß macht und der daraus folgert, „Ich kann das nicht", könnte durch die Auseinandersetzung mit Sudoku-Rätseln Interesse entwickeln.

Was war für Sie persönlich hilfreich, was nicht?

Ich bin auf einem bayerischen Bauernhof aufgewachsen, da war nicht einmal natürliche Intelligenz ein Thema. Meine Eltern hatten keine Vorstellung von den Berufen, die es gibt. Das Naheliegende war, eventuell nach der Realschule auf der Bank im Ort zu arbeiten.

Toll war für mich, dass mir mein Onkel Schachspielen beigebracht hat. Ich habe das Spiel begeistert gelernt und durch Radio- und Fernsehsendungen mein Spiel erweitert. Durch den Besuch im Schachclub lernte ich Gymnasiasten kennen, mit denen ich gemeinsam spielte. Da ich selbst leider an der Mathematikolympiade nicht teilnehmen durfte, weil ich auf der Realschule war, unterstützte ich meine Freunde bei den Aufgabenstellungen. Das Lernen des logischen Denkens war für mich sehr wichtig.

Wer hat Sie unterstützt?

Wir haben im Schachclub sehr konzentriert miteinander gespielt. Das war so intensiv, dass ein Schüler beim Rauchen nicht gemerkt hat, dass er sich die Zigarette auf der Hand ausgedrückt hat, und ein anderer, dass sein Gegner ging, als die Zeit schon überschritten war. Ich habe drei Wochen lang in den Ferien alles, was ich schon gelernt hatte, wiederholt und vertieft, weil ich mir Erfolge im Schach erarbeiten wollte.

Das Wichtigste war, sich bei sechsstündigen Turnieren zu konzentrieren, auch wenn es drumherum laut war. Um Ziele zu verfolgen, braucht es Motivation, die Entwicklung von Konzentration und gute Rahmenbedingungen.

Wie hat das Bildungssystem auf Ihre Begabung reagiert?

Das Bildungssystem war für mich durchwegs demotivierend. Daher ist gut, wenn es entsprechend hinterfragt und modernisiert wird. Auf der Realschule durfte ich nicht an der Mathematikolympiade teilnehmen und wurde nicht besonders gefördert.

Als ich an die FH München ging, sagte man mir, ich sei ungeeignet, weil ich zu gut bin, ich soll lieber an die TU München gehen. Dort wollte ich gerne

Mathematik studieren, das durfte ich aber nicht, weil ich das Fachabitur hatte. Der Kompromiss war dann Informatik, weil da am meisten Mathematik dabei war. Da ich zu Beginn schon alles konnte, wollte ich gerne die ersten vier Semester auf zwei zusammenfassen. Das ging auch nicht, also habe ich mich gelangweilt. Ich hätte deshalb das Studium fast abgebrochen. In einer Situation war der Tutor so verärgert, weil ich ihm den Rücken zudrehte, um meinen KollegInnen zu helfen.

Nach dem achten Semester kam ich nur noch zu den Prüfungen. Die Beschäftigung mit KI war das einzig Interessante, was ich im Studium gelernt habe. Endlich gab es etwas Neues, was Problemstellungen aufwarf und Lösungen zu entwickeln versprach.

Welche Empfehlungen können Sie dem Schulsystem in Bezug auf Begabungsförderung/innovative Förderung geben?

Die wichtigsten Bausteine sind für mich erstens Durchlässigkeit, zweitens Flexibilität und drittens das amerikanische „You can do it". Dieser Praxisbezug wird hier in Linz sehr stark forciert.

Meinen StudentInnen an der JKU sage ich immer: „Zeig mir, dass du es kannst, das Wie ist nicht wichtig." Ich halte es nicht für gut, Volksschüler mit Leistungsdruck und der Angst vor dem Versagen zu belasten. Positive Motivation und Freude sind wichtig, um etwas Neues lernen zu wollen.

Als ich meine Diplomarbeit 1991 bei meinem Supervisor abgegeben habe, hat er sie nicht zu Ende gelesen, meine Erfindung LSTM unbeachtet gelassen und nicht daran geglaubt. 1997 sprach er mich darauf an: „Du hattest da doch was, das wir publizieren könnten ...?" Erst 2009/2010 sind Google und Facebook auf meine Erfindung aufmerksam geworden. Ich halte es für wichtig, an sich und das zu glauben, was man macht, auch wenn es niemand erkennt und sieht. Für seine persönliche Sache sollte man brennen.

Was brauchen Sie persönlich, um glücklich zu sein?

Wichtig ist mir meine Familie und dass ich meine Leidenschaft zum Beruf gemacht habe. Das empfehle ich auch: „Mach' das beruflich, was du gerne als

Hobby machst." Hier an der JKU kann ich das, ich finde hier die Infrastruktur, aber auch die Freiräume vor, die man als Forscher für kreative Ideen braucht. Ich fahre täglich mit dem Rad zur Kepler Universität, was gut ist, da man als Informatiker viel sitzt. Außerdem liebe ich es, Schwammerln zu suchen.

Aus meiner Kindheit ist mir Fußballschauen geblieben. Ich bin seit je Bayernfan und das große Abenteuer für mich war, als Kind mit meinem Vater ins Stadion zu fahren, um bei den Spielen dabei zu sein. Damals gab es nicht viel Abwechslung und das war einfach toll.

Dame schlägt König: Interview mit Schachweltmeisterin Elisabeth Pähtz

Elisabeth Pähtz wurde 1985 in Erfurt geboren. Mit neun Jahren wurde sie zum ersten Mal Deutsche Meisterin im Nachwuchsbereich, 1995 folgte die erste Silbermedaille bei Weltmeisterschaften in Brasilien in der Altersklasse (AK) bis 10.

Mit 14 Jahren wurde sie dann Deutsche Meisterin der Damen. Nur zwei Jahre später ernannte sie die Weltföderation FIDE zur Frauengroßmeisterin und 2002 holte sie sich den Weltmeistertitel in der AK U18. Sie ist somit die erste deutsche Frau, die einen Weltmeistertitel im Schach erringen konnte.

1999 wurde sie in Chemnitz Deutsche Meisterin der Frauen. Im gleichen Jahr unterstützte sie Hape Kerkeling via „Knopf" im Ohr bei einem Sketch für die Sat1-Sendung *Darüber lacht die Welt* und war Mitglied des Beraterteams bei der über Internet ausgetragenen Partie Kasparov versus the World. 2002 wurde sie auf Kreta Jugendweltmeisterin der Altersklasse U18 weiblich, 2004 Vizeweltmeisterin der Altersklasse U20 weiblich.

Im November 2005 gewann Elisabeth Pähtz in Istanbul ihren zweiten Schach-Weltmeistertitel, nun in der AK U20. Zum Sieg verhalf ihr nicht zuletzt ihre sehr gute Kondition, die sie sich unter anderem durch tägliche Dauerläufe erarbeitet. Sie ist nunmehr die erfolgreichste deutsche Schachspielerin. Im September 2018 erreichte sie auf der Frauenweltrangliste Platz 10 und führt damit die deutschen Frauen an.

Wann und wie haben Sie Ihre besondere Begabung erkannt?

Ich bin schon als Fünfjährige mit meinem Vater zu Turnieren gefahren, da meine Mutter einen Vollzeitjob hatte. Ich konnte meinem Vater, der Schachgroßmeister war, beim Spielen zusehen und habe dadurch sehr viel gelernt. Ich begann mit sieben Jahren im Verein zu spielen und gehörte zu den Besten. Als Neunjährige gewann ich fast die Europameisterschaft.

Was war für Sie persönlich hilfreich, was nicht?

Sehr hilfreich war für mich die Schachgruppe mit meinen vier großen Freunden. Wir sind gemeinsam zu den Ländermeisterschaften gefahren und hatten viel Spaß. Das war für mich lustig und unterstützend.

Wenig hilfreich war meine Situation in der Schule, die ich deshalb dreimal gewechselt habe. Ich habe als Kind oft Neid erlebt, weil in der Zeitung etwas über mich stand und ich häufig im Unterricht gefehlt habe. Manche Tests und Aufgaben musste ich nicht nachholen. Diese Unterschiede waren problematisch. Auch wurde Schach als Sportart nicht wirklich ernstgenommen.

Wer hat Sie unterstützt?

Hauptsächlich mein Vater, der für mich und meinen Bruder seine eigene Schachkarriere aufgegeben hat. Meine Mutter hat Schach ebenso geliebt und war gemeinsam mit ihrer Schwester Kreismeisterin.

Als meine Eltern sich zum ersten Mal trafen, wusste meine Mutter nicht, dass mein Vater schon Deutscher Schachmeister in der DDR war. Sie fragte ihn, ob er gerne mit ihr am nächsten Tag Schach spielen würde, was er schmunzelnd bejahte. Hätte er abgelehnt, wäre er für meine Mutter nicht mehr interessant gewesen.

In einer schachaffinen Familie aufzuwachsen, war für mich sehr gut. Mein ehrgeiziger Vater hat uns optimal gefördert, meine Mutter hat aber immer darauf geschaut, dass es uns dabei auch gut geht. Ich finde es wichtig, dass Kinder gefördert, aber nicht dabei überfordert werden und Spaß bei der Sache haben.

Wie hat das Bildungssystem auf Ihre Begabung reagiert?

Ich war in der Schule kein Überflieger, auch nicht in Mathematik. Was ich aber sehr gut konnte und sicher typisch für SchachspielerInnen ist, sind die hohe Merkfähigkeit und mein fotografisches Gedächtnis.

Ich konnte mich sehr gut konzentrieren, sehr schnell Auswendiglernen, vor allem auch Vokabeln in allen Zeiten. Da hatte ich meist null Fehler.

Welche Empfehlungen können Sie dem Schulsystem in Bezug auf Begabungsförderung/innovative Förderung geben?

Allgemein erlebe ich es beim Schach wie in vielen beruflichen Branchen, dass Frauen diskriminiert werden. Sowohl vom Gehalt, wir bekommen die Hälfte der Preisgelder von Männern, als auch vom Ernstnehmen in der Disziplin. Bei Schachturnieren wird häufig nicht einmal darüber berichtet, dass Frauen dabei sind. Insofern bin ich für eine geschlechtergerechte Förderung in der Schule.

Schach sollte als Ergänzungsfach angeboten werden. Vor allem im Alter zwischen sechs und zehn Jahren ist es eine ideale Übung mit vielen Aspekten. Durch die Varianzenberechnung wird mathematisches Verständnis geschult, der spielerische Aspekt steht im Vordergrund, genauso wie strategische Überlegungen und Konzentrationsentwicklung.

Was brauchen Sie persönlich, um glücklich zu sein?

Eine schwierige Frage ... Vermutlich würden mich meine Freunde als nicht sehr glücklichen Menschen bezeichnen, weil ich das Glas eher halb leer sehe und zu Pessimismus neige. Ich bin sehr glücklich, wenn es privat und mit dem Schach gut läuft. Allerdings stelle ich sehr hohe Ansprüche an mich selbst.

Bewegte Bilder: Interview mit Theater-Schauspielerin Salka Weber

Geboren 1989 in Wien, stand Salka Weber schon von Kindesbeinen an auf der Bühne. Sie nahm unter anderem am Kiddy Contest teil und moderierte diverse ORF-Fernsehformate für Kinder. Nach der Schulausbildung absolvierte sie ihr Studium am Konservatorium Wien im Zweig Musikalisches Unterhaltungstheater. Bereits während ihrer Ausbildung spielte sie am Deutschen Theater München, anschließend in den Wiener Kammerspielen und an den Vereinigten Bühnen Wien. Von 2015 bis 2017 war sie Ensemblemitglied am Theater in der Josefstadt. Ebenso war sie in TV- und Spielfilm-Produktionen zu sehen. Im September 2018 wurde ihr erstes Drehbuch Australien in Venedig verfilmt. In diesem Film übernahm sie auch die Hauptrolle. Gemeinsam mit Alexander Pschill, Kaja Dymnicki und Julia Edtmeier gründete sie im November 2015 das Theater *Bronski & Grünberg* im 9. Wiener Gemeindebezirk. Es war bereits zweimal für den Nestroypreis nominiert.

Wann und wie haben Sie Ihre besondere Begabung erkannt?

Ein Teil meiner Vorfahren waren musizierende Nomaden in der Wüste Westafrikas. Mein Vater, der meine einzig direkte Bezugsperson aus diesem Teil der Familie war, war selbst Berufsmusiker. Dementsprechend stand ich schon sehr früh in einem engen Kontakt zu Musik, Rhythmus, Bewegung und einer Kommunikation über diese Kunstform.

Bevor ich zum Beispiel sprechen konnte, habe ich im Kleinkindalter mit meinem Vater getrommelt. So war es mir möglich, früh zu erkennen, dass man Geschichten, Gefühle und viele andere Dinge über musikalische Parameter, Rhythmus, Dynamik, Text etc. übertragen kann. Musik hat fortan einen sehr hohen Stellenwert in meinem Leben eingenommen. Ich kann somit nicht behaupten, meine Begabung zu einem bestimmten Zeitpunkt erkannt zu haben. Es war etwas Natürliches und vielleicht auch etwas, rückblickend gesagt, das mir tatsächlich „im Blut“ liegt.

Was war für Sie persönlich hilfreich, was nicht?

Meine Familie war für mich persönlich sehr wichtig und hilfreich. Erst als sich nach der Matura für alle meine Freunde und Kollegen die Frage gestellt hat, wie es, die Ausbildung betreffend, weitergehen soll, habe ich wahrgenommen, dass es nicht selbstverständlich ist, seinen Talenten und Hobbys auf professioneller Ebene nachzugehen. Viele Kollegen, die mit mir Tanz- und Gesangsklassen besucht haben, die nicht minder talentierter waren als ich, haben plötzlich aufgehört.

Meine Familie stand immer hinter meiner Entscheidung, einen künstlerischen Werdegang anzustreben, und hat mich darin sogar noch bestärkt. Es war nie, wie in anderen Familien, Thema, unbedingt eine akademische Laufbahn einschlagen zu müssen beziehungsweise einen „sicheren" Beruf zu erlernen. Meine Begabung wurde ernst genommen und so war es immer „normal" für mich, dem nachzugehen, was mich persönlich interessiert und bewegt.

Wer hat Sie unterstützt?

Meine Mutter hat mich zeit meines Lebens großartig unterstützt. Sie war diejenige, die meine Begabungen erkannt und diese mit viel Zeit und finanzieller Unterstützung von meiner Familie gefördert hat. Mein Onkel und meine Großmutter waren eine sehr große Hilfe und immer sehr interessiert an meiner Entwicklung. Abgesehen von meiner Familie gab es einige Lehrer, Kollegen und Mentoren, die mir viel beigebracht haben und vor allen Dingen an mich geglaubt haben. Unter anderem meine erste Gesangslehrerin Svenja Schreiber, mein älterer Kollege und Mentor Elmar Rossnegger und mein Schauspielkollege und Regisseur Alexander Pschill, mit dem wir das Theater Bronski & Grünberg gegründet haben.

Wie hat das Bildungssystem auf Ihre Begabung reagiert?

Ich habe das BG & BRG Wien III, Boerhaavegasse 15 besucht. Ein Gymnasium mit vertiefenden künstlerischen Zweigen sowie Musik, Tanz, Sprachen und bildende Kunst. Ich war in der musikalischen Förderklasse und hatte dementsprechend viel Musikunterricht und habe auch ein Instrument gelernt.

Welche Empfehlungen können Sie dem Schulsystem in Bezug auf Begabungsförderung/künstlerische Förderung geben?

Begabte Kinder sollten früh gefördert werden. Man sollte auch nach anderen, nicht künstlerischen Begabungen Ausschau halten.

Was brauchen Sie persönlich, um glücklich zu sein?

Glück bedeutet für mich persönlich eine stetige Weiterentwicklung. Die Möglichkeit zu haben, sich auf unterschiedlichen Gebieten auszuprobieren und immer etwas Neues zu lernen und somit die Dinge in Beziehung zueinander zu sehen/bringen, ist ein ungemeines Privileg und ich merke, dass sich dieser Faktor sehr auf mein Leben und mein Glücklichsein auswirkt.

Was ich beobachten kann, ist, dass Angst und Zweifel alle Menschen gleichermaßen befallen und beschäftigen. Etwas, das in der Kunst tödlich sein kann. Es sind aber auch zwei Faktoren, die man für sich nutzen kann. Fordert man sie heraus und bewegt sich somit außerhalb seiner Sicherheitszone, kann man immer vom Leben und sich selbst überrascht werden. Das macht Spaß, macht mich glücklich und somit muss man die Dinge und seine eigene Gedankenwelt nicht mehr so ernst nehmen.

Was auch immer es bedeuten mag erwachsen zu sein, es heißt auf jeden Fall, nicht aufhören zu spielen.

Kräuterliebe: Interview mit Sonnentor-Gründer Johannes Gutmann

Alles begann damit, dass Johannes Gutmann Waldviertler war und es auch bleiben wollte. Der gängige Weg in den achtziger Jahren in Richtung Stadt war nicht seins. Einen Hof zu übernehmen, stand für ihn aber nicht zur Debatte. Neue Wege wollte er einschlagen, die nicht nur ihm, sondern auch der Region zugutekommen würden. Vor allem den Bauern, die ums wirtschaftliche Überleben kämpften. Viele stellten ihre Betriebe auf Monokultur um, weil man es damals so machte.

Gutmann fand, das müsste auch anders gehen. Um die herrlichen Kräuter, die auf den Feldern wuchsen, aber ausgerupft und weggeworfen wurden, tat es ihm leid. Gutmann war schon leidenschaftlicher Bio-Verfechter, als es das Wort „bio" noch gar nicht gab. Er hatte jedoch so ein Gespür, dass der biologische der beste Weg für die Gesundheit, die Umwelt und unsere Zukunft ist. Und so hatte er eine zündende Idee. Eine Idee, die weder mit offenen Armen noch Begeisterung aufgenommen wurde. Regionale Bio-Produkte zusammen unter einem Dach der lachenden Sonne – einem alten Waldviertler Symbol – vertreiben? Seine „Schnapsidee" wurde 1988 belächelt.

Also zog der 23-Jährige als Ein-Mann-Unternehmen mit seinen Kräutern von Bauernmarkt zu Bauernmarkt, und wurde bald zum „bunten Hund". Neben den erstklassigen Bio-Produkten halfen ihm seine Markenzeichen – eine jahrzehntealte Lederhose und eine runde rote Brille – beim Durchbruch. Langsam konnte er einige Bauern für sein Kräuterunternehmen gewinnen. Oma Zach, Familie Bauer und Kurt Kainz waren die Ersten, die sich mitreißen ließen. Mittlerweile gehören rund 300 Bauern zur Sonnentor-Familie.

Wann und wie haben Sie Ihre besondere Begabung erkannt?

Grundsätzliche Tendenzen und Fähigkeiten werden bereits im Kindheitsalter gelegt. Es geht darum, einen Platz in der Gemeinschaft zu finden. Wir waren fünf Kinder am elterlichen Bauernhof, hier musste man sich behaupten. In der Volksschule habe ich bemerkt, dass andere Mitschüler schnell Vertrauen zu mir aufbauen konnten, ich wurde sehr schnell Klassensprecher und das ist mir auch geblieben bis zum Schulende. Verantwortung annehmen und diese auch tragen wollen und können. Ich bin immer mit meinen Aufgaben gewachsen.

Was war für Sie persönlich hilfreich, was nicht?

Vertrauen spüren beginnt bei den Eltern, damit umgehen lernen, das passiert entlang des Lebensweges. Hilfreich war ganz sicher das Vertrauen der Mitschüler, wo ich zum Klassensprecher und auch in der Handelsakademie zum Schulsprecher gewählt wurde, daraus haben sich sehr viele Kontakte ergeben. Und darum geht's im ganzen Leben, um Kontakte und wie diese gepflegt werden – Beziehungspflege. Wie in der Familie so auch nach außen.

Wer hat Sie unterstützt?

Ganz sicher meine Eltern und Lehrer. In der Selbstständigkeit hat mir mein Selbstvertrauen, das zuvor in den Schulen gewachsen ist, immer weitergeholfen.

Wie hat das Bildungssystem auf Ihre Begabung reagiert?

Ich hatte das große Glück, dass ich wundervolle Lehrer hatte, die nicht nur auf den Lehrstoff geachtet haben, sondern auch auf die Herzensbildung, da bin ich heute noch unserem Klassenvorstand Mag. Herbert Hödl dankbar.

Welche Empfehlungen können Sie dem Schulsystem in Bezug auf Begabungsförderung geben?

Zuerst müssen einmal die LehrerInnen selbst begeistert sein und weiter begeistert werden. Durch das politische Hickhack ist leider sehr viel Begeisterung geschwunden und der Lehrberuf an sich hat sehr darunter gelitten. Wenn die LehrerInnen wieder freier agieren dürften ohne große Bevormundung, dann würde sich das sehr schnell wieder in Motivation und Lernfreude verwandeln.

Die Kinder und Jugendlichen spüren sehr schnell, wie sie wo dran sind, und freuen sich auf Motivation und menschliche Rahmenbedingungen. Wir lernen nicht für den PISA-Test (eine Momentaufnahme), sondern für unser Leben.

Was brauchen Sie persönlich, um glücklich zu sein?

Ein freundliches, motiviertes Umfeld. Wenn ich das nicht vorfinde, dann beginne ich, es in diese Richtung zu gestalten. Lässt man mich, dann beginnt es bald zu blühen, und wo es blüht, da gibt es auch eine Ernte – Erfolg. Diesen Erfolg durfte ich nach den vier Jahren Unselbstständigkeit selbst in meiner Vision aufbauen und damit wurde ich glücklich. Glück, das wir täglich teilen, damit die Freude weiterwachsen kann!

Fantastische Vielfalt: Interview mit Künstlerin Natalie Ananda Assmann

Geboren 1988 in Brixlegg in Tirol, aufgewachsen in Linz, lebt und arbeitet Natalie Ananda Assmann als freischaffende Künstlerin, Regisseurin, Performerin und Kuratorin in Wien. Ihre künstlerischen Wurzeln hat sie am Theater. Vor allem seit 2014 produzierte sie vermehrt interdisziplinäre und partizipative Kunstarbeiten an der Schnittstelle zu Intervention in den öffentlichen Raum und politischer Performance.

Die Stadt Wien ist für Natalie Assmann Quelle der Inspiration und ein Ort der künstlerischen und kulturellen Vielfalt. Prägend für ihren künstlerischen Werdegang waren ihre Aufenthalte in São Paulo, Tel Aviv, Indien und New York City. Im Crossover von Kunst, zivilgesellschaftlicher Arbeit und aktivistischer Kunst setzt Natalie Ananda Assman ihre Schwerpunkte auch auf feministisches Empowerment und transkulturelle Kulturarbeit. Assmann arbeitet bevorzugt in Kollektiven, viele ihre Arbeiten sind in intensiver Zusammenarbeit mit anderen entstanden.

Wann und wie haben Sie Ihre besondere Begabung erkannt?

Ich war ein sehr aufgewühltes, von Ängsten und starken Emotionen gebeuteltes Kind. Im Alter zwischen drei und fünf Jahren war ich eine sehr große Herausforderung für meine Eltern.

Es kam oft vor, dass ich in der Früh vor dem Kindergarten eine Stunde lang geweint, mich unter dem Tisch versteckt und meine Familie „tyrannisiert" habe. Überhaupt habe ich viel geweint und geschrien und war oft sehr wütend. Bis meine Mutter entschied, mich in eine Schauspielgruppe für Kinder zu geben.

Was war für Sie persönlich hilfreich, was nicht?

Seitdem ich in der Schauspielgruppe war, war ich viel ausgeglichener und habe meine Leidenschaft für das Theater entdeckt. Meine erste Rolle war mit fünf

Jahren die Dorothee in „Der Zauberer von Oz" gemeinsam mit einer integrativen Schauspielgruppe im Kinderdorf St. Isidor.

Wer hat Sie unterstützt?

Meine Eltern und meine Familie haben mich von Anfang an sehr supportet. Sie haben mich bestärkt, angstfrei meinen eigenen Ideen und Impulsen zu folgen und auf meine innere Stimme zu hören, was ich will und was ich nicht will. In den Jahren darauf begegneten mir einige besondere Menschen, mit denen ich mich in eine Art Schülerin-Lehrerin-Verhältnis begeben habe. Das waren zumeist Frauen: Künstlerinnen, Regisseurinnen, politische Denkerinnen, die zu meinen Wegbegleiterinnen wurden. Menschen, die immer wieder neue Seiten in mir zum Schwingen brachten, mich herausforderten und mich inspiriert haben.

Wie hat das Bildungssystem auf Ihre Begabung reagiert?

Ich hatte das Glück, in ein Gymnasium mit einem künstlerischen Schwerpunkt zu gehen. Ich habe somit während meiner Schulzeit bereits inszeniert, geschrieben, Aufführungen organisiert und neue Räume geschaffen. Dass das möglich war, hat mich während meiner Schulzeit am Leben gehalten. Ich habe oft die Fächer Mathematik, Physik oder Chemie sausen lassen, weil ich im Turnsaal mit meinen Freundinnen an einer Choreographie oder einem Film gearbeitet habe. Mit 17 habe ich mehr Zeit in der Schule verbracht als alle anderen, aber nur weil wir am Ende des Jahres ein riesiges Theaterstück aufgeführt und pausenlos dafür geprobt haben. Hätte ich diese Möglichkeiten in und abseits der Schule nicht gehabt, wäre ich wohl an diesem System der Norm, der auferlegten Ordnung und der vorgezeichneten Wege zerbrochen.

Welche Empfehlungen können Sie dem Schulsystem in Bezug auf Begabungsförderung/innovative Förderung geben?

SchülerInnen müssen das Gefühl bekommen, frei wählen zu können. Jungen Menschen muss viel Vertrauen entgegengebracht werden. Wir müssen sie darin bestärken, dass ihre Entscheidungen die richtigen sind. Und vor allem, den Prozess im Fokus zu haben und nicht das Ergebnis. Jede Schülerin, jeder Schüler funktioniert, denkt und fühlt anders – daher braucht sie/er auch etwas anderes: Das muss gesehen und verstanden werden.

Begabtenförderung soll nicht Regelsystem reproduzieren – sondern die Strukturen müssen so gestaltet werden, dass es immer die Möglichkeit gibt, aus diesen wieder auszubrechen und die Richtung zu wechseln. Am wichtigsten ist wohl ein Empowerment derer, die „anders" sind und sein wollen, und gleichzeitig immer wieder zu vermitteln, dass zwar das Individuum seinen Platz hat, aber eine Kollektivität und ein gemeinsames Handeln enormes Potenzial und Kraft in sich birgt – vor allem, wenn dieses Kollektiv frei, kreativ, chaotisch, wild und abseits der Norm handeln kann.

Was brauchen Sie persönlich, um glücklich zu sein?

Freiräume, Inspiration, Zeit, lebendige kreative Orte, eine Umgebung der Wertschätzung und Gleichberechtigung. Intensive Zweierbeziehungen und immer wachsende und sich verändernde Kollektive. Menschen, die leidenschaftlich lieben, kämpfen, die riskieren und verändern wollen. Kunst in jeglicher Form. Das Meer, die Sonne, den Wind und die Wüste.

Millionen Geschichten: Interview mit whatchado-Gründer Ali Mahlodji

Ali Mahlodji war Flüchtling, Schulabbrecher, hatte über 40 Jobs – von Putzhilfe über Manager bis Lehrer –, ist Gründer und im Beirat von whatchado, EU-Jugendbotschafter und seit 2015 auch EU-Ambassador for the new narrative ... und ja, er versucht, die Welt zu retten (kein Scherz). Aus einer Kindheitsidee heraus gründete er whatchado.com, das Handbuch der Lebensgeschichten, auf dem Menschen aus der ganzen Welt – vom Präsidenten bis zum Nachbarn von nebenan – anhand von Videointerviews erzählen, wer sie sind, was sie tun und wie sie zu dem/der wurden, der/die sie heute sind.

Das Portal ist heute Zuhause von über 7.000 Lebensgeschichten aus über 100 Nationen und erreicht monatlich ca. eine Million Menschen. whatchado beschäftigt Mitarbeiter aus über zehn Nationen, arbeitet mit über 300 internationalen Organisationen zusammen und wurde international mehrfach ausgezeichnet – unter anderem mit dem UN World Summit Award und dem Staatspreis für Bildung und Wissen.

Wann und wie haben Sie Ihre besondere Begabung erkannt?

Mir wurde meine Begabung erst im Nachhinein bewusst. Als Kind habe ich mich sehr für die Geschichten von anderen Menschen interessiert. „Warum tun Menschen das, was sie tun?“ – Das war für mich in jedem Bereich sehr spannend. Die Überzeugung „Egal, woher du kommst, du kannst hingehen, wohin du willst“, die aus einer Sinnfrage entstand, hat mich sehr beschäftigt.

Was war für Sie persönlich hilfreich, was nicht?

Ich bin sehr gerne in die Bücherei gegangen und habe mir Autobiographien ausgeliehen. Ich war ins Lesen so vertieft, dass ich oft die Zeit vergessen habe. Ich konnte das Wichtigste extrahieren und auf den Punkt bringen. Das machte mir viel Spaß. Außerdem konnte ich komplizierte Dinge einfach erklären und dieser Stärke bin ich gefolgt. Überhaupt nicht hilfreich war Demotivation mit Aussagen wie „Das ist kein Job". Ich habe gestottert, wollte immer schon vor vielen Menschen sprechen und bekam negatives Feedback von Menschen, die mir ihre Gedanken überstülpten.

Wer hat Sie unterstützt?

Die wichtigste Person war meine Mutter. Sie hat mich bedingungslos geliebt, so wie ich war, und das ist das Wichtigste für ein Kind. Darüber hinaus gab es zwei tolle Lehrer. Mein Geschichtslehrer Klaus Weber sagte zu mir: „Egal, welche Noten du hast, Ali, du wirst es schaffen." Mein anderer Lehrer Gerhard Bila war ebenso bestärkend: „Du bist ein harter Knochen, Ali, du wirst es schaffen." Das hat mein Stottern besser gemacht.

Wie hat das Bildungssystem auf Ihre Begabung reagiert?

In der ersten Klasse am Gymnasium hatte ich eine Mathematiklehrerin, die mich an die Tafel holte und mich regelmäßig Rechnungen mit der Summe 8 oder 18 ausrechnen ließ. Mein Stottern war speziell beim Buchstaben A stark und genau das ließ sie mich immer wiederholen. „Es zählt nur, wenn du es vor der ganzen Klasse kannst", war ihre Argumentation. Ich war dann oft krank, hatte Heulkrämpfe, so dass mich meine Mutter in die Mittelschule gegeben hat. Das war meine Rettung. Ich war im Sport am glücklichsten und froh, vom Gymnasium weg zu sein.

Welche Empfehlungen können Sie dem Schulsystem in Bezug auf Begabungsförderung/innovative Förderung geben?

Aus meiner Sicht braucht das Bildungssystem eine Entspannung und sollte nicht schon wieder eine neue Reform begründen. Die Fragestellung sollte sein: Wie sehen die Herausforderungen in zehn Jahren aus und was brauchen SchülerInnen, um sich gut auf ihr Leben vorzubereiten? In der Schule lernt man kaum etwas, was man im Leben wirklich braucht. Der Umgang mit Finanzen, mit Wirtschaft und mit praktischen Dingen sollte unterrichtet werden. Was macht man in einer neuen Stadt, wenn man die Sprache nicht kann? Wie komme ich an eine Wohnung? Leider werden kostbare Ressourcen und Talente vergeudet durch Frontalunterricht, zu viel Sitzen und wenig Innovation. Sitzen ist Gift für den Körper. Projektbezogener Unterricht und Spaß am Lernen sollten vermittelt werden. Aktuell sehe ich Schulen als Einrichtungen, in denen die SchülerInnen alles über sich ergehen lassen müssen und sich nicht wehren können.

Was brauchen Sie persönlich, um glücklich zu sein?

Ich bin seit Kurzem verheiratet und musste dafür vier Beziehungen zuvor in den Sand setzen. – Jeder freut sich über den Regenbogen und ärgert sich über den Regen. Das braucht es aber, damit die Sonne wieder scheint. Ich würde die Frage eher so formulieren: Was brauche ich, um zufrieden zu sein? Ich halte es für wichtig, Emotionen – auch schlimme, wie Trauer – zu akzeptieren, das gehört zum Leben. Trotzdem kann ich zufrieden sein. Zufrieden bin ich, wenn ich bei mir selbst bin und Selbstachtung habe. Aber natürlich spielen meine Freunde, Familie und Zeit für mich selbst eine große Rolle für meine Zufriedenheit.

Bühne Musik: Interview mit Musikerschafferin Jelena Popržan

Jelena Popržan ist eine in Wien lebende Bratschistin, Sängerin, Komponistin und Performerin. Geboren 1981 in Novi Sad, Viola-Studium in Belgrad, Masterabschluss an der KUG/Oberschützen/Graz. 2008 gründet sie eigene Ensembles wie Catch-Pop String-Strong (u. a. Austrian World Music Award 2011), Sormeh und Madame Baheux (Austrian World Music Award 2014). Es folgen Konzertreisen quer durch Europa, nach Peru, Mexiko, Kanada, Usbekistan, in die USA, die Türkei, alle Länder Ex-Jugoslawiens und alle Bundesländer Österreichs. Ihr musikalisches Œuvre reicht von Klassik, World, Jazz, politisches Lied, Musikkabarett, Folk, Rock, Neue Musik bis zum Stimmexperiment.

Derzeit ist sie mit ihrem Soloprogramm und der Band Madame Baheux unterwegs. Weiters unterhält sie musikalische und literarische Kooperationen mit Richard Schuberth, Thomas Gansch, Otto Lechner, Alegre Corrêa, Mathias Rüegg, Paul Gulda und vielen anderen. Sie ist auch Bühnenkomponistin und Schauspielerin, unter anderem beim Ensemble *makemake*. Wichtige Stücke waren unter anderem *Warum das Kind in der Polenta kocht* (2014, STELLA Preis für die beste Bühnenmusik), *Muttersprache Mameloschn* (2018, Nestroy-Preis für die beste Off-Produktion) und *Die Sprache des Wassers* (2019, STELLA Preis für die beste Bühnenmusik). Weitere Inszenierungen waren *Wie Branka sich nach oben putzte* (2011), Da *verreckte Hof* (2017) und *Traiskirchen. Das Musical* (2017).

Wann und wie haben Sie Ihre besondere Begabung erkannt?

Ich glaube, sie ist mir bis dato noch nicht ganz bewusst. Es ist eher so, dass ich sie nicht richtig akzeptieren konnte, bis ich die Bestätigung von außen bekam, obwohl ich sie stark geahnt habe.

In meinem Verständnis ist das Talent etwas Universelles und nie nur in einem Gebiet zu finden. Ich habe schon in der Schule bemerkt, dass ich schneller bin als die meisten, und mir war die meiste Zeit langweilig. Da ich mich für die Schulaufgaben nicht viel bemühen musste, habe ich nicht rechtzeitig gelernt, mich zu bemühen und meine Talente systematisch zu entwickeln. Ich habe eher gelernt, gut zu tricksen. Das kostet mich (und vielleicht auch die Gesellschaft) heute viel. Ich habe das Gefühl, dass ich viel versäumt habe.

Was war für Sie persönlich hilfreich, was nicht?

Meine soziale Umgebung war günstig für meine künstlerische Entwicklung. In meiner Familie habe ich ausschließlich bildende Künstler angetroffen. Somit war der Freundeskreis auch an Kunst interessiert und hat sie gelebt – hat freier gedacht, hat den Mainstream kritisiert etc. Das war selbstverständlich. Ich wurde nicht gepusht, sondern ganz natürlich in der Freiheit belassen, meinen Weg zu finden.

Meine Mutter, die mich und meine Schwester allein erzogen hat, war die wichtigste Unterstützerin, weil sie den emotionellen und materiellen Boden für unsere Entwicklung geschaffen hat. Ich habe aber wenig Bestätigung in der Schule und von meinem Vater bekommen, und dieser Mangel hat mich gleichzeitig gebremst und motiviert. Sehr lange war Bestätigung meine Motivation und nicht die Kunst selbst.

Wer hat Sie unterstützt?

Hauptsächlich meine Mutter. Sonst war alles unterstützend, was mich in Ruhe gelassen hat, und davon gab es genug. Sehr lange habe ich gebraucht, zehn Jahre sicher, bis ich mich musikalisch befreit habe.

Ich habe riesiges Glück gehabt, just in dem Moment, wo ich darauf gebrannt habe, etwas Eigenes anzufangen – ich war gerade am Ende meines klassischen Studiums –, meinen Lebenspartner Richard Schuberth kennenzulernen. Obwohl er hauptsächlich Schriftsteller ist, war er mein bester Coach. Mit seinem Wissen über die Musik und Musikgeschichte, seiner Erfahrung in der Musikszene und seinem, mir ähnlich, gestalterischen Talent war er die größte Unterstützung, die ich mir vorstellen konnte. Wir ergänzen uns außerdem sehr gut, er schreibt zum Beispiel Songtexte, die meiner bescheidenen Meinung nach niemand besser interpretieren könnte als ich.

Wie hat das Bildungssystem auf Ihre Begabung reagiert?

Indem es mich mir selbst überlassen hat. Im Gruppenunterricht muss das Programm allen Schülern beigebracht werden, und da ich eh schnell war, habe ich oft mehr gemacht, als nötig war. Konkret, in der Musikschule und auf der Uni, war das Problem – und ich vermute, dass es noch immer so ist –, dass das Ausbildungsprogramm nicht wirklich das Schöpferische in den Kindern und Studenten fördert.

Die klassische Musikausbildung versucht, klassische Solisten zu schaffen, und redet wenig davon, dass die meisten im Orchester oder als Lehrende (die dann alles so weitergeben, wie sie es gelernt haben) arbeiten werden, falls sie überhaupt so weit kommen. Der Musikbetrieb funktioniert längst nicht mehr so, wie wir für ihn ausgebildet werden. Deswegen gibt es so viele MusikerInnen, die abseits der klassischen Szene arbeiten und kreativ sind. Aber das haben sich die meisten selbst erarbeitet, also in einem Konflikt mit dem und im Gegensatz zum System. Was schlussendlich auch nicht schlecht ist.

Welche Empfehlungen können Sie dem Schulsystem in Bezug auf Begabungsförderung/künstlerische Förderung geben?

Die Frage ist, ob das Schulsystem überhaupt daran interessiert ist, das zu fördern, was für den Markt nicht nützlich (und für das System tödlich) sein könnte. Aber das klingt, als ob dieses System ein Hirn hätte und bestimmte Ziele verfolgen würde. Das tut es natürlich nicht.

Man merkt eindeutig, dass die Entwicklung in eine Richtung geht, die das Individuelle eher bremst. Oder noch schlimmer, Individualität wird mit Innovation und Flexibilität innerhalb des Systems gleichgestellt und nur dann akzeptiert, wenn sie sich dem System unterordnet. Wenn das stimmt, was ich hier sage, dann habe ich keine Antwort auf die Frage. Wenn ich falsch liege, dann würde ich sagen, dass – obwohl ich mich im hiesigen Schulsystem nicht auskenne und jenes, in dem ich war, nicht mehr kenne – es mehr Ressourcen braucht, mehr Geld für die Bildung, einheitliche Schulen, mehr Lehrpersonal etc. Nur so können die Ausbildenden und Betreuenden sich wirklich ihrer Arbeit widmen und Talente individuell fordern und fördern.

Was brauchen Sie persönlich, um glücklich zu sein?

Weiß ich nicht. Das Glück ist kein permanenter Zustand und deswegen kann es auch kein Ziel für die Ewigkeit sein. Man braucht auch Unglück, um glücklich zu sein. Glücklich machen kleine Etappen in der Arbeit an der geistigen, emotionellen und persönlichen Entwicklung. Also Herausforderungen und Siege.

Brücken bauen: Interview mit Autorin Luna Al-Mousli

Luna Al-Mousli, geboren 1990, aufgewachsen in Damaskus, lebt und arbeitet heute als Autorin, Grafik Designerin und Impulsgeberin mehrerer Initiativen mit Schwerpunkt Bildung und Integration in Wien. Sie erhielt ihr Diplom für Grafik Design an der Universität für Angewandte Kunst und war Stipendiatin und zuletzt Alumni-Vorsitzende des START-Stipendienprogramms für engagierte SchülerInnen mit Migrationshintergrund.

Großen Anklang fand ihr Sozialprojekt „TANMU – Lernhilfe für jugendliche Neuankömmlinge", das angesichts der aktuellen Flüchtlingsproblematik ein effektives und integrationsförderndes Bildungsangebot schafft. Als Aktivistin und Dolmetscherin arbeitete sie im mehrfach ausgezeichneten Cross Media Dokumentationsprojekt „Everyday Rebellion" eng mit den Riahi Brothers Arash und Arman zusammen. Im Zuge dessen wurden ihre aktivistischen Tätigkeiten auch in Le Monde Arabe auf ARTE veröffentlicht. 2017 gewann sie den Österreichischen Kinder- und Jugendliteraturpreis mit „Eine Träne. Ein Lächeln. Meine Kindheit in Damaskus", das im Weissbooks Verlag erschienen ist.

Lunas Arbeiten bewegen sich im Spannungsfeld von Literatur, Kunst und Aktionismus. Im Mittelpunkt stehen dabei konkrete Menschen, ihre Geschichten und vielschichtigen Bedürfnisse. Dieser Zugang verschreibt sich einer Offenheit für das Neue.

Wann und wie haben Sie Ihre besondere Begabung erkannt?

Ich würde nicht sagen, dass ich begabt bin, ich wurde nur richtig gefördert und unterstützt, denn jeder Mensch ist begabt.

Ich mochte immer alle künstlerischen Betätigungen. Vor allem liebe ich das Schreiben und Entwickeln neuer Geschichten. Der Kunstunterricht war besonders toll. In der sechsten Klasse haben wir ein Kunstprojekt gemacht, an dem alle mitgewirkt haben. Jeder hat auf individuelle und kreative Art seinen Teil beigetragen. Das hat sehr viel Spaß gemacht. Zum Abschluss haben wir darüber einen Film gedreht, das hat den Klassenzusammenhalt sehr gefördert und gefordert. Ich habe das Entwickeln meiner Begabungen wie im Fluss erlebt.

Was war für Sie persönlich hilfreich, was nicht?

Sehr hilfreich war und ist mein familiäres Umfeld, vor allem meine Mama. Meine Deutschlehrerin war für mich sehr unterstützend, wie auch meine Freunde. Alle haben an mich geglaubt und mich in meinem Tun bestärkt. Weniger gefallen haben mir die Normierungen in der Schule.

Wer hat Sie unterstützt?

Meine Mama, mein Freund, meine Freunde. Ganz wichtig war meine Deutschlehrerin, die mich immer sehr unterstützt hat. Sie hat nie „locker" gelassen. Manchmal sind es Menschen, mit denen man eine Zeitlang den Weg teilt und sich dann wieder trennt.

Wie hat das Bildungssystem auf Ihre Begabung reagiert?

Ich kam mit 14 Jahren nach Österreich und war in einem Gymnasium bis zur Matura. Einerseits habe ich tolle Förderungen erlebt, wie im Deutsch- und Kunstunterricht, andererseits hatte ich aber leider in Wien keine gute Musiklehrerin. Das hat mir die Freude an Musik etwas genommen, obwohl ich die Beschäftigung damit sehr gerne mag.

Welche Empfehlungen können Sie dem Schulsystem in Bezug auf Begabungsförderung/künstlerische Förderung geben?

Leider ist das Schulsystem nicht modular. So scheitern Menschen an einzelnen Gegenständen und können sich nicht entsprechend entwickeln. Wir hätten alle das Potenzial, das zu verändern. Es gibt Menschen, die sich mit Sprachen schwertun, aber unglaublich analytisch begabt sind. Durch dieses Bewertungssystem nimmt man ihnen den Spaß am Lernen. Es sollte deshalb mehr individuelle Förderung und viel Projektunterricht geben.

Damit könnte die Freude am Lernen erhalten bleiben und zudem noch tolle Erfolge erzielt werden.

Was brauchen Sie persönlich, um glücklich zu sein?

Menschen, die an mich glauben. Es ist eine ständige Arbeit, ein Schöpfen. Das was man geschenkt bekommt, sollte man zurückgeben. Ich möchte gerne ein Teil davon sein. Begabung ist, wie wenn man ein Rätsel löst, wie ein Puzzle.

Wortwelten: Interview mit Schriftsteller Robert Menasse

Robert Menasse wurde 1954 in Wien geboren. Nach der Matura an einem humanistischen Gymnasium studierte er Germanistik, Philosophie und Politikwissenschaften und promovierte 1980 an der Universität Wien mit einer Arbeit über den Typus des Außenseiters im Literaturbetrieb. 1981 bis 1988 lehrte er an der Universität São Paulo, Brasilien, zunächst als Lektor für österreichische Literatur, ab 1982 als Gastdozent am Institut für Literaturtheorie. Seit der Rückkehr nach Wien lebt er als freier Literat hauptsächlich in Wien.

1994 lebte er als Stipendiat des DAAD in Berlin, 1996 war er Writer in Residence an der New York University, 1999 Artist in Residence in Amsterdam, 2007 hielt er Poetik-Vorlesungen an der Universität Frankfurt. Seit 2010 lebt und arbeitet Menasse zeitweise in Brüssel, wo der Essay *Der Europäische Landbote* und der Roman *Die Hauptstadt* entstanden.

Menasse wurde mehrfach ausgezeichnet, u. a. mit dem Hölderlin-Preis und dem Deutschen Buchpreis, dem Niederländischen Buchpreis, dem Prix Amphi der Universität Lille für den besten nicht-französischsprachigen Roman. Von der Republik Frankreich wurde er zum Chevalier des Arts et des Lettres ernannt. Seine Bücher wurden in 30 Sprachen übersetzt.

Wann und wie haben Sie Ihre besondere Begabung erkannt?

Ich habe zunächst nicht meine Begabung erkannt, sondern im Gegenteil meine Unfähigkeit, dem zu genügen, was von mir erwartet oder gefordert wurde. Ich dachte lange Zeit, ich sei begabt zu gar nichts. Ich hatte in keinem Fach herausragende Leistungen, ich fürchtete mich vor den Lehrern, ich fürchtete mich vor den Mädchen, ich fürchtete mich vor dem Leben. Und ich fürchtete mich eigenartigerweise auch vor dem Tod.

Ich weiß nicht, wann ich zum ersten Mal dachte, dass sie alle, die mich einschüchterten und so perfekt im Leben standen, in ihrem Leben keine Spuren hinterließen und vergessen sein werden, wenn sie tot sind. Ich meinte nicht materielles Erbe für die Kinder, in deren Erinnerung sie noch vorhanden bleiben würden, Wohnung, Geld usw., das konnten sie natürlich hinterlassen, aber keine Spuren im Leben, in der Geschichte. Ich dachte, so will ich nicht leben und nicht gelebt haben.

Es kommt mir rückblickend geradezu komisch vor: Ich war zehn, zwölf, vielleicht vierzehn Jahre alt, fühlte mich lebensuntüchtig und dachte an ein Nachleben. Ich war Internatszögling. Ich hasste das Internat. Ich fürchtete mich vor Schlägen, vor Gewalt, vor Demütigungen. Wann immer ich konnte, versteckte ich mich irgendwo und las. Lesen war die einzige Möglichkeit, aus dem Internat herauszukommen, zumindest im Kopf, in der Phantasie. Mit 17 las ich „Die Dämonen" von Dostojewski – das war der Moment, der wahrscheinlich über mein weiteres Leben entschied. Ich begriff, dass der Romancier schreibend eine Welt erschaffen kann, sie mit Menschen besiedelt und erzählt, wie sich ihr Schicksal erfüllt. Ich weiß noch, dass ich dachte: DAS will ich können. Man musste nicht leben können. Man musste Leben erschaffen können.

Ich habe heute einen anderen Anspruch an Literatur, aber seit damals schreibe ich, und egal, ob mein Schreiben Lebensersatz ist (was ich so nicht mehr sagen würde) oder einfach Lebensaufgabe (für die man irgendwann alle möglichen Gründe anführen kann), ich habe nie mehr versucht, etwas anderes zu machen und ein anderer sein zu wollen. Und ich habe seither alles, manchmal faul, manchmal schlampig, manchmal völlig unsicher, manchmal tollpatschig, letztlich aber doch sehr konsequent, diesem Anspruch untergeordnet: etwas Bleibendes erzählen zu können.

Was war für Sie persönlich hilfreich, was nicht?

Zunächst einmal war der Schultypus hilfreich. Ich ging in ein Humanistisches Gymnasium. Ich bin davon überzeugt, dass ich in einem anderen Schultypus nichts geworden wäre, nicht ein anderer, als ich es heute bin, sondern wirklich nichts. In einer auf Praxis und Kompetenz ausgerichteten Schule wäre ich untergegangen, wäre ich in meinem Leben gescheitert. Ich war ja völlig unfähig für das Praktische.

Das so genannte Sinnlose und „für das Leben Unnütze" hat mich gerettet. Latein und Altgriechisch – es hat mich fasziniert, dass man Dichter und

Philosophen, die vor 2000 oder 2500 Jahren gelebt und geschrieben hatten, immer noch kennt, liest, verstehen kann. Ich habe lateinische Hexameter beziehungsweise elegische Distichen (also Hexameter plus Pentameter) in deutsche Distichen übertragen – so etwas braucht man nie im Leben. Oder: als ich das Höhlengleichnis von Platon im Original las und all diese fremden Buchstaben sich nach vielen Stunden der Übersetzungsübungen plötzlich vor meinen Augen in eine vertraute Schrift verwandelten, die mir erzählte, dass ich ins Licht müsse, auch wenn es mich zunächst blendete, da empfand ich zum ersten Mal die Sensation, gedacht zu haben und mit einer Lehre beschenkt worden zu sein.

Das Unnütze, das war die Freiheit. Da musste ich nicht beweisen, dass ich lebenstüchtig bin. Ich bin der Meinung, dass für meinen damaligen Griechischlehrer Rudolph Frühwirth ein Denkmal errichtet werden müsste. Ihm war egal, ob man ein Wörterbuch zu Hilfe nahm (was damals nicht erlaubt war), ihm war egal, ob man an dieser Stelle etwa den Aorist erkannt hatte und begründen konnte, wie es der Lehrplan vorsah, er wollte, dass wir verstehen, was da in den klassischen Texten geschrieben, gedacht, im Geist der Menschheit aufgehoben war.

Auch mein Deutschlehrer war ein Glücksfall: Er schaffte es, in einer Klasse von 20 Schülern fünf bis sieben (das ist viel!) für Literatur zu begeistern. Das muss erst ein Deutschlehrer schaffen: dass siebzehnjährige Pubertierende hitzig über Theodor Storm (!) diskutieren. (So war das. Deshalb habe ich später bei dem Film „Club der toten Dichter“ Rotz und Wasser geheult!)

Das war jedenfalls mein Glück: dass die Fächer, die in einem Humanistischen Gymnasium besondere Bedeutung haben, diejenigen waren, die mich sozusagen auffangen und weitertragen konnten. Und auch, dass just in diesen Fächern die besten Pädagogen tätig und wirksam waren.

Mein Erzieher im Internat erkannte mein literarisches Talent – er schrieb das in einer so genannten „Heimnachricht“, das waren die Berichte, die die Erzieher über die Entwicklung der Zöglinge an die Eltern schickten – und er machte mir mit wachsendem Druck klar, dass ich trotzdem die Matura machen müsse, womit er ja zweifellos recht hatte. Er gab mich nicht auf, als ich in der Siebten im Zwischenzeugnis sieben Vierer mit Ermahnung hatte, weil ich nur noch lesen, schreiben, nachdichten wollte, und nicht zuletzt auch deswegen, weil die Lehrer der anderen Fächer – vorsichtig formuliert – ziemlich scheiße waren.

In Hinblick auf die Frage, was hilfreich war, ist auch Folgendes interessant: die Schule war extrem reaktionär, es war eine tiefschwarze, bekennend austrofaschistische Schule (Ständestaat- und Dollfuß-Bewunderung etc.), und das Internat war brutal und gewalttätig. Ich wurde gewissermaßen doppelt geimpft: Es war für meinen Blick auf die Welt, für meine Sehnsüchte und Phantasien ex negativo hilfreich, mich abstoßen zu können nicht nur von schwarzer Pädagogik, sondern generell von tiefschwarzer Politik und Gewalt.

Ich habe gelernt, dass ich wohl zu nichts anderem tauge als zu dem Experiment einer literarischen Existenz. Aber zugleich wurde mir eingeimpft, kein weltfremder Dichter zu werden (und der Zeitgeist der 70er Jahre hat das natürlich verstärkt).

Wer hat Sie unterstützt?

Zunächst vor allem meine Mutter. Meine Mutter hatte kaum Geld. Aber für Bücher gab es immer Geld. Bildung, Belesenheit, Kultur war für sie der allergrößte Wert. Sie träumte von gesellschaftlichem Aufstieg und projizierte diesen Traum auf mich. Aber aufgrund ihres Bildungshungers musste der soziale Aufstieg sich nicht unbedingt in einer Karriere in einem bürgerlichen Beruf erweisen.

Als sie begriff, dass ich Schriftsteller werden möchte, hat sie das bedingungslos unterstützt. Als ich Angst bekam, dass ich es nicht schaffen würde und dass vielleicht mein Talent nicht reiche, und ich daher überlegte, ein „vernünftiges" Studium zu machen, Jus, hat sie es mir verboten. Sie sagte: „Wenn du Jus studierst, zahle ich dein Studium nicht! Jurist werden kann jeder! Aber du bist ein Künstler, du studierst Literatur und Philosophie. Ich hätte gern, dass du der erste Akademiker der Familie wirst, aber mir ist lieber, du brichst ein Germanistik-Studium ab und schreibst, als dass du ein Doktor in Jus wirst und dann ein Winkeladvokat oder ein blöder Ministerialbeamter."

Und ich hatte an der Uni wieder enormes Lebensglück: Ich hatte mit Professor Schmidt-Dengler und Professor Michael Benedikt die wohl besten Lehrer des Jahrzehnts. Und damals war das Studium so frei, dass ich mich völlig entfalten konnte. Ich würde mit der heutigen Studienordnung ein Studium nicht mehr schaffen, ja, ich würde nicht einmal einsehen, warum ich es abschließen sollte. Was wäre menschlich und geistig gewonnen, wenn ich in einem völlig verschulten Studium gestresst Punkte sammeln würde, Punkte!, und imstande wäre, Multiple Choice-Fragen zu beantworten?

Wer oder was ist Klopstock?
o Ein Provinzbahnhof
o Ein Massenmörder
o Ein Dichter

Wir haben das damals kommen sehen und bekämpft. Aber wir hatten gerade noch das Glück eines völlig freien Studiums in einem vernünftigen Betreuungsverhältnis Lehrer – Student. Es war damals möglich, sechs Semester nur die Phänomenologie des Geistes von Hegel zu lesen und zu diskutieren, oder zwei Semester alle Romane von Fontane zu lesen, sogar seinen Roman „Quitt", den heute kein Germanistikstudent mehr kennt (wenn er überhaupt Zeit hatte, irgendeinen Roman von Fontane zu lesen).

Unsere Lehrer an der seinerzeitigen Uni hatten ein geradezu wollüstiges Vergnügen am Fortschritt und an der Entwicklung ihrer Studenten. Ich hatte (ideologische) Vorbehalte gegen Doderer. Schmidt-Dengler organisierte Privatissimi – private Gespräche – bei Dora Zeemann, der Geliebten von Heimito von Doderer. Dora kochte, und wir aßen, tranken und hörten Geschichten und diskutierten bis weit nach Mitternacht. Schmidt-Dengler las erste größere Prosaarbeiten von mir und kritisierte sie auf eine Weise, dass ich vom Versuch, sie zu veröffentlichen, Abstand nahm, ohne an seiner Kritik zu zerbrechen. Sein Credo, in der Unterstützung meiner literarischen Versuche, war: „Ein Gesellenstück ist notwendig – aber nicht notwendig zu veröffentlichen!" Ich habe Mitleid mit heutigen Studenten. Ausgenommen: Erasmus. Da war ich eifersüchtig auf meine Tochter.

Welche Empfehlungen können Sie dem Schulsystem in Bezug auf Begabungsförderung/künstlerische Förderung geben?

Es ist so unglaublich banal: Es braucht ein System, in dem es möglich ist, besondere oder spezielle Talente von Schülern zu erkennen und sofort zu fördern. Sei es durch (zufällig) besonders hellsichtige und engagierte Pädagogen, oder durch Förder- und Entwicklungsmöglichkeiten, die sozusagen institutionell angeboten werden, und in die man sich melden kann, wenn man selbst ein besonderes Talent in eine besondere Richtung spürt. Und es müssten (nach meinen Erfahrungen) weitestgehende Freiräume geschaffen werden, in denen Schüler und Schülerinnen, Studenten und Studentinnen sich sozusagen ausprobieren, EntfaltungsVERSUCHE starten und Gewissheit über ihre besonderen Interessen erlangen können. Und unumgänglich ist ein Lehrer-Schüler-Verhältnis von maximal 1:20, sowohl in den Schulen als auch auf den Unis. Wer sagt, das sei nicht finanzierbar, soll mir erklären, warum am historisch höchsten Stand des je erwirtschafteten gesellschaftlichen Reichtums zu teuer sein soll, was in ärmeren Zeiten selbstverständlich möglich war. Das größte Kapital, das man in Begabtenförderung investieren kann, ist Zeit. Statt Zeitdruck.

Was brauchen Sie persönlich, um glücklich zu sein?

Zeit ohne Druck. Am Vormittag ein Kaffeehaus mit Zeitungen. Am Nachmittag ein Zimmer für mich allein. Und wenn mich etwas beschäftigt, das die Übersiedlung in ein anderes Land, in eine andere Stadt erforderlich macht, dann finde ich es beglückend, Erfahrungen zu machen und etwas zu lernen, das mir hilft, die Welt, die ich erschaffen möchte, besser kennenzulernen.

VERLETZTE RESILIENZ – Wenn Begabung keinen Platz findet

Verhinderte Begabung

„Jedes Kind ist einzigartig und verfügt über einzigartige Potenziale zur Ausbildung eines komplexen, vielfach vernetzten und zeitlebens lernfähigen Gehirns“, schreibt der bekannte Neurobiologe Professor Gerald Hüther. Doch was hängt davon ab, ob sich diese Anlagen ideal entwickeln können? Laut neuesten Forschungen sind nicht nur pädagogische Förderangebote maßgeblich beteiligt, sondern vor allem auch passende Bedingungen, sich in vertrauensvoller Umgebung den neuen Inhalten vorbehaltslos zu öffnen.

Dem Umstand folgend, dass es gute Rahmenbedingungen für die Ausprägung von Begabung braucht, möchte ich in diesem Kapitel ex negativo vorgehen – also Menschen zeigen, die diese Rahmenbedingungen nicht haben oder hatten. Ich möchte den folgenden Abschnitt daher gerne meiner psychotherapeutischen Arbeit mit begabten Menschen widmen. Seit vielen Jahren kontaktieren mich Menschen, die einerseits sehr begabt sind, andererseits mit dem Bildungssystem und/oder in sozialen Beziehungen große Probleme haben. Anhand einiger anonymisierter Fallgeschichten zeigen sich die therapeutischen Möglichkeiten in Bezug auf Unterstützung von Begabung und die Stärkung von Resilienz. Es wird auch deutlich, wie Resilienz bei Traumatisierung eine Ressource sein kann. Ich werde dazu meine Arbeitsweise methodisch erläutern, so dass manche Interventionen und Modelle als Hilfestellung verstehbar sind.

Die vorgestellten Übungen und Methoden sollten immer im Kontext der jeweiligen Problemstellung und der daraus folgenden Behandlung gesehen werden. Sie ersetzen keine psychotherapeutische Behandlung. Bei einer psychischen Erkrankung ist es notwendig, eine/n ExpertIn zu kontaktieren und sich eine gute und professionelle Unterstützung zu holen. Da mein Spezialgebiet die Arbeit mit traumatisierten Menschen ist, können die folgenden Beispiele sehr berührend sein. Allerdings zeigt sich bei jeder Erkrankung ein großes Potenzial an persönlichen Ressourcen, das genutzt werden kann. Dadurch lassen sich Stärke, Optimismus, Offenheit und Lebensfreude fördern und erlernen.

Fallbeispiel Maria: Begabung und geniale Resilienz als Rettung

Maria, 38 Jahre, alleinstehend, zweifach promoviert, beruflich sehr erfolgreich und in einer gehobenen Leitungsfunktion tätig. Psychotherapie 3 Jahre wöchentlich.

Der Auslöser für die Therapie

Maria kam aufgrund einer schweren Retraumatisierung zu mir. Der Auslöser war eine Reise in die Provence zur Zeit der Lavendelblüte. Sie war alleine wandernd unterwegs und fand sich nach einem kompletten Blackout zwei Tage später in einem Krankenhaus wieder.

Maria konnte sich an das Geschehene nicht mehr erinnern. Aufgrund der Erzählungen ihrer Ärzte wurde sie am Rand eines Lavendelfeldes ohnmächtig aufgefunden. Ein Bauer brachte sie in das nahegelegene Krankenhaus. Es zeigten sich keinerlei körperliche Verletzungen, allerdings wurde eine schwere Depression diagnostiziert. Sie träumte jede Nacht von einem bärtigen Mann, der sie niederdrückte und penetrierte. Schweißgebadet wachte sie voller Angst und Panik auf. Die Ärzte konnten keine Vergewaltigungsmerkmale erkennen.

Der Grund für die Therapie

Als Maria nach zwei Wochen wieder in Wien war, ging sie an einem Drogeriefachgeschäft vorbei und kollabierte. Die Angestellten verständigten die Rettung, die sie in ein Krankenhaus brachte. Im Krankenhaus wurde ein Posttraumatisches Belastungssyndrom diagnostiziert und eine dringende Empfehlung für eine traumaverarbeitende Psychotherapie gegeben.

Die therapeutische Arbeit

Maria kontaktierte mich, da sie zum ersten Mal die Erfahrung in ihrem Leben machte, dass ihre hohen kognitiven Fähigkeiten ihr nicht über Schwierigkeiten hinweghelfen konnten. Sie war sehr verzweifelt, weil sie momentan nicht in der Lage war, zu arbeiten. Die Arbeit war eine der wichtigsten Ressourcen in ihrem Leben. Neben ihrer Leidenschaft für ein komplexes

Fachgebiet fanden dort ihre hauptsächlichen sozialen Kontakte statt und sie genoss an ihrem Arbeitsplatz sehr große Anerkennung. Insofern zeigte sich die Notwendigkeit, so schnell wie möglich eine Stabilisierung herbeizuführen, damit Maria wieder ihren Arbeitsprozess aufnehmen konnte.

Die erste Phase der Stabilisierung: Im Stabilisierungsprozess ließen sich Marias Begabungen sehr gut nutzen. Wir begannen, mit ihren sicheren Orten zu arbeiten, von denen viele in ihrer Gedankenwelt waren. Sie begann jeden Morgen, sich eine Stunde auf ihr Fachgebiet zu konzentrieren und Texte zu lesen oder selbst Beiträge zu verfassen.

Wir erarbeiteten eine Visualisierungsübung, die sie in ihrer kompetentesten beruflichen Situation zeigte, und reicherten diese mit angenehmen Sinneserfahrungen an. Ich bat sie, ein Foto aus dieser Situation mitzubringen, und wir konzentrierten uns auf das Erlebte. Sie trank gerne grünen Tee und mochte den Duft von frisch geschnittenen Rosen. Ich hatte beides in der Praxis, so dass wir diese Übung immer wiederholten und sie diese Übung zu Hause zweimal jeweils 20 Minuten konzentriert am Tag machte.

Nach einiger Zeit begann sie, wieder ruhiger zu schlafen und die Alpträume quälten sie weniger. Es war Maria allerdings kaum möglich, ihre Wohnung zu verlassen, aus Angst, wieder zu kollabieren. Ihr nächster Schritt war, wieder stundenweise in ihr Büro zurückzukehren und ihre Arbeit aufzunehmen. Das war in den ersten Wochen nur mit einem Taxi möglich. Dies war der wichtigste Aspekt, um wieder in ihrem alten Leben Fuß zu fassen.

In den laufenden Monaten verbesserte sich ihr psychischer Zustand zusehends und wir erarbeiteten immer konkretere Handlungsszenarien. Ihr persönlicher Lieblingssatz war: „Mein Gedächtnis ist meine Höhle."

Die zweite Phase der Traumaverarbeitung: Nach fast einem Jahr waren für Maria die Bilder des Geschehenen immer greifbarer. Allerdings bezogen sich diese nicht auf den Wanderurlaub in der Provence, sondern auf ein sehr frühes Erlebnis, als sie als Austauschschülerin in Spanien war und dort in einem Lavendelfeld vergewaltigt wurde. Die schwere Traumatisierung in Spanien war durch den Wanderurlaub in der Provence aufgebrochen. Der Geruch von Lavendel war das Bindeglied im Körper, ein Trigger, der diese Körpererinnerung ausgelöst hat und jederzeit wieder zum Vorschein treten konnte.

Maria war über 20 Jahre in der Lage gewesen, eine beeindruckende Karriere aufzubauen, ohne dass sie von traumatischen Erinnerungen und Symptomen beeinträchtigt wurde. Diese Fähigkeit war ihre große Ressource, um im Leben gut zu bestehen.

Die dritte Phase der Traumakonfrontation: Neben ihren Stabilisierungsübungen, die Maria täglich machte, und ihrem vorsichtigen Jobeinstieg war es nach einem Jahr möglich, mit der Traumakonfrontation zu beginnen. Ich arbeite vorwiegend mit EMDR (eye movement desensitization and reprocessing), einer Methode nach Shapiro, die sehr wirksam nach Traumatisierungen wirkt.

Die vierte Phase der Integration: Maria gelang es mit ihrer Begabung als Ressource, durch ihre sehr schweren Erinnerungen zu gehen und diesen einen neuen Platz in ihrem Leben zu geben. Gleichzeitig begannen wir mit der Arbeit an ihrem Beziehungsleben. Sie hatte aufgrund dieser schrecklichen Erfahrung große Probleme, sich auf Liebesbeziehungen einzulassen und führte vorwiegend sehr intellektuelle Beziehungen, die sie bereicherten.

Im Laufe der Therapie konnten wir mit Übungen zur Selbstliebe neue Bilder entwickeln, die sie anderen Menschen gegenüber offener machte. Die Alpträume verschwanden ganz und sie konnte sich wieder allen wichtigen Dingen in ihrem Leben zuwenden. Allerdings brauchte Maria noch ein Jahr, um wieder ganztags arbeitsfähig zu sein.

So wurde die Resilienz gestärkt: Aufgrund der hohen Intelligenz von Maria und ihrer dadurch erworbenen kognitiven Fähigkeiten konnten wir sofort beginnen, mit einem strukturierten Therapieplan zu arbeiten. Wesentlich waren das Ausschöpfen ihrer Fähigkeiten und das Ausnutzen ihres starken Willens, ihre wissenschaftliche Arbeit weiterzuführen. Gleichzeitig etablierten wir positive Sinnesreize, die das Erlebte schwächer werden ließen und aus denen sich Neues entwickeln ließ. Mit einem genauen Stundenplan, den sie aus ihrer Arbeit kannte, näherten wir uns vorsichtig der Traumatisierung an, in dem wir ihre resilienten Anteile in den Vordergrund stellten und erweiterten. Somit wurde langfristig ihre Symptomatik kleiner und Maria konnte wieder ihre Stärke und Kraft entfalten, um selbst über ihren Tagesablauf zu entscheiden.

Fallbeispiel Andreas: Begabung im neuen Rhythmus

Andreas, 29 Jahre, alleinstehend, dritter Studienabbruch, ein sehr unterstützendes familiäres Umfeld. Psychotherapie von drei Jahren, nach Bedarf.

Der Auslöser für die Therapie

Andreas kam zu mir, weil sich seine Freundin nach sieben Jahren von ihm offenbar absolut spontan getrennt hatte. Für ihn war diese Trennung sehr überraschend. Eines Tages kehrte seine Freundin nicht mehr nach Hause zurück. Kartons mit ihren Sachen standen im Flur, die eine Umzugsfirma abholte. Andreas stand unter Schock und fand keine Erklärung für dieses Verhalten.

Der Grund für die Therapie

Andreas wurde bewusst, dass sich die Trennung schon seit Jahren angekündigt hatte. Seine Freundin, die fünf Jahre zuvor ihr Studium abgeschlossen hatte und seitdem erfolgreich arbeitete, ärgerte sich immer mehr, dass er wenig Ehrgeiz zeigte, sein Studium zu verfolgen, selbst Geld zu verdienen und sich punktuell ihrem Lebensrhythmus anzupassen. Er bekam sehr großzügige finanzielle Unterstützungen durch seine Eltern, verbrachte den Tag gerne im Bett, spielte Online-Games und sah kein Problem in seinen Studienabbrüchen. Er war immer der Beste in der Schule, ohne sich anzustrengen, ebenso Klassensprecher. Außerdem machte er erfolgreich Musik und Sport, hatte viele Freunde und war begehrt bei Frauen.

Die therapeutische Arbeit

Andreas' Eltern bezahlten die Therapie, was für ihn völlig normal war. Er kam immer zu spät und hatte kein Problem damit. In Konfrontation mit seinem Verhalten setzte er seinen Charme ein und bagatellisierte gerne alles.

Die erste Phase der Stabilisierung: Zu Therapiebeginn war es sehr wichtig, Andreas von seinem Leben erzählen zu lassen. Es wurde ihm mit der Zeit deutlich, dass sein Geschenk der Begabung weder etwas Selbstverständliches ist noch etwas, für das man in weiterer Folge nichts tun muss. Da ihm das Lernen so leicht fiel und er charismatische Fähigkeiten hatte, kannte er das Prinzip der Anstrengung und des Durchhaltens nicht. Seine Studienabbrüche verargumentierte er mit Desinteresse am Fach, Langeweile, schlechten ProfessorInnen und einem unangenehmen Umfeld. Seinen Schmerz über die Trennung verarbeitete er mit erhöhtem Cannabis- und Alkoholkonsum und Computerspielen. Nach einigen Wochen bekannte er, doch vielleicht selbst an seiner Situation mitverantwortlich zu sein.

Die zweite Phase der Auseinandersetzung: Ich begann meine Arbeit mit Rollenspielen. Wir starteten basal, wobei er sich in die Menschen seiner Umgebung hineinversetzen musste und in Ichform deren Gefühle in Bezug auf ihn aussprechen sollte.

Beim Rollenspiel mit seinen Eltern wurde er sehr wütend, da sie Erwartungen an ihn gestellt hatten, die er nicht erfüllen wollte. Seinen beruflich erfolgreichen Vater erlebte er als sehr dominant und an der Karriere orientiert. Für seinen einzigen Sohn hatte er ähnliche Pläne.

Andreas wurde schnell klar, dass sein Verhalten viel mit der Abwehrhaltung seinem Vater gegenüber zu tun hatte. In Bezug auf seine Freundin löste sich sehr viel Trauer und Verzweiflung. Ihm wurde deutlich, welche unwiederbringliche Chance er vergeben hatte.

Die nächsten therapeutischen Schritte waren, auf seine Hochbegabung einzugehen. Wir arbeiteten mit einem leeren Sessel, der diese Fähigkeit symbolisierte. Andreas musste im Wechsel in ein Zwiegespräch gehen, wobei er immer wieder die Sitzposition wechselte. Folgende Fragen an seine Begabung waren zielführend:

1. Wenn ich du wäre, was würdest du mir jetzt raten?
2. Welche nächsten Schritte soll ich gehen?
3. Mit welchem soll ich konkret beginnen?
4. Welche Hilfe bekomme ich von dir?
5. Wo sind deine Grenzen?
6. Was passiert, wenn ich den nächsten Schritt nicht gehe?
7. Wie soll ich es tun?
8. Was brauche ich, um meine Ziele zu formulieren?
9. Welchen Ausgleich von mir braucht mein Umfeld?
10. Wie sieht die konkrete Arbeit aus?

Mit dieser Sesselübung arbeiteten wir mehrere Stunden, wobei die Gefühle, die sie auslöste, als Kuscheltiere von Andreas symbolisiert wurden.

Angst, Ärger, Wut, Hass, Enttäuschung, Verzweiflung und Trauer begleiteten den Prozess als Hase, Bär, Krokodil, Drache, Schildkröte, Zwergpinscher und Reh. Die Tiere nahmen auf anderen Sesseln Platz und bekamen ebenfalls Redezeit. Andreas wurde deutlicher bewusst, wie kränkend sein Verhalten für sein Umfeld bisweilen war, und konnte durch diese Reflexion neue Verhaltensweisen entwickeln.

Nach dieser Therapiesequenz ließ ich Andreas für seine positiven Anteile Kuscheltiere aussuchen. Liebe, Freude, Energie, Sexualität, Kraft und Intelligenz wurden durch Pandabär, Löwe, Jaguar, Schlange, Gorilla und Eule symbolisiert. Die Tiere setzte Andreas immer in der Entfernung, die ihn ansprach und die er für sich brauchte, um mit ihnen in Kontakt zu kommen und sie als Kraftquelle zu nutzen.

Die dritte Phase der Umsetzung: Andreas bekam dann von mir Hausaufgaben, was er ziemlich unangemessen fand und anfangs nicht ausführte. Sein Leidensdruck stieg aber, als er seine Ex-Freundin zufällig mit einem anderen Mann traf. Sie wirkte sehr glücklich, ebenso der Mann an ihrer Seite, der zudem beruflich sehr erfolgreich war.

Andreas fiel wieder in ein tiefes Loch, begann aber, unsere Arbeit ernster zu nehmen. Seine Hausaufgaben, die einerseits aus Strukturaufgaben bestanden - pünktliches morgendliches Aufstehen, Selbstfürsorge wie Duschen, Frühstücken, Konzentrationsübungen machen - und andererseits darin, seine Hochbegabung auszuleben - Texte schreiben, Ideen auf den Punkt bringen und beginnen, diese umzusetzen -, zeigten nach zehn Wochen eine deutliche Wirkung.

Andreas suchte sich einen Job und immatrikulierte sich in einem Studienfach, das ihn wirklich interessierte. Er kam immer häufiger pünktlich zur Therapie. Ich gab ihm mehr Hausaufgaben, so dass wir den Abstand der Therapie auf zwei bis drei Wochen erweitern konnten.

Die vierte Phase der Integration: Andreas veränderte in der fast dreijährigen Therapie seine Blickwinkel auf sich und seine Umgebung. Zum ersten Mal empfand er Dankbarkeit für sein Umfeld und die große Unterstützung sowie für seine Hochbegabung.

Er lernte, diese zielführend und positiv einzusetzen. Andreas schloss sein Studium ausgezeichnet ab und ist seitdem in einem für ihn sehr befriedigenden Berufsfeld tätig.

So wurde die Resilienz gestärkt: Andreas‘ Kreativität und Offenheit waren zu Beginn der Therapie die resilienten Anteile, mit denen wir arbeiten konnten. Er interessierte sich sehr spielerisch für den therapeutischen Prozess, allerdings nach seinen Regeln und in seinem Tempo. Da er es gewohnt war, es sich leicht zu machen, konnten wir seine hohe Intelligenz erst nach ausgiebiger Strukturarbeit und Wertschätzung sinnvoll nutzen. Danach entwickelten sich die Dinge allerdings sehr schnell. Seine Fähigkeiten, Dinge zu durchschauen und mit Können und Leichtigkeit umzusetzen, ließen ihn an sein Ziel kommen.

Fallbeispiel Leila: Geniale Resilienz als Brücke zum Leben und Überleben

Leila, 16 Jahre, aus Afghanistan, aufgewachsen im Iran, beide Eltern tot, vier jüngere Geschwister, im schwebenden Asylverfahren, Kickboxmeisterin, Psychotherapie drei Jahre, hochfrequent.

Der Auslöser für die Therapie
Leila war aufgrund eines akuten Suizidversuchs in der Kinder- und Jugendpsychiatrie. Die zuständige Ärztin kontaktierte mich mit der Bitte um einen raschen Therapiebeginn.

Der Grund für die Therapie
Leila wuchs als Afghanin im Iran mit ihren vier jüngeren Geschwistern bei einem entfernten Onkel auf. Beide Eltern waren tot und sie übernahm als älteste Schwester sehr früh große Verantwortung für die Familie. Als sie nach Österreich kam, wurden ihre Geschwister in Wohngemeinschaften untergebracht und sie lebte bei einer Tante der Familie. Nachdem sie die Schulpflicht positiv beendete, rutschte Leila in eine schwere Depression. Sie begann sich selbst zu verletzen, unternahm immer wieder Suizidversuche und wurde stationär untergebracht.

Die therapeutische Arbeit
Aufgrund von Leilas Extremtraumatisierung war es sehr wichtig, besonders vorsichtig und langsam mit dem Therapieprozess zu beginnen.

Die erste Phase der Stabilisierung: Es gab sehr wenig Stabilität in Leilas Leben. Weder hatte sie wirklich vertrauensvolle Erwachsene um sich, noch positive Ressourcen, an denen sie sich orientieren konnte. Ihre Geschwister und sie waren im schwebenden Asylverfahren und sie hatte panische Angst, in den Iran zurück zu müssen. Dort erlitt sie schwerste sexuelle Gewalt durch eine Betreuungsperson.

Leila schaffte es auch nicht, alleine in die Therapie zu kommen. Glücklicherweise wurde sie regelmäßig von einer Praktikantin begleitet und wieder abgeholt. Ich versuchte, sehr viel an Ressourcen mit ihr zu entwickeln, aber Leila äußerte fast jede Stunde, nicht mehr leben zu wollen. Sie wollte nicht an ihr vergangenes Leben denken und sah keine Zukunft in Österreich.

Das Einzige, was sie freute, war der Kontakt mit ihren Geschwistern. Diesbezüglich fühlte sie sich aber sehr schuldig, weil sie nicht mehr für sie tun konnte. Ich begann, an der Beziehungsqualität zu den Geschwistern zu arbeiten und daran, welche Ressourcen sie als Familie gemeinsam hatten. Fast beiläufig erwähnte sie, dass sie mit ihrem Bruder gemeinsam in einem Kickboxverein in Teheran gewesen war. Ich bat sie, in der nächste Stunde Fotos mitzubringen.

Die zweite Phase der Umsetzung: Völlig überraschend kam Leila in der folgenden Stunde mit Medaillen und einem Album, in dem ihre großen sportlichen Erfolge im Kickboxen verzeichnet waren. Leila hatte sogar die Silbermedaille in ihrer Alters- und Gewichtsklasse bei einem Staatswettbewerb und viele kleinere Preise gewonnen.

Mit dieser für mich wichtigen Information veränderte sich mein Blick. Ich bat sie, mir die Grundzüge des Kickboxens beizubringen, was sie in der gemeinsamen Ausübung erstmalig zum Lachen brachte. Wir begannen jede Stunde mit Kickboxübungen, was ihr immer größeren Spaß machte. Es war hilfreich für sie zu erleben, welche Kompetenzen sie zur Verfügung hatte, und gleichzeitig, wie wenig talentiert ihre Therapeutin den Übungen folgte. Ich erarbeitete mit ihr einen persönlichen Trainingsplan, den sie in ihrem Tempo begann. Anfangs gelang es ihr, am Tag das Training jeweils zehn Minuten morgens und abends zu absolvieren. Sie gewann immer mehr Spaß daran, ihrem Talent Raum zu geben, und die Trainingseinheiten vergrößerten sich. Gleichzeitig begann ich zu recherchieren und fand einen Kickboxverein, der hauptsächlich von SportlerInnen besucht wurde, die aus Afghanistan und dem Iran stammten. Leilas Trainingseinheiten vergrößerten sich.

Die dritte Phase der Integration: Mit Leilas Einverständnis nahm ich Kontakt mit diesem Verein auf. Die Leitung zeigte großes Interesse an ihr und wir vereinbarten gemeinsam einen Termin, der erfolgreich verlief. Leila konnte dort gebührenfrei trainieren und gewann nach einem Jahr ihren ersten Kampf.

Wir setzten die Therapie noch weitere zwei Jahre fort. In dieser Zeit begann Leila eine Ausbildung, in der sie ihre Bewegungsfähigkeit sehr gut brauchen konnte. Gleichzeitig ließen sich ihre Medikamente auf ein Minimum reduzieren. Im Kickboxverein lernte sie gute Freunde kennen, mit denen sie dann außerhalb des Trainings etwas unternahm. Ihre sportliche Begabung war als Brücke notwendig, um einen guten Platz im Leben zu finden.

So wurde die Resilienz gestärkt: Leilas hohes Verantwortungsbewusstsein und ihre Fähigkeit der Beziehungsgestaltung waren die Grundlagen für die Resilienzförderung. Obwohl sie in einer sehr dramatischen Lage war, konnte sie Hilfe gut annehmen und die Bedürfnisse ihres Gegenübers sehen. Der intensive Kontakt mit mir gab ihr Hoffnung, wieder an sich und ihre Fähigkeiten zu glauben und diese umzusetzen. Ihre sportlichen Fähigkeiten und die positive Resonanz im Verein wie auch die erzielten Erfolge entwickelten ein neues Selbstbewusstsein und Selbstwertgefühl.

Fallbeispiel Mahmoud: Begabung als Anker zwischen den Welten

Mahmoud, 17 Jahre, aus Afghanistan, alleine in Österreich, Sprachgenie, Psychotherapie drei Jahre, zweiwöchentlich.

Der Auslöser für die Therapie

Mahmoud kam mit 15 Jahren als unbegleiteter minderjähriger Fliehender nach Österreich. Er wuchs in Afghanistan auf und zeichnete sich durch ein sehr großes Sprachtalent und hohe Resilienz aus. Mahmoud sprach fließend Farsi, Dari, Pashtu, Englisch, Griechisch und sehr gut Deutsch. Die

B1-Prüfung für Deutsch hatte er schon positiv absolviert wie auch seinen Pflichtschulabschluss. Seine Familie wählte ihn aufgrund seiner hohen Kompetenz aus, den Weg nach Europa zu machen. Und zwar mit dem Auftrag, die ganze Familie zu retten. Mahmoud litt sehr unter Heimweh und dem Umstand, aufgrund seiner hohen Kompetenz wenig Gleichgesinnte zu finden, mit denen er sich austauschen konnte. Er war mittlerweile als Beschäftigungsmaßnahme in einem Alphabetisierungskurs für Analphabeten untergebracht, in dem er inoffiziell die Sprachlehrerin als Co-Trainer unterstützte. Mahmoud war schulisch sehr erfolgreich, spielte im Fußballverein des Wohnortes und hatte Freunde.

Der Grund für die Therapie

Mahmoud stand unter enormem Druck und versuchte alles, um seinen Eltern und den sechs Geschwistern zu helfen. Von dem wenigen Geld, das er hatte, schickte er jeden noch so kleinen Betrag nach Hause. Überaus betroffen war er, als die behördliche Aufforderung kam, ein Handwurzelröntgen zur Altersfeststellung durchzuführen.

Die therapeutische Arbeit

Mahmoud kam sehr gerne in die Therapie und sprach sehr gut Deutsch. Er bestand aber immer darauf, die Dolmetscherin dabei zu haben. In dieser Therapie ging es um seine Zukunftsplanung, Krisenintervention und Stabilisierungstechniken.

Die erste Phase der Stabilisierung: Monatelang nach dem Handwurzelröntgen war Mahmoud destabilisiert und er verschlechterte sich in der Schule. Das Ergebnis bestätigte jedoch sein angegebenes Alter und er gewann wieder langsam Boden unter seinen Füßen. Nachdem meine Dolmetscherin krank war, arbeiteten wir problemlos auf Deutsch. Ich insistierte daraufhin, dass wir in Zukunft nun ohne sie arbeiten könnten. Mahmoud beugte sich konspirativ zu mir und sagte: „Psst, ich kenne ihren Freund, die braucht einen Job." Völlig verblüfft und amüsiert wurde mir bewusst, dass ich keine Vorstellung vom Funktionieren der Flüchtlingscommunity habe. Dieser Aspekt der Loyalität und Verbundenheit bereicherte meine Wahrnehmung. Mahmoud war in seiner Flüchtlingscommunity hoch angesehen und jederzeit bereit zu helfen.

Die zweite Phase der Integration: Als Mahmoud einen positiven Asylbescheid bekam, entspannte sich sein Zustand sichtbar. Er schloss die Schule ausgezeichnet ab und begann eine Ausbildung zu machen. Dort lernte er seine Freundin kennen. Nach wie vor konnte er auch in seinem Berufsleben als Brücke zwischen den Kulturen agieren.

Wir beendeten die Therapie mit der Abmachung, diese bei Bedarf sofort weiterzuführen. Seine Begabung und soziale Kompetenz haben ihm sehr geholfen, diese schwierige Situation zu überstehen und etwas sehr Gutes aus seinem Leben zu machen.

So wurde die Resilienz gestärkt: Bei Mahmoud konnte ich durch die stete Bestärkung seiner Fähigkeiten und die therapeutische Beziehungsgestaltung die Resilienz fördern. Für ihn war es sehr wichtig, ein erwachsenes Gegenüber zu haben, das ihn wahrnahm und mit ihm seine Entscheidungen reflektierte. Seine vielfältigen Fähigkeiten brauchten einen sicheren Ort, an dem sie wertgeschätzt wurden. Danach war es für ihn leichter, seine Erfolge selbst zu akzeptieren und weitere Lebensziele zu verfolgen.

Fallbeispiel Amir: Begabung zwischen Fehldiagnose und Schach

Amir, 16 Jahre, aus dem Iran, Autist, Schachtalent, zwei Einzeltermine.

Der Auslöser für die Therapie

Amir kam vor einem Jahr als unbegleiteter minderjähriger Fliehender nach Österreich. Er war in seiner Unterbringung sehr auffällig, weil er immer wieder ohne sichtbaren Anlass begann zu schreien und sich zu verstecken. Seine BetreuerInnen gingen mit ihm zum Psychiater, der ein

Posttraumatisches Belastungssyndrom diagnostizierte, hochdosierte Medikamente verabreichte und eine Psychotherapie verordnete. Danach traute sich Amir nicht mehr hinaus und verstummte ganz.

Der Grund für die Therapie

Amirs BetreuerInnen machten sich große Sorgen, weil er aufhörte zu sprechen und zu essen und sich nur noch in seinem Zimmer, bisweilen auch unter seinem Bett, aufhielt. Sie vereinbarten mit mir einen Termin zu einem Erstgespräch.

Die therapeutische Arbeit

Der erste Termin: Schon als Amir zur Tür hereinkam, bezweifelte ich die Diagnose des Arztes. Sein komplettes Erscheinungsbild unterschied sich von dem der anderen jungen, allein geflohenen Afghanen und Iraner. Nach einer Stunde bat ich die BetreuerIn, einen Termin in einer speziellen Ambulanz für Autismus zu vereinbaren.

Die zweite Termin: Nach mehreren Wochen meldete sich die Betreuerin von Amir wieder mit der Bitte um einen neuen Termin. Meine Hypothese wurde von der Differentialdiagnostik bestätigt: Amir war ein hochbegabter Autist mit einem fantastischen Schachtalent. Dies war eine völlig neue Ausgangsbasis für eine gelingende Behandlung. Ein spezialisierter Arzt verordnete ihm eine komplett andere Medikation, worauf es ihm sehr schnell besser ging. Die Einrichtung fand einen Schachklub, in dem er sich gut beweisen konnte, bis hin zu späteren Preisgewinnen.

Ich überwies Amir an einen schachaffinen Kollegen, da ich es als notwendig ansah, im therapeutischen Setting diese Leidenschaft zu teilen. Amir war es dadurch leichter möglich, seinen Platz im Leben zu finden.

Manchmal ist es unbedingt notwendig, diagnostisch unterschiedliche Meinungen einzuholen. Speziell bei Hochbegabung in Koppelung mit Autismus kann es passieren, eine falsche Diagnose zu treffen und das Schicksal eines Menschen dadurch dramatisch und wenig zielführend zu beeinflussen.

Bedauerlicherweise erlebe ich im Umgang mit geflohenen Menschen nicht selten stigmatisierende Diagnosen. Das Erleben von Krieg und Flucht führt teilweise dazu, nicht ausreichend individuell auf die KlientInnen einzugehen und diese nur undifferenziert zu betrachten.

So wurde die Resilienz gestärkt: Amirs Talent konnte sich erst nach der richtigen Diagnose und der daraus folgenden Behandlung entfalten. Resilienzförderung benötigt eine klare und unvoreingenommene Außensicht mit professioneller Haltung von ExpertInnen. Danach ging alles wie von selbst. Amir traf die richtigen Menschen, die ihn in seinem Talent und seiner Lebensführung gut unterstützten. Sein Entwicklungspotenzial und seine Begabung konnten mit der entsprechenden Bestärkung tolle Erfolge erzielen.

Fallbeispiel Lisa: Begabung und Resilienz als kreativer Ausdruck

Lisa, 15 Jahre, Schulabbruch, Künstlerin, verzweifelte Eltern, Psychotherapie vier Jahre, wöchentlich.

Der Auslöser für die Therapie

Lisa brach in der fünften Klasse das Gymnasium ab, weil sie große Konflikte mit einigen LehrerInnen und SchulkollegInnen hatte. Sie war eine leistungsmäßig sehr gute Schülerin, die für sich aber keinen Platz in der Klassengemeinschaft fand. Sowohl ihr Auftreten als auch ihr Erscheinungsbild waren aufällig und markant. Den Erstkontakt zu mir stellte ihre sehr verzweifelte Mutter her.

Der Grund für die Therapie

Lisa war ein Einzelkind und wuchs bei sehr engagierten, erfolgreichen und leistungsorientierten Eltern auf. Aufgrund ihres Potenzials wurde sie schon ab der Volksschule intensiv gefördert und nahm erfolgreich an Wettbewerben teil. Mit zwölf Jahren begann sie, sich von ihren Eltern zurückzuziehen und eine für ihre Umwelt nicht zugängliche Welt aufzubauen. Sie drehte Videos, malte viel und begann, eine eigene Kollektion zu nähen, die für ihr Umfeld irritierend war. Weiterhin brachte sie sehr gute Leistungen in der Schule, verweigerte aber alle Wettbewerbe.

Mit 13 Jahren war sie oft krank und konnte dadurch häufig nicht in die Schule gehen. Ihre Eltern hofften, dass sich dieses Verhalten wieder legen würde. Ihre Schulpausen wurden immer länger, bis sie sich vollkommen weigerte, die Schule zu besuchen.

Die therapeutische Arbeit

Lisa versprach ihrer Mutter, einmal zu mir zu kommen, um mich „anzuschauen“. Sie wollte keine Therapie machen und sah keinen Sinn in dem ersten Termin. Sie war sehr abwehrend und teilte mir ihre Abneigung gegenüber allem „Psychomäßigen“ mit. Durch die Diagnostik wusste sie von ihrer Hochbegabung, die sie aber wenig interessierte. Sie wollte Kunst machen, sich keinen Zwängen unterwerfen, bald von zu Hause ausziehen und auf keinen Fall mehr in die Schule gehen.

In dieser Therapie stand im Vordergrund, Lisas Leidenschaft zur Kunst zu unterstützen und die „vernünftigen“ Themen der Erwachsenenwelt weniger zu fokussieren.

Die erste Phase der Stabilisierung: Ich bat Lisa, mir ihre künstlerischen Arbeiten zu zeigen, was sie überraschte. Sie war ein außerordentlich großes Talent, das noch wenig Bestärkung auf ihren Gebieten erlebt hatte. Nach dieser Stunde ließ sich Lisa auf den therapeutischen Prozess ein. Sie erlaubte mir regelmäßige Telefonate mit ihren Eltern, die sich sehr große Sorgen um Lisa machten. Für beide war es schwer nachzuvollziehen, warum sie diese Inhalte auswählte und – nach elterlicher Ansicht – so ihr Leben wegwarf.

Mit Lisa arbeitete ich an einer Tagesstruktur, die ihr half, ihren künstlerischen Aktivitäten zu folgen und weniger in der Kritik ihrer Eltern zu stehen. Sie brachte mir jede Stunde ihre Ideen und Ergebnisse mit. Nach einigen Stunden begann sie, von ihrer Schulzeit zu erzählen, die für sie zum großen Teil traumatiserend war. Einerseits war sie immer die Klassenbeste, wurde aber sehr gemobbt. Sie fühlte sich nie wohl in der Klassengemeinschaft und hatte keine Freunde. Sie liebte japanische Mangas und passte ihr Äußeres dieser Welt an, was zu weiteren Konflikten in ihrem Umfeld führte.

Durch das Ernstnehmen und die Unterstützung ihrer künstlerischen Aktivitäten entwickelte sich ein gutes Vertrauensverhältnis zwischen Lisa und mir. Wir begannen die Stunde immer mit ihrer künstlerischen Arbeit, an der ich mit neuen Ideen und gestalterisch teilhaben durfte. Dann besprachen wir ihre vergangene Woche. Wichtige Themen waren für sie: Die Entwicklung ihrer Projekte. Die Beziehung zu ihren Eltern. Die Präsenz auf ihren Social-Media-Kanälen mit ihren Followern und Influencern.

Lisa war so kreativ, dass sich vieles aus ihr selbst heraus entwickelte. Die Situation mit ihren Eltern war immer wieder angespannt, aber die regelmäßigen Telefonate mit mir beruhigten die Situation. Nach einem halben Jahr begann Lisa ausführlicher, von dem Mobbing in der Schule zu erzählen. Es zeigte sich, wie schlimm und kränkend diese Situationen für sie waren.

Die zweite Phase der Auseinandersetzung: Mit Lisa konnte ich sehr gut, sowohl psychotherapeutisch traumakonfrontativ als auch mit Rollenspielen und EMDR, arbeiten. Dadurch löste sich viel von ihrer Wut und Trauer auf, nie so akzeptiert worden zu sein, wie sie war. Viele der gemeinen Worte, die sie sich anhören musste, brachen aus ihr heraus.

Sehr positiv war ihre Möglichkeit, dies alles künstlerisch zu verarbeiten. Sie näherte sich ihren Eltern wieder mehr an und wir vereinbarten eine familientherapeutische Sitzung. Ihren Eltern gelang es, Lisa zuzuhören und sie nicht zu bewerten, was für sie sehr befreiend war. Sie begannen, Interesse für Lisas Kunst zu entwickeln und das Talent ihrer Tochter wahrzunehmen.

Mit mir begann Lisa darüber nachzudenken, die Abendmatura zu machen. Ich bestärkte sie sehr in dieser Idee. Aufgrund ihrer Hochbegabung fiel ihr der Umstieg auf das Abendgymnasium sehr leicht. Sie fand es sehr angenehm, mit älteren Menschen im Kontakt zu sein, die sie mit ihrer Persönlichkeit akzeptierten.

Die dritte Phase der Integration: Lisa war mit dem Modell, sich tagsüber um ihre künstlerischen Projekte zu kümmern und am Abend die Matura nachzumachen, sehr glücklich und zufrieden. Wir konnten nach dem Abendmaturastart bald die Therapie beenden.

Mittlerweile hat sie die Matura ausgezeichnet abgeschlossen und sich darüber hinaus als Künstlerin einen Namen gemacht.

So wurde die Resilienz gestärkt: Lisas Intelligenz und vielseitige Begabung gepaart mit der Bestärkung ihrer Talente waren sehr resilienzfördernd. Für sie gab es zum ersten Mal einen Platz, an dem sie ernst genommen und in ihrer Persönlichkeit ohne Korrektur unterstützt wurde. Die Therapie war einerseits ein geschützter Raum, der ihr jede Freiheit ließ, um Neues zu entwickeln, andererseits auch ein Ort der realistischen Sichtweisen, die sie in ihrem Tempo und nach ihren Wünschen altersadäquat umsetzen konnte. Nachdem sie sich von der Erwartungshaltung ihrer Eltern befreit hatte, konnte sie ihre Hochbegabung wertschätzen und sinnvoll nutzen.

Fallbeispiel Benny: Begabung durch Zeit und Resilienzförderung statt Pathologisierung

Benny, 9 Jahre, ADHS-Diagnose, Schulwechsel, Psychotherapie von drei Jahren, wöchentlich.

Der Auslöser für die Therapie

Benny hatte mit neun Jahren schon einen Volksschulwechsel und einen Klassenwechsel hinter sich. Er war in seiner Schule sehr unglücklich. Aufgrund der psychologischen Diagnostik, die ihm sowohl ADHS als auch Hochbegabung attestierte, suchte mich seine Familie auf.

Der Grund für die Therapie

Benny kam als jüngstes Kind in einer sehr stabilen und umsorgenden Familie mit drei älteren Schwestern auf die Welt. Von Geburt an zeigte er sowohl eine große Bewegungsfreudigkeit als auch eine auffällige Wachheit, die von seiner Umgebung als Unruhe interpretiert wurde. Er war sehr unzufrieden, wenn er Dinge nicht schnell konnte, bekam Wutausbrüche und passte sich wenig den bestehenden Strukturen an. Seine Familie unternahm alles, um ihn zu unterstützen.

Schon im Kindergarten bedurfte es vieler Gespräche mit den PädagogInnen, die sein Verhalten schnell pathologisierten. Als Benny in die Schule kam, entspannte sich die Situation einerseits, weil er intellektuell gefordert war, andererseits konnte er sich wenig an die Rahmenbedingungen halten. Über längere Zeit still zu sitzen, war nicht möglich. Ebenso wenig wollte er abwarten, bis die Lehrerin ihn drannahm. Auch hielt er sich nicht an einfache Regeln.

Seine Eltern förderten Benny zusätzlich zu Hause und er begann, eine Kampfsportart zu trainieren. Dies entlastete die Situation kurzfristig, allerdings wurden die Konflikte in der Klasse mit der Lehrerin größer, so dass er die Klasse wechselte. Leider wiederholte sich dieselbe Situation und die Familie entschloss sich zu einem Schulwechsel. Benny erlebte in der neuen Schule erstmalig einen Platz, an dem er akzeptiert und adäquat gefördert wurde, Seine Lehrerin hatte großes Verständnis für ihn und er bekam besondere Aufgaben und ein Lernbuffet. Mit seinen SchulkollegInnen gab es nach wie vor Konflikte. Er wurde oft gehänselt und begann, sich zu wehren, indem er grob wurde und schlug. Das war der Ausgangspunkt für die Psychotherapie.

Die therapeutische Arbeit

Benny kam sehr gerne zur Therapie, weil es sehr viele Spielangebote gab, die ihn interessierten. Er liebte Rätsel, Lexika für Kinder und Denkspiele. Ich ließ Benny auch seine Spiele mitbringen.

Die erste Phase der Stabilisierung: Auffällig war, wie schnell Benny unruhig wurde und sich bewegen wollte. Ich ging manchmal kurz mit ihm zum Austoben auf den Spielplatz, damit wir danach die Stunde fortsetzen konnten. Benny gewann mehr Selbstsicherheit durch die erfolgreiche Lösung der Aufgaben und seinen Kampfsport, bei dem er sehr erfolgreich war und intensiv trainiert wurde. Da es immer wieder Konflikte in der Schule gab, empfahl der Hausarzt eine Medikation. Die Eltern waren sehr verunsichert und holten meine und die Meinung der psychologischen Diagnostikerin ein. Wir waren beide strikt dagegen, da wir erlebten, wie sich Benny positiv entwickelte und wir keine Verantwortung für die Nebenwirkungen übernehmen würden. Insofern lehnten die Eltern eine Medikation ab. Neben der Einzeltherapie gab es regelmäßig Gespräche mit seinen Eltern, um Lösungsstrategien zu erarbeiten.

Die zweite Phase der Auseinandersetzung: Wesentlich im Therapiesetting mit Benny war der Wechsel zwischen intellektueller Nahrung – wie Logikrätseln, Denksportaufgaben und dem Entwickeln eigener Ideen – und dem altersadäquaten Erleben kindlicher Prozesse. So begann und schloss ich die Stunden immer mit Spielen und Aufgabenstellungen, die Benny mochte. Dazwischen legte ich den Fokus auf Rollenspiele zum Erlernen sozialer Kompetenzen und Konzentrationsübungen. Es fiel Benny sehr schwer, lange still zu sitzen und nicht von einem zum anderen Gedanken zu springen. Diese Struktur konnte er mit viel Üben immer leichter akzeptieren.

Die dritte Phase der Integration: Zielführend war für Benny, eine sehr unterstützende Familie zu haben, die alles unternahm, um ihm zu helfen. Wir führten regelmäßig Familiengespräche. Die Familie nahm alle Vorschläge und Interventionen von mir an und übte zu Hause mit ihm. Dies erleichterte den Schullalltag immens.

Nachtrag: Im Sommer 2019 rief mich Bennys Mutter nach sechs Jahren mit der sehr guten Nachricht an, dass er ausgezeichnet maturiert hatte, in seiner Sportart erfolgreich im Nationalteam spielt und ein Studium im Hightech-Bereich beginnen würde.

So wurde die Resilienz gestärkt: In Zusammenarbeit mit seiner Familie und einem gut abgesprochenen Therapieplan konnten wir Benny gemeinsam unterstützen, um seine Resilienz aufzubauen und seinen diversen Begabungen viel Raum zu geben. Durch die positive Bestärkung seiner Talente war es für ihn leichter, mit mir an den emotionalen Problemstellungen – wie einer sehr kleinen Frustrationstoleranz – zu arbeiten und neue Verhaltensweisen zu erlernen. Ebenso waren die Regelmäßigkeit der Therapie und das ständige Üben und Trainieren für ihn sehr wichtig.

Fallbeispiel Linda: Begabung und Resilienzförderung in geschützten Räumen

Linda, 20 Jahre, Studentin Schauspiel und Tanz, Posttraumatisches Belastungssyndrom nach schwerem sexuellem Missbrauch in der frühen Kindheit, vom 4. bis 18. Lebensjahr in einer Wohngemeinschaft untergebracht, vom 9. bis 13. und vom 17. bis 18. Lebensjahr bei mir in Psychotherapie, hochfrequent.

Der Auslöser für die erste Therapie

Linda kam mit neun Jahren zu mir in die Psychotherapie, nachdem sich starke Symptome durch sexuellen Missbrauch zeigten. Sie nässte wieder ein, hatte schlimme Alpträume und Panikattacken und begann zu stehlen. Außerdem nahm sie zu allen männlichen Personen sehr schnell distanzlosen Kontakt auf. Der Kontakt zu ihrer einzigen Bezugsperson, ihrer Mutter, war abgebrochen, weil sie immer noch zu Lindas Täter, ihrem Stiefvater, eine Beziehung unterhielt.

Der Grund für die Therapie

Nachdem Linda einen guten, sicheren Platz in einer Wohngemeinschaft bekommen hatte, begannen sich ihre Symptome deutlicher auszudrücken. Dies war im Gruppenleben und in der Alltaggestaltung neben sieben weiteren Kindern sehr problematisch, so dass ein Einzeltherapieplatz notwendig wurde. Der Leidensdruck war für alle Beteiligten sehr hoch.

Die therapeutische Arbeit

Linda hatte weder für sich noch im Umgang mit anderen Menschen ein gesundes Grenzverhalten erlernen können. In der Therapie standen das Erlernen gesunder und altersadäquater Verhaltensweisen im Vordergrund. Darüber hinaus waren das Entwickeln von Selbstwert und Selbstliebe, das Integrieren traumatischer Erfahrungen und die Abgrenzung von Bezugspersonen große Bestandteile der Therapie.

Die erste Phase der Stabilisierung: Linda ist ein ausgesprochen künstlerischer Mensch mit sehr großen Talenten. Dies konnte ich im therapeutischen Prozess optimal nutzen. Sie liebte es zu malen, zu gestalten, Rollenspiele mit Puppen und Kuscheltieren zu spielen und eigene Geschichten zu erfinden. Den größten Teil unserer Stunden verbrachten wir an Fantasieplätzen, an denen sie für sich die optimale Welt erschuf.

Linda war in der Lage, in den Rollenspielen die Positionen zu wechseln und im Laufe der Therapie eine gesündere Grenzziehung zu ihrer Umwelt zu entwickeln. Ihre Ängste und Alpträume verarbeitete sie auf riesigen Packpapierbildern, die wir rituell gemeinsam zu Schiffen falteten und nach Abschluss eines größeren Prozesses auf der Donau schwimmen ließen. Parallel zur Therapie besuchte sie Kurse in darstellender und bildnerischer Kunst, die sie sehr stabilisierten. Durch ihr Talent gehörte sie immer zu den Besten in der Gruppe, was ihr ein stärkendes Selbstwertgefühl verlieh.

Die zweite Phase der Auseinandersetzung: An ihren sicheren Orten Wohngemeinschaft und Therapie gewann Linda immer mehr an Selbstwertgefühl und Stabilität. Allerdings zeigte sich dadurch deutlicher ihre Symptomatik. Sie träumte konkreter von ihrem langjährigen Missbrauch, entwickelte Wut gegen ihren Stiefvater, den Täter, und ihre Mutter, die sie nicht beschützt hatte. Ebenso war für sie das Justizsystem ein großes Thema. Ihr Stiefvater musste nur ein Jahr ins Gefängnis, während sie vier Jahre sexueller Gewalt ausgesetzt gewesen war. Therapeutisch ging es in dieser Phase um das Internalisieren und Externalisieren von Recht und Gerechtigkeit. Es war für Linda sehr wichtig, die Wut gegen den Täter im geschützten Raum auszudrücken und den Drachen und das Krokodil zu bekämpfen und einzusperren. Gleichermaßen arbeiteten wir an ihren Schutzräumen und Abgrenzungsmöglichkeiten.

Die dritte Phase der Integration: Aufgrund der Intensität der Therapie verminderten sich im Laufe der vier Jahre alle Symptome. Linda ging sehr konsequent ihrer künstlerischen Begabung nach, entwickelte Freundschaften zu Gleichaltrigen und war eine gute Schülerin. Am meisten schmerzte sie der Kontaktabbruch zur Mutter. Wir arbeiteten am Schluss vor allem an ihrer Trauer und dem Abschiednehmen von einer beschützten Kindheit, die sehr leidvoll war. Mit 13 Jahren entschied sich Linda dafür, die Therapie selbstständig zu beenden, weil sie sich mit der Thematik nicht mehr auseinandersetzen wollte. Wir verabredeten, bei Bedarf die Therapie wieder aufzunehmen.

Das geschah dann im 17. Lebensjahr, erneut durchliefen wir die Phasen der Therapie.

Der Auslöser für die zweite Therapie

Linda verliebte sich in einen gleichaltrigen Freund. Aufgrund der körperlichen Annäherung kam es zu massiven Flashbacks und Alpträumen. Linda erlebte für sich sehr erschreckend, dass sie nicht in der Lage war, körperliche Nähe und Sexualität zuzulassen.

Die therapeutische Arbeit

Unser Vertrauensverhältnis und die intensive Bearbeitung des Missbrauchs in ihrer Kindheit waren für den Neustart sehr positiv. Allerdings gab es für die Arbeit auf der Erwachsenenebene noch kein Modell, so dass wir methodisch Neues entwickeln mussten.

Wir nutzten wieder das künstlerische Potenzial von Linda und malten Körperbilder, in denen sie mit unterschiedlichen Farben ihre Befindlichkeit an ihren Körperteilen und Organen ausdrückte. Danach begannen wir, gemeinsam eine Geschichte zu schreiben, in der die Organe sprachen. Sie hatten die Aufgabe, Linda mit guten Wünschen im neuen Lebensabschnitt zu begleiten.

Linda begann mit einem Sonnentagebuch, in dem nur gute Dinge stehen durften, und einem Tagebuch für alles. Sie übte mit mir im Voraus die Gespräche mit ihrem Freund, wenn es um Grenzziehungen in der Sexualität ging. Anfangs war dies hilfreich, aber mit der Zeit war ihr Freund mit der Situation überfordert und trennte sich von ihr, was Liebeskummer nach sich zog, aber auch Erleichterung. Linda war durch die Beziehungsanforderungen sehr belastet und die Schule im Maturajahr tat ein Weiteres. Sie bestand alle Prüfungen erfolgreich und entschloss sich zu einem Studium mit Schauspiel und Tanz, dem sie seither erfolgreich nachgeht. Im Studium verliebte sie sich neu und führt mit diesem Mann mittlerweile eine glückliche Beziehung.

So wurde die Resilienz gestärkt: Im Vordergrund der Resilienzförderung standen bei Linda der sichere Therapieplatz, das bedingungslose Annehmen ihrer Persönlichkeit mit allen Verhaltensweisen und die Aufarbeitung ihrer Traumatisierung. Die therapeutische Beziehung entwickelte sich sehr gut, insofern konnten wir vor allem ihr künstlerisches Potenzial nutzen, um ihre Resilienz zu stärken. Durch das Entwickeln neuer und guter Welten internalisierte sie für sich ein zartes Selbstwertgefühl und Selbstbewusstsein. Dank dieser Stabilisierung ist sie in der Lage, ihren Begabungen nachzugehen und positive Beziehungen zu leben.

Fallbeispiel Marc: Begabung und Resilienzförderung durch stabile Vertrauenspersonen

Marc, 21 Jahre, Student, Posttraumatisches Belastungssyndrom nach schwerer frühkindlicher Verwahrlosung und Gewalt, vom 3. bis 15. Lebensjahr in einer

WG untergebracht, danach vom 15. bis 18. Lebensjahr im betreuten Wohnen, vom 8. bis 13. Lebensjahr bei mir in Psychotherapie, hochfrequent, danach bis heute bei mir ein Freiplatz.

Der Auslöser für die Therapie

Marcs Eltern waren aufgrund von eigener Behinderung und Heimaufenthalten wenig in der Lage, sich um ihn zu kümmern. Er wurde mit drei Jahren vom Jugendamt in einer Wohngemeinschaft untergebracht. Äußerlich betrachtet war Marc ein liebes, unauffälliges und begabtes Kind, das keine Probleme machte. Seine Anpassungsleistung war sehr hoch und er kümmerte sich um andere Kinder. Seine BetreuerInnen machten sich immer wieder Sorgen um ihn, weil er dazu neigte, sich zu überfordern. Darüber hinaus war er ein mathematisch und analytisch begabtes Kind, das die Schule liebte. Eines Tages nahm seine Bezugsbetreuerin wahr, dass er fast täglich heimlich in seinem Zimmer weinte.

Der Grund für die Therapie

Marc schilderte, wie einsam und nirgendwo willkommen er sich fühlte. Seine Eltern schickten ihn am Wochenende schon nach wenigen Stunden in die WG zurück, weil er ihnen zu anstrengend war. In der WG waren am Wochenende meist keine Kinder da, so dass er keine Spielkameraden hatte und sich sehr einsam fühlte.

Die therapeutische Arbeit

Marc war ein begeistertes Therapiekind, das sehr gerne kam, alle Spielmöglichkeiten ergriff und die Laborsituation mit einer erwachsenen Person genoss. Er liebte Rollenspiele, in denen er der Starke sein durfte und die Situation bestimmen konnte. Mir wies er die kleinen und schwachen Tiere zu, die Aufmerksamkeit und Unterstützung brauchten. Er konnte seine Gefühle gut ausdrücken und bewegte sich diesbezüglich in einem breiten Spektrum.

Die erste Phase der Stabilisierung: Nach einiger Zeit konnten wir sehr schmerzhafte Situationen, die Marc zu Hause erlebte, bearbeiten. Er malte Bilder, wie er sich sein Zuhause wünschen würde, und erzählte viel davon, wie es wirklich war.

Marc hatte zu Hause ein kleines Zimmer, das er nicht verlassen durfte. Sowohl seine Mahlzeiten als auch alle Beschäftigungen musste er in diesem Raum ausführen. Es standen darin ein Fernseher und eine Playstation, später dann ein eigener Kühlschrank und Herdplatten. Das Wohnzimmer durfte er nur in Ausnahmefällen betreten.

Er litt sehr darunter, dass seine Eltern überhaupt nicht verstanden, dass er gerne lernte und vor allem Mathematik liebte. Bildung hatte für beide keinen Wert. In aufgebauten Landschaften entwickelte ich mit ihm unzählige Zukunftsbilder, wie er später leben und welche Berufe er ergreifen könnte. Das machte ihm großen Spaß, da er viele Berufe noch nicht kannte und wir unterschiedliche Geschichten dazu entwickelten.

Die zweite Phase der Auseinandersetzung: Diese Phase erstreckte sich über viele Jahre mit guten und weniger guten Zeiten. Marc hatte lange Jahre die Hoffnung, dass sich seine Eltern auf ihn zubewegen würden und er einen guten Platz zu Hause bekommen könnte. Die immer wiederkehrende Enttäuschung war ein stetiger Begleiter des therapeutischen Kontextes. Er litt sehr darunter, dass seine Eltern weder Geburtstage noch Weihnachten mit ihm feierten. Aufgrund dessen feierte ich mit ihm beide Feste ausgiebig in der Praxis, damit er seine kindlichen Wünsche nachnähren konnte. Einen selbstgebackenen Kuchen mit Kerzen und Geschenke bekam er außer in der Wohngemeinschaft nur noch bei mir. Darüber hinaus übte ich mit ihm auch für die Schule, was im Normallfall nicht zur Therapie gehört.

In der WG waren außer ihm sieben weitere Kinder, die viel Aufmerksamkeit benötigten. Durch seine Anpassungsleistung kam Marc häufig zu kurz und seine Bedürfnisse wurden wenig erkannt. Er wäre in der Lage gewesen, auf ein Gymnasium zu wechseln, aber seine Betreuerinnen trauten ihm dies auf der psychosozialen Ebene nicht zu. Er gehörte dadurch zu den Besten in seiner Klasse in der Mittelschule, was ihm wiederum Selbstvertrauen verlieh.

Mit 13 Jahren war das finanzielle Kontingent für Therapiekosten erschöpft. Marc war sehr verzweifelt, weil er den Eindruck hatte, niemand außer mir würde sich persönlich um ihn kümmern. Das veranlasste mich, ihm einen uneingeschränkten Freiplatz zur Verfügung zu stellen. Bis zum Alter von 16 Jahren kam er gerne weiterhin wöchentlich.

Mit 15 Jahren geriet er in eine massive Krise und hatte einen heftigen verbalen Konflikt mit einem seiner Betreuer. Bedauerlicherweise entwickelte sich diese Situation so negativ, dass er nach fast zwölf Jahren aus seiner WG ausziehen musste.

Er wechselte in eine eigene Wohnung, die dreimal in der Woche von externen BetreuerInnen besucht wurde. Dies stellt ihn vor neue Herausforderungen. Morgens pünktlich aufstehen, alle Aufgaben alleine erledigen und einsame Wochenenden kamen als Aufgaben hinzu. In dieser Zeit waren unsere Settings sehr lebenspraktisch angelegt und er stellte mir viele Fragen zur Alltagsbewältigung. Gleichzeitig wechselte er auf eine höhere Schule mit Maturaabschluss. Ab dem 16. Lebensjahr nahm Marc seinen Freiplatz nach Bedarf in Anspruch.

Die dritte Phase der Integration: Mit Beginn der höheren Schule stieg auch Marcs Selbstbewusstsein. Er fand zum ersten Mal in seinem Leben ein für ihn ansprechendes Umfeld vor und gewann Freunde. In der Therapie wechselten sich inhaltlich die Herausforderungen des Alltags mit den Gestaltungsentwürfen für seine Zukunft ab. Grenzziehungen seinen Eltern gegenüber, genauso wie Begabungsförderung, waren Themen in unseren Gesprächen. Marc hatte Glück und fand LehrerInnen, die ihn sehr unterstützten, um auf Talentecamps zu fahren. Die Matura bestand er sehr gut. Mittlerweile studiert er eine Naturwissenschaft und besucht mich regelmäßig in größeren zeitlichen Abständen.

So wurde die Resilienz gestärkt: Durch Marcs Beziehungsfähigkeit und den langfristigen Therapieplatz konnte er Sicherheit und Selbstvertrauen entwickeln, seine Talente entdecken und ernst nehmen. Resilienz entwickelte sich über die Jahre durch das Erlernen von Begeisterung für schöne Dinge und Rituale, wie zum Beispiel Geburtstag zu feiern, und gleichzeitig durch die Abgrenzung zu allem, was ihm Schaden zufügte. Er begann, an sich und seine Talente zu glauben und diese erfolgreich umzusetzen.

Fallbeispiel Milan: Genial resiliente Begabung auf der schiefen Bahn

Milan, 30 Jahre, Programmierer, Berater großer Finanzinstitute, Posttraumatisches Belastungssyndrom nach schwerer frühkindlicher Verwahrlosung und Gewalt, von Geburt bis zum 15. Lebensjahr in Pflegefamilien und in WGs untergebracht, Gefängnisaufenthalte, Obdachlosigkeit, vom 14. bis 17. Lebensjahr bei mir in Psychotherapie, danach bis heute bei mir ein Freiplatz.

Der Auslöser

Milan wurde als Kind zweier sehr junger kriegstraumatisierter Jugendlicher aus Serbien geboren. Sie waren nicht in der Lage, sich um ihn zu kümmern, und er kam als Säugling zu Pflegeeltern. Bis zu seinem sechsten Lebensjahr gab es drei Familienwechsel, da er Verwahrlosung und Gewalt ausgesetzt bzw. ein Pflegeelternpaar mit ihm trotz aller Bemühungen überfordert war. Mit dem Schuleintritt wurde er in einer Wohngemeinschaft untergebracht. Er fiel einerseits durch seine hohe Auffassungsgabe und sein mathematisches Talent sehr positiv auf, andererseits negativ durch sein rebellisches Verhalten.

Milan war also auf der kognitiven Ebene ein hervorragender Schüler, zeigte dafür aber ein sehr antisoziales Verhalten. Viele problematische Schulsituationen folgten daraus. Mit 10 Jahren begann er, Hausaufgaben zu verkaufen, mit 11 Jahren stiftete er jüngere Schüler zu Diebstählen an und mit 13 Jahren lernte er, sich in komplexe Computersysteme zu hacken. Glücklicherweise gab es eine Pädagogin, die sich kontinuierlich für ihn einsetzte. Dadurch wurde er nicht der Schule verwiesen.

Der Grund für die Therapie

Mit 14 Jahren wurde die Polizei auf Milan aufmerksam, weil er gemeinsam mit älteren Jugendlichen versuchte, sich durch Firewalls zu hacken, um Onlinespiele zu manipulieren. Sein Umfeld versuchte, den Onlinezugang so gut wie möglich zu beschränken, aber aufgrund seines Talents standen ihm schon auf dem Schulweg diverse Möglichkeiten offen. Aufgrund seiner schwierigen Biographie mit vielen Beziehungsabbrüchen vertraute er keiner erwachsenen Person und verhielt sich sehr distanziert. Da schon Anzeigen gegen ihn liefen, war die Bedingung für ihn, eine Therapie zu machen, da er ansonsten seinen WG-Platz, den er grundsätzlich mochte, verlieren würde. Für eine Therapie war das eine durchaus ungünstige Ausgangsposition, gepaart mit pubertärer Abwehr.

Die therapeutische Arbeit

Milan signalisierte mir vom ersten Augenblick an, dass er keinerlei Interesse hatte, mit mir in Kontakt zu treten. Er kannte alle „Tricks“ und Verhaltensweisen der psychosozialen Welt und meine diversen Versuche, mit ihm zu kommunizieren, betrachtete er mit verächtlicher Miene.

Die erste Phase der Stabilisierung: Es gelang Milan, einsilbig und entnervt die ersten Stunden abzusitzen, um danach die notwendige Stundenbestätigung zu bekommen. Nach fünf Stunden nahm ich meinen Laptop mit und bat ihn, mir zu zeigen, was ihn in der virtuellen Welt faszinierte. Er wurde etwas zugänglicher, wobei er sich immer wieder abfällig über meine Unkenntnis äußerte. Wir fanden gemeinsam einen Weg, den Stunden eine konstruktivere Form zu geben.

Wie viele andere vor allem im Stich gelassene Kinder und Jugendliche fand Milan in der virtuellen Welt Anerkennung, Halt und Beziehungen, die er kontrollieren konnte. Seine realistische Situation ließ sich dadurch leichter vergessen. Er war im ersten halben Jahr der Therapie nur kurz in der Lage, auf persönliche Fragen zu antworten, wenn er gleichzeitig den Blick auf den Laptop wendete.

Die zweite Phase der Auseinandersetzung: Sehr langsam und vorsichtig entwickelte sich ein Vertrauensverhältnis zwischen Milan und mir. Allerdings wirkte sich das nicht auf sein alltägliches Verhalten aus. Er suchte permanent nach Grenzen und schadete anderen Menschen damit.

Noch vor Ende der Schulpflicht war sein Verhalten so untragbar, dass er suspendiert wurde und bald darauf seinen WG-Platz verlor. Er rutschte in die Obdachlosigkeit ab, übernachtete bei Freunden und war in Institutionen nicht mehr zu halten. Dennoch kam er regelmäßig zur Therapie.

Mittlerweile erzählte er offener, wie sein Leben aussah, mit wem er Kontakt hatte und was ihn beschäftigte. Nachdem er mehrere Vorstrafen angesammelt hatte, musste er mit 15 Jahren zum ersten Mal ins Gefängnis. Das war ein sehr schwerwiegender und schockierender Einschnitt für ihn.

In den darauffolgenden Therapiestunden wollte er seinem Leben eine neue Richtung geben. Er begann eine Ausbildung im EDV-Bereich, die er aber nicht lange durchhielt. Sehr positiv war, dass wir neben einer offenen Gesprächsebene an der Anerkennung und Wertschätzung seiner mathematischen und analytischen Begabungen arbeiten konnten. Für ihn stand allerdings sehr lange das schnelle Geldverdienen im Vordergrund. Es mussten viele Jahre vergehen und damit verbundene Tiefschläge kommen, damit Milan seinem Leben eine Wendung gab.

Die dritte Phase der Auseinandersetzung: Nachdem ich viele Jahre von Milan nichts mehr gehört hatte, kam er mit Mitte Zwanzig zu mir und sagte zu Beginn der Stunde: „Mein Stammbaum beginnt mit mir und meiner Familie ab jetzt neu." Er war mittlerweile Vater eines kleinen Kindes und hatte die erste stabile Beziehung zu einer Partnerin, zur Mutter seines Kindes. Mit einer guten Bewährungshilfe und seinen Fähigkeiten begann er, sich ein Netzwerk als Berater aufzubauen, um Computerprogramme zu schreiben und Finanzinstitute vor Betrügereien zu schützen. Seine gegenwärtige familiäre Situation und das Erleben schwieriger Lebensverhältnisse lassen ihn den Fokus auf das legale Ausüben seiner Begabung lenken.

So wurde die Resilienz gestärkt: Die vorurteilsfreie Wertschätzung seiner analytischen Begabung und seiner Überlebensstrategien stärkten Milans Selbstwert und Beziehungsgestaltung. Durch die therapeutische Arbeit, die er in seinem Tempo gestaltete, konnte er neue Sichtweisen entwickeln und Vertrauen aufbauen. Seine Resilienz zum Überleben war stark ausgeprägt. Mit der Verantwortung für andere ihm wichtige Menschen konnte er beginnen, das Erlernte umzusetzen und seine Begabungen für das Allgemeinwohl einzusetzen.

VERERBTE UND ERWORBENE RESILIENZ – Psychotherapeutische Übungen

Was ist vererbt, was ist erworben?

„Jedes Wasser hat seine Quelle, jeder Baum seine Wurzel."

(Aus China)

Manchmal begegnen wir Menschen, die äußerlich betrachtet ein gutes Leben führen, aber sichtbar an traumatischen Symptomen erkrankt sind. Mittlerweile belegen modernste Forschungsergebnisse, dass wir sowohl die positiven als auch die belastenden Ereignisse unserer Ahnen in uns tragen. Nicht selten wirken erlebte Traumata bis in die nächsten Generationen fort. Es zeigen sich dann von der Großmutter bis zum Enkel ähnliche Verhaltensmuster.

In der Wissenschaft gibt es keine einheitliche Haltung, zu welchen Anteilen Begabung vererbt wird, was von der Umwelt erworben und gelernt wurde und in welchem Ausmaß die Persönlichkeit dabei eine Rolle spielt. Um diesem Phänomen näher zu kommen, habe ich Übungen zur Stärkung der Resilienz entwickelt, die hilfreich im Umgang mit transgenerationalen Sichtweisen sind. Sie sind für Fachpersonen gedacht, die Menschen anleiten, sich mit verhinderter Begabung auseinanderzusetzen. Ich rate davon ab, sie als Laie unbegleitet durchzuführen.

Die Übungen bauen aufeinander auf. Die beiden Stammbaum-Übungen sind die Grundlage. Erst, wenn sie ausgiebig in Begleitung von Ressourcenarbeit praktiziert wurden, sollten sich weitergehende Übungen anschließen, denn diese benötigen eine gewisse Stabilität des Klienten/der Klientin.

Übung: Mein Stammbaum

Diese Übung habe ich über viele Jahre entwickelt. Der Sinn dieser Übung ist eine vertiefende und realistischere Sichtweise der eigenen Biografie im Hinblick auf seine Herkunftsfamilie. Durch diese Übung können sich neue Fragestellungen und Betrachtungen entwickeln. Der Bezug zu Begabung und Bildung lässt sich in dieser Stammbaumübung gut herstellen.

Es ist noch nicht so lange her, dass unsere Vorfahren mit sehr großen Talenten ausgestattet waren, aber keine Wahlfreiheit hatten, diese auch zu leben. So kommt es in meiner Arbeit häufig zu Ausrufen wie: „Meine Tante wollte ja auch Sängerin werden!“ oder „Mein Urgroßvater hat in seiner kargen Freizeit die schönsten Spielzeuge geschnitzt!“.

Die Tante gebar dann fünf Kinder, kochte, putzte und sang im Kirchenchor, war nicht unglücklich, aber saß mit Tränen in den Augen vor dem Fernseher, wenn eine Oper gezeigt wurde.

Der Urgroßvater sprach vor seinem Tod von dem großen Wunsch, eine Reise zu machen, um die größten Brücken auf der Welt zu sehen, aber weder das Geld noch die unmittelbaren Möglichkeiten ließen es zu.

Familiengeheimnisse, Traditionen und Glaubenssätze lassen sich gut überprüfen, aber auch häufig eine Nähe zu vielleicht unbekannten Familienmitgliedern finden, die ebenfalls großartige Begabungen hatten.

Die Stammbaum-Übung sollte nur in einem geschützten Raum und gut begleitet angewendet werden. Sie braucht viel Zeit und auch Unterstützung, wenn sie mit traumatisierten Menschen durchgeführt wird. Jeder Schritt muss gemeinsam nachbesprochen werden.

Der Stammbaum kann viele Male neu ausgefüllt und erweitert werden. Ressourcenübungen sind ergänzend notwendig, um Erkenntnisse, die eventuell schmerzhaft sind, gut zu begleiten.

Das untere Kästchen im Stammbaum ist immer für Sie. Bitte schreiben Sie Ihren Namen und Ihr Geburtsdatum hinein. Die beiden darüberliegenden beiden Kästchen auf der linken und rechten Astgabel sind für Ihre Eltern reserviert. Ebenso bitte deren Namen und Geburts- bzw. auch das Sterbedatum eintragen. Die wieder davon abgehenden Kästchen sind Ihre Großeltern, die Sie bitte auch namentlich und mit Geburts- und ggf. Sterbedatum einzeichnen. Darüber finden Sie wieder deren Eltern, Ihre Urgroßeltern.

Selbstverständlich kann der Stammbaum über weitere Generationen erweitert werden.

Nach den formalen Eintragungen geht es nun um die inhaltlichen Beschreibungen. Beginnen Sie zuerst mit den Ressourcen. Wie sah der Körper dieser Person aus, welche Talente und Begabungen hatte der Mensch? Welche guten Dinge hat er in seinem Leben bewirkt?

Wenn Sie die Familienangehörigen nicht gekannt haben, welche Erzählungen gab es über sie? Sichten Sie Archivmaterial und Fotos bei Bedarf. Sinnvoll ist wegen der Übersichtlichkeit, mit mehreren Stammbäumen zu arbeiten.

Danach können Sie einen oder mehrere Stammbäume für die schwierigen Themen in Ihrer Familie bearbeiten. Welche Krankheiten, Traumatisierungen und Geheimnisse gibt es?

Nun geht es um Ihren persönlichen Stammbaum. Welche dieser Talente, Beschreibungen und Erzählungen möchten Sie gerne davon annehmen? Markieren Sie dies bitte farblich unterschiedlich, damit es übersichtlicher wird. Was lassen Sie bewusst zurück? Wir müssen nichts annehmen, das uns unfreiwillig mitgegeben wird.

Für Zurückzulassendes: Welches Ritual fällt Ihnen dazu ein? Sie können belastende Erinnerungen in einen Tresor legen, in ein Versteck bringen oder in Ihrer Vorstellung als Päckchen oder Rucksack zurückgeben.

Erinnern Sie sich an die Erzählungen in Ihrer Familie. Jede Familie hat eine ganz eigene Erzählkultur. Wie wurde über was gesprochen? Was wurde verschwiegen? Gab es Familiengeheimnisse und Ahnungen?

Speziell Themen wie Krieg, Flucht und Gewalt wirken über viele Generationen fort, wenn diese nicht gut aufgearbeitet wurden. Ebenso Themen, bei denen Scham im Spiel ist. Uneheliche Kinder, gestorbene Kinder, ungewollte Kinder und beispielsweise abgebrochene Schwangerschaften sind in vielen Familien häufig sehr tabuisierte Themen. Dennoch wirken sie.

Gibt es Gefühle, die diese Themen bei Ihnen auslösen? Wie wirken diese Empfindungen auf Ihr heutiges Leben?

Übung: Mein Stammbaum im Wald

Diese Imaginationsübung hat den Sinn, sich ausschließlich mit dem Guten in beiden Stammbäumen zu verbinden. Wichtigste Erkenntnis: Die Erfahrungen und Erlebnisse der Herkunftsfamilie sind nicht die des Übenden.

Unzählige Geschichten oder auch Verschwiegenes machen es manchmal schwer, gute persönliche Beziehungen zu den Vorfahren aufzubauen. Konflikte werden weitergegeben und die Loyalität innerhalb einer Familie wirkt langfristig nach. Auch in sehr schwierigen Familiensystemen findet sich aber zumeist mindestens eine Person, die gute Wünsche an den Übenden und sein Leben hat bzw. gehabt hätte.

Diese Übung ist zur Stärkung und Resilienzförderung der persönlichen Ressourcen gedacht. Sie kann zudem als Impuls für zukünftige Generationen und als Hilfestellung dienen. Eine Familiengeschichte kann durch diese Übung neu betrachtet und geschrieben werden. Sie soll Hoffnung geben und kann bisweilen versteckte Ressourcen wecken.

Imaginationsübung:

Stellen Sie sich vor, Sie gehen auf einem ebenen Waldweg spazieren. Sie riechen den Duft der Nadelbäume, hören das Rascheln der Blätter und das Vogelgezwitscher, nehmen die Farben des Waldes wahr und kommen auf ein Waldstück mit jahrtausendealten Mammutbäumen.

Langsam nähern Sie sich dieser Baumgruppe. Sie nehmen die unzähligen Verästelungen wahr, die Kraft der Stämme, das Wurzelgeflecht am Boden und die Lichtspiele mit vielen Schatten, die am Boden in Bewegung sind.

Durch eine meterhohe Astgabel hindurch gelingt es Ihnen, in das Innere des Stammes zu gelangen. Bitte suchen Sie sich einen gemütlichen Platz aus, hören Sie eine Zeitlang nur auf Ihren Atem und reisen Sie langsam zum Punkt zurück, als Ihr Leben begann. Nehmen Sie ganz ruhig die Situation wahr, in der Ihre Mutter und Ihr Vater damals waren.

Sie sind einzigartig. Gehen Sie jetzt langsam Ihre mütterliche Ahnenreihe im Stammbaum hinauf und verweilen Sie bei den Menschen, die für Sie gute und hilfreiche Vorbilder waren. Manchen sind Sie persönlich begegnet, manche kennen Sie vielleicht nur aus Erzählungen. (Dauer ca. 5 Minuten)

Danach bewegen Sie sich langsam durch Ihre väterliche Ahnenreihe. Lassen Sie sich Zeit bei diesen Begegnungen und achten Sie auf Ihre Empfindungen. (Dauer ca. 5 Minuten)

Nehmen Sie nun die Gerüche der Erde, die Geräusche des Waldes und die Lichtspiele der Bäume wahr.

Gehen Sie mit Ihren wohlmeinenden Ahnen durch Ihre Biographie und bitten Sie sie als UnterstützerInnen, RatgeberInnen und BeschützerInnen, von nun an da zu sein.

Sprechen Sie mit ihnen über Ihre persönlichen Motive, Ihre Glaubenssätze und Wünsche.

Bitten Sie darum, Ihnen Kraft, Mut und Halt zu geben.

Sie können jederzeit auf die Astgabel Ihres Stammbaums reisen und sich Unterstützung und Hilfe holen.

Kommen Sie bitte langsam in diesen Raum zurück.

Übung: Teil des Ganzen

Nach dem Ende der vorhergehenden Übung sehen Übende vermutlich vor ihrem geistigen Auge eine Person oder mehrere Personen ihrer Vergangenheit, mit der/denen sie Gutes verbinden. Mit diesen Personen soll nun weitergearbeitet werden und das Gute, das durch sie geschenkt wurde, lässt sich jetzt im Stammbaum verorten. Diese positiv wirkenden Vorfahren können eine gute Brücke zum gegenwärtigen Leben und seinen Fragestellungen sein. Möglicherweise lassen sich so Antworten auf offene Fragen finden.

Nehmen Sie den ersten Teil der Stammbaumübung und zeichnen Sie das Familienmitglied/die Familienmitglieder ein, mit denen Sie Gutes verbinden.

Folgende Fragestellungen sind nun wichtig:

- *Was hat Sie verbunden?*
- *Welche Glaubenssätze haben diese Menschen Ihnen vermittelt?*
- *Was haben Sie von früher erzählt?*
- *Welche Bilder entstehen bei Ihnen, wenn Sie daran denken?*
- *Wenn Sie heute mit Ihrer Lebenserfahrung an diese Menschen denken, wie beurteilen Sie deren Leben?*
- *Wie wurde mit (Familien-)Geheimnissen umgegangen?*
- *Wurde grundsätzlich geschwiegen, bzw. über was wurde geschwiegen?*
- *Wenn Sie Ihre Familienmitglieder oder Freunde fragen würden, gibt es Ähnlichkeiten in den Wesensmerkmalen?*

Übung: Szenenwechsel

Denken Sie an die Übung „Teil des Ganzen". Arbeiten Sie nun mit Szenenwechseln. Dies fördert persönliche Resilienz und kann somit zu einem Neubeginn in der gesamten Ahnenreihe werden.

Überlegen Sie sich, wo Sie mit dieser Person/diesen Personen gerne wären. Am Meer, auf dem Berg, im Gebirge, auf einem Schiff, am Bauernhof, in der Wüste oder an einem ganz anderen Ort?

Hatten Sie gemeinsame Lieblingsplätze?

Wo wäre diese Person gerne, wo sie vielleicht selbst nie hingekommen ist?

Diese Übung hat den Sinn, ungelebte Situationen mit geliebten Menschen erfahrbar zu machen. Es geht dabei um Imagination und die Fähigkeit, Stärkendes symbolisch nachzuholen. So gelingt es, etwas zu vervollständigen, das nicht vollständig ist, oder der Vergangenheit und den in ihr handelnden Menschen eine völlig neue Sichtweise zu geben. Auf diese Weise lassen sich Lebensmotive erkennen, die aus den Wünschen der Ahnenreihe entspringen.

Dahinter steckt die Idee, Lebensgeschichten gute Wendungen zu verleihen und Geschichten neu zu erzählen.

Übung: Blick auf die Gegenwart (Einzelarbeit)

Die Grundidee dieses Übungsteils ist die Versöhnung zwischen den Generationen. Nach einer ausführlichen Reflexion das eigene Leben betreffend wird bewusster, welche Anteile des Selbst aus vorhergehenden Generationen stammen, was davon angenommen und weitergegeben werden soll. Durch das Bewusstwerden der einzelnen Anteile lassen sich neue Sicht- und Handlungsweisen entwickeln.

Betrachten Sie nun Ihr eigenes Leben und stellen Sie sich folgende Fragen:

Was ist Ihnen persönlich wichtig, weiterzugeben – an Ihre Familie, Ihr Umfeld, die Welt?

Können Sie sich mit Ihren biographischen Erfahrungen versöhnen?

Wenn noch etwas offen ist, was würden Sie brauchen, damit Sie Versöhnung finden?

Übung: Blick auf die Gegenwart (Kleingruppenarbeit)

Diese Übung ist in Gruppen-Seminaren sehr unterstützend. Der Sinn dieser Übung ist es, für sich selbst und in der Arbeit mit Menschen, die bestimmte Fragestellungen an die eigene Biographie haben, ein erweitertes Spektrum an Sichtweisen und Perspektiven zu entwickeln.

Vor allem bei wenig besprochenen Themen – wie beispielsweise Sexualität – werden oftmals neue Erkenntnisse gewonnen, wenn versucht wird, Standpunkte der unterschiedlichen Generationen zu finden und miteinander sprechen zu lassen. Durch historische, politische und soziologische Einordnungen, gepaart mit den Erzählungen aus der eigenen Biographie, kann der Blick auf die tägliche Arbeit erweitert werden. Spannend ist es vor allem, wenn die Kleingruppen mit unterschiedlichen Generationen besetzt sind.

Methodisch lässt sich das vielfältig umsetzen: Es können klassische Flipchartprotokolle entstehen, Rollenspiele mit unterschiedlichen GenerationensprecherInnen entwickelt oder künstlerische, nonverbale Ausdrucksweisen wie Pantomime, Bildhauerei, Bewegungstheater etc. ausgewählt werden.

Welche Themen bewegen Ihre Generation?

Was bedeutet das für Sie und Ihr Leben?

Gab es Themen der vorherigen Generationen, mit denen Sie sich auseinandergesetzt haben/auseinandersetzen mussten? Wenn ja, welche?

Was war hilfreich, was vielleicht weniger?

Was wünschen Sie sich für Ihre Zukunft und die Ihrer Nachkommen?

Übung: Die Sonne

Diese Imaginationsübung dient zur Ichstärkung und Abgrenzung. Die Sonne ist das Symbol für Wärme, Kraft und das Zentrum am Himmel, um das sich alles dreht. Wenn die Teilnehmer das innerlich für sich gut visualisieren, strahlen sie eine Stärke und Ruhe aus, die auf ihre Umwelt wirkt.

Die Entscheidung von Menschen, sich abzugrenzen, wenn unangenehme Situationen auf sie einwirken, ist eine wertvolle Hilfe bei schwierigen Problemstellungen. Wer so handelt, kann selbst entscheiden, was oder wen er in den Innenkreis mit hineinnimmt bzw. außen vor lässt.

Bitte stellen Sie sich eine leuchtende Sonne in sich vor, die immer heller und größer wird.

Sie überflutet Ihren gesamten Körper vom Haaransatz, über Ihr Gesicht, Ihren Hals, die Schultern, Arme, Hände, Finger, Ihren Oberkörper, Rücken, das Becken, den Schoß, Ihren Po, die Oberschenkel, Unterschenkel, Füße, Zehen ...

Nehmen Sie Ihre Füße wahr und Ihren Stand in der Welt. Achten Sie auf Ihr Gleichgewicht.

Bewegen Sie sich so lange an Ihrem Platz, bis Sie das Gefühl haben, nicht aus dem Gleichgewicht gebracht zu werden.

Wenn Sie sicher stehen, nehmen Sie die Spiegelwand um sich herum wahr, die Sie umgibt. Die Spiegel sind nach außen gerichtet. Niemand kann Sie sehen oder entdecken.

Sollten Sie überraschend einer unangenehmen Situation ausgesetzt sein, stellen Sie sich vor, dass die Spiegel so schnell zuschnappen wie die Türen einer U-Bahn und Sie in Ihrem Sonnenschutzraum unberührbar sind.

Übung: Zugewiesene Identität – Gestaltete Identität

Hier geht es vor allem um eine Differenzierung zwischen dem zugewiesenen und dem gestalteten Potenzial. Sinn und Zweck dieser Übung ist eine Übersicht und Gewichtung der verinnerlichten Anteile. Zuweisungen wie „Du bist zu klein, um Hochsprung zu machen“ oder „Deine Haare sind zu rot, um Pink zu tragen“ verhindern das Nutzen des eigenen Potenzials.

Diese Übung kann sehr gut in Workshops verwendet werden, da sie völlig neue Blickwinkel und Diskussionsfelder eröffnet.

Bitte überlegen Sie sich, was Ihnen in Ihrem Leben zugewiesen wurde, und füllen Sie die erste Spalte aus. Danach schauen Sie in Ruhe auf Ihr Leben und füllen die zweite Spalte mit dem selbst gestalteten Potenzial aus, das Sie für sich unabhängig aufgebaut haben.

Gibt es Überschneidungen? Was ist hilfreich sowohl auf der einen als auch auf der anderen Seite?

Zugewiesene Identität	Gestaltete Identität

Übung: Meine Ressourcen

Ein Ressourcenbild kann ein steter Begleiter werden, der immer wieder ergänzt, neu betrachtet und umgestaltet werden kann. Es kann vollkommen frei und kreativ gestaltet werden. Sinn dieser Übung ist die Stabilisierung der jeweiligen Situation und das Entwickeln des eigenen Potenzials.

Manche Menschen hängen sich ihr Bild als Anker gerne auf, andere wiederum legen es in ein geschütztes Versteck, zu dem nur sie Zugang haben.

Bitte zeichnen Sie nun ein großes Ressourcenbild mit Ihrem gestalteten Potenzial. Verwenden Sie unterschiedliche Farben. Legen Sie die Größe der Bereiche bewusst selbst fest.

Lassen Sie sich Zeit und denken Sie an schöne Augenblicke, die Sie selbst gestaltet haben.

Wenn es wichtige Menschen für Sie gab/gibt, die hilfreich für Sie waren/sind, nehmen Sie diese in Ihr Bild hinein.

Lassen Sie genügend Raum für Neues. Sie können jederzeit Blätter dazu kleben.

Gab es Situationen in Ihrer Familie, die Sie unterstützen können? Zeichnen oder schreiben Sie dies als Basis auf. Sie können gestalterisch tätig werden und diese Möglichkeiten als Untergrund, Wurzeln, Fundament oder Anderes umsetzen.

Gibt es Hilfe für Lösungen aus Ihrer Ahnenreihe? Stellen Sie diese dar.

Ein Ressourcenbild kann ein steter Begleiter werden, der immer wieder ergänzt, neu betrachtet und umgestaltet werden kann.

Übungen zur Resilienz

Briefe an die Ahnen – Versöhnung und Zukunft

Diese Übung verfolgt den Sinn, neue Blickwinkel zu entwickeln, sich mit seiner familiären Geschichte auseinanderzusetzen und eventuell auszusöhnen. Erzählungen über Kriege, Gewalt und Verrat überschatten die Erinnerungen an die Vorfahren, ebenso wie das Verschwiegene, das neugierig macht und ungelöst erscheint.

Es ist nachvollziehbar, dass man sich davon abgrenzen und mit diesen Erzählungen nicht identifizieren möchte. Dennoch leben in den Generationen sowohl Schuld als auch Scham, bisweilen mangelnder Selbstwert und das fragile Zugehörigkeitsgefühl zur eigenen Familie weiter.

Die Frage nach Verantwortung begangener Taten stellt sich ausgesprochen wie unausgesprochen in vielen Familien.

Hätte ich in dieser Situation so gehandelt wie mein Großvater?

Lässt sich die Zuweisung von Täter oder Opfer wirklich so leicht klären und entscheiden?

Was mache ich heute aus meinem familiären Erbe?

Welche Haltung entwickle ich zu meiner Familiengeschichte?

Kann und will ich mich für das Vergangene verantwortlich fühlen?

Beeinflusst es mein heutiges Handeln?

Übung 1: Mein Ahne in seiner Welt

Der historische Hintergrund

Um sich ein Bild über die Lebenssituation seiner Vorfahren zu machen, ist es wichtig, sich mit dem historischen, ökonomischen und sozialen Hintergrund auseinanderzusetzen. Folgende Fragestellungen können hilfreich sein:

1. *In welchem politischen System wuchsen Ihre Vorfahren auf?*
2. *Gab es Hungersnöte, Kriege, Not im Alltag und/oder Armut? Wie waren die ökonomischen Lebensbedingungen?*
3. *Wie waren die Bildungschancen? Gab es Unterschiede zwischen Mädchen und Jungen in Bezug auf Ausbildungsmöglichkeiten?*
4. *Über welche Themen wurde (schon) gesprochen – z.B. Frauenwahlrecht, Demokratie, Sexualität ...*
5. *Wie sah die individuelle Situation in Ihrer Familie aus?*
6. *Welche Werte und Glaubenssätze wurden vermittelt?*
7. *Welche Unterstützung gab es außerhalb der Familie?*
8. *Wie viel Resilienz brachten Ihre Vorfahren mit?*
9. *Welche Talente hatten sie?*
10. *Gibt es Errungenschaften (ideell, sozial, ökonomisch), von denen Sie heute noch profitieren?*

Machen Sie sich bitte Notizen.

Das persönlich Familiäre

1. *Gibt es Dinge, die Sie gerne mit Ihren Vorfahren besprechen würden?*
2. *Welche sind das und warum?*
3. *Wenn Sie eine Antwort bekommen würden, wäre es eventuell eine Erleichterung oder Belastung?*
4. *Was wäre Ihr Bedürfnis zu fragen oder zu sagen?*

Machen Sie sich bitte Notizen.

Übung 2: Briefe an die Ahnen

Wenn es für Sie erleichternd ist, beginnen Sie nun, einen Brief an Ihr Familienmitglied zu schreiben. Hilfreich kann die Vorstellung sein, gemeinsam an einem schönen Platz zu sitzen und Zeit für ein Zwiegespräch zu haben.

Wie in persönlichen Gesprächen erleichtern „Ich-Botschaften" die in diesem Falle einseitige Kommunikation. Sie können Ihre Haltung zum Leben, ebenso Ihre Gefühle in Bezug auf das Vergangene sowie Ihre Wünsche und Hoffnungen formulieren.

Betrachten Sie Ihre persönliche Verantwortung für Ihr Leben und Wirken und teilen Sie dies in Ihrem Brief mit.

Nehmen Sie dann Bezug zu der Verantwortung Ihres Vorfahren. Beschreiben Sie Ihre Gefühle und Gedanken, die Sie ihm und seinem Leben gegenüber haben.

Da der Brief beim Adressaten nicht mehr ankommt, stellt sich die Überlegung, wo der Brief deponiert werden kann. Gibt es ein Versteck, eine Flaschenpost oder Luftpost mit einem Heliumballon? Was kann die Beförderung erleichtern?

Überlegen Sie sich eine Möglichkeit.

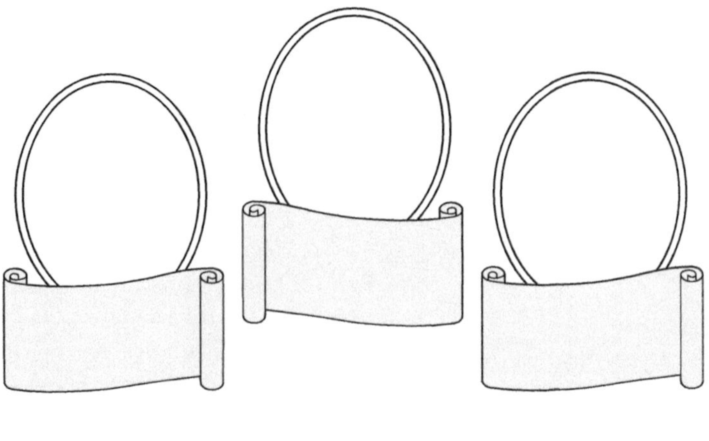

Übung 3: Meine (Ahnen)-Zeitkapsel

Wenn Sie Ihren Nachkommen Informationen hinterlassen möchten, die sehr persönlich und nicht digitalisiert sein sollen, basteln Sie eine Zeitkapsel. Eventuell möchten Sie persönliche Briefe, Fotos, Erinnerungsstücke, verworfene, gelebte und nicht gelebte Ideen Ihrer Nachwelt hinterlassen. Nehmen Sie Ihren Stammbaum als Hilfe und teilen Sie Ihre Überlegungen mit.

Die Ausgangsfrage bei dieser Übung wäre:

Welche Fragestellungen könnten meine Nachfahren an mich haben und wie könnte ich ihnen mit meiner Lebensführung helfen?

Als Hilfestellung kann die Auseinandersetzung mit der Frage sein, wie Sie am Ende Ihres Lebens die Situation im Augenblick beurteilen würden. Vielleicht gibt es für Sie ein „Geschenk der guten Wünsche" an Ihre Nachfahren. Formulieren oder gestalten Sie diese.

Was möchten Sie gerne Ihren Nachfahren mitteilen und was wäre aus heutiger Sicht für Sie hilfreich?

Übung 4: Durch Länder und Kulturen – Heimweh oder Fernweh? Die Arbeit mit der Landkarte

In Familien, die in unterschiedlichen Ländern gelebt haben und unterschiedliche Sprachen sprechen, empfehle ich die Arbeit mit der Landkarte. Markieren Sie die Länder, in denen Ihre Vorfahren waren, und beschäftigen Sie sich mit den Besonderheiten des Landes und seiner Kultur.

Folgende Fragestellungen können hierbei hilfreich sein:

1. *Welche Bedeutung hat dieses Land/diese Kultur in meiner Familie?*
2. *Wie werden Traditionen, Bräuche, Sprachen, ... gelebt und bewertet?*
3. *Gibt es Unterschiede und wenn ja, warum?*
4. *Wer in der Familie fühlt sich zu welchem Land, welcher Kultur/Sprache hingezogen?*
5. *Was erleben Sie für sich als Ressource, was eher nicht?*
6. *Welche Gefühle werden in Ihrer Familie in Gesprächen über die einzelnen Länder ausgelöst?*
7. *Gibt es bei den Themen Krieg/Flucht/Gewalt Tabus?*
8. *Wie stark wird auf Äußerlichkeiten der einzelnen Familienmitglieder fokussiert?*
9. *Wie ist der Umgang mit den Themen „Heimat – Zuhause", „Familiensinn", „Identität", „Heimweh – Fernweh"?*
10. *Wie wichtig ist das Thema für Sie selbst?*

Wenn Sie die Länder Ihrer Vorfahren auf der Landkarte betrachten, nehmen Sie Ihre persönlichen Empfindungen wahr. Versuchen Sie, diese in Worte fassen.

Schreiben Sie auf, was in Ihrer Familiengeschichte verbindet, aber auch trennt.

Sie können die Länder ausschneiden und daraus eine Collage machen.

Schreiben Sie die Ressourcen auf, die Ihnen zu den Ländern, den Erinnerungen und den Erzählungen einfallen. Interessant kann diese Beschäftigung gemeinsam mit der Familie sein.

Diese Übung kann sehr vielfältig ausgeführt werden. Beispielsweise lässt sich ein Spiel daraus machen mit Quizfragen zu den Ländern im Hinblick auf die historischen, ökonomischen und auch sozialen Hintergründe. Fragen zur Bekleidung, den Essensgewohnheiten, den Lieblingsspeisen, den Tätigkeiten, den Talenten und Hobbys etc. der Ahnen könnten überlegt werden.

Diese Übung hat die Idee, Unterschiede zu verbinden und schwierige Themen neu zu beleuchten und in der Gegenwart zu versöhnen.

ANHANG

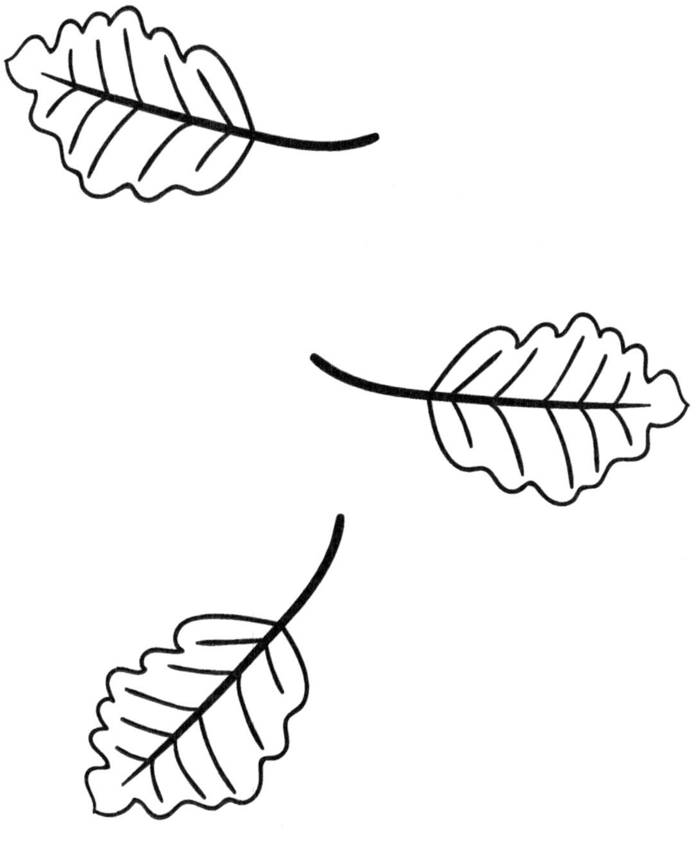

Bibliographie

Al-Mousli, L. (2016): Eine Träne. Ein Lächeln. Meine Kindheit in Damaskus. Frankfurt: Weissbooks.

Arnold, D. (2011): KLIKK – Ein Training für Eltern hochbegabter Kinder. Konzept und Evaluation. Göttingen: Hogrefe.

Arnold, D. / Preckel, F. (2016): Hochbegabte Kinder klug begleiten. Ein Handbuch für Eltern. Weinheim: Beltz.

Beck, H. / Anastasiadou, S. / Meyer zu Reckendorff, C. (2017): Faszinierendes Gehirn – Eine bebilderte Reise in die Welt der Nervenzellen. Berlin: Springer.

Berg, F. (2014): Übungsbuch Resilienz. 50 praktische Übungen, die der Seele helfen, vom Trauma zu heilen. Göttingen: Jungfermann.

Berndt, C. (2013): Resilienz. Das Geheimnis der psychischen Widerstandskraft. Was uns stark macht gegen Stress, Depressionen und Burn-out. München: dtv.

Berndt, C. (2016): Zufriedenheit: Wie man sie erreicht und warum sie lohnender ist als das flüchtige Glück. München: dtv.

Brauner, S. K. (2018): Traumatisierte Kinder – ein Theorie- und Praxisbuch für den pädagogischen Alltag. Köln: Carl Link.

Brisch, K.-H. (2015): Bindung und Trauma. Stuttgart: Klett-Cotta.

Brisch, K.-H. (2015): SAFE. Sichere Ausbildung für Eltern. Stuttgart: Klett-Cotta.

Brisch, K.-H. (2018): Bindungsstörungen. Stuttgart: Klett-Cotta.

Brizic, K. (2007): Das geheime Leben der Sprachen. Gesprochene und verschwiegene Sprachen und ihr Einfluss auf den Spracherwerb in der Migration. Münster: Waxmann.

Bundesministerium für Bildung und Forschung (2015): Begabte Kinder finden und fördern. Ein Wegweiser für Eltern, Erzieherinnen und Erzieher, Lehrerinnen und Lehrer. Berlin. Online: https://www.bmbf.de/upload_filestore/pub/Begabte_Kinder_finden_und_foerdern.pdf [14.03.2020].

Cichon, P. (2002): Einführung in die okzitanische Sprache. Bonn: Romanistischer Verlag.

Clynes, T. (2016): How to raise a genius: lessons from a 45-year study of super-smart children. In: Nature 537. S. 152-155. Online: https://www.nature.com/news/how-to-raise-a-genius-lessons-from-a-45-year-study-of-super-smart-children-1.20537?WT.mc_id=TWT_NatureNews [14.03.2020].

Corbalan, F. (2016): Der goldene Schnitt. Die mathematische Sprache der Schönheit. Köln: Librero.

Diels, H. / Kranz, W. (Hrsg.) (1903): Die Fragmente der Vorsokratiker. Frankfurt am Main: Weidemannsche Buchhandlung.

Dweck, C. (2017): Mindset. Changing The Way You think To Fulfil Your Potential. London: Robinson.

Eberle, B. (2019): Resilienz ist erlernbar. Wie Sie durch den Aufbau der inneren Stärke Stress bewältigen, widerstandsfähiger werden und Depressionen vorbeugen. Berlin: epubli.

Eurostat (Hrsg.) (2018): Statistik zur Kinderarmut in Europa. Online: https://ec.europa.eu/eurostat/statistics-explained/index.php/Children_at_risk_of_poverty_or_social_exclusion [14.03.2020].

Eysenck, H. J. (2006): Die IQ-Bibel. Intelligenz verstehen und messen. Stuttgart: Klett-Cotta.

Feger, B. / Prado, T. (1998): Hochbegabung – Die normalste Sache der Welt. Darmstadt: Primus.

Gagné, F. (2009): Building gifts into talents. Detailed overview of the DMGT 2.0. In: MacFarlane, B. / Stambaugh, T. (Hrsg.): Leading change in gifted education. Waco: Pufrock Press. Online in deutscher Sprache: https://www.eurotalent.org/Gagne_DMGT_Modell.pdf [14.03.2020].

Gardner, H. (1991): Abschied vom IQ. Die Rahmentheorie der vielfachen Intelligenzen. Stuttgart: Klett-Cotta.

Gardner, H. (2011): Frames of Mind: The Theory of Multiple Intelligences. New York: Basic Books.

Hawking, S. (2018): Kurze Antworten auf große Fragen. Stuttgart: Klett-Cotta.

Hengstschläger, M. (2018): Die Durchschnittsfalle. Gene-Talente-Chancen. Elsbethen: ecowin.

Hitzl, K. (2001): Talent. In: Der Neue Pauly (DNP). Band 11. Stuttgart: Metzler.

Hofer, B. / Jessner, U. / Pinto, M.-A. et al (2015): MKT – Metalinguistischer Kompetenztest Teil 3. Innsbruck: Studia Universitätsverlag.

Holling, H. / Kanning, U. P. (1999): Hochbegabung: Forschungsergebnisse und Fördermöglichkeiten. Göttingen: Hogrefe.

Horsch, H. / Müller, G. / Spicher, H.-J. (2006): Hoch begabt – und trotzdem glücklich. Was Eltern, Kindergarten und Schule tun können, damit die klügsten Kinder nicht die Dummen sind. Ratingen: Oberstebrink.

Huber, M. / Plassmann, R. (2012): Transgenerationale Traumatisierung. Göttingen: Jungfermann.

Hüther, G. (2011): Was wir sind und was wir sein könnten. Berlin: Fischer.

Hüther, G. / Gebauer, K. (Hrsg.) (2005): Sichere Kinder brauchen starke Wurzeln. Düsseldorf / Zürich: Patmos.

Hüther, G. / Hauser, U. (2014): Jedes Kind ist hochbegabt. München: btb.

Hüther, G. / Nitsch, C. (2012): Wie aus Kindern glückliche Erwachsene werden. München: Graefe&Unzer.

Jensen, A. (2004): The G Factor. The Science of Mental Ability. Westport: Prager.

Johns Hopkins University Center for Talented Youth (Hrsg.): Study of Exceptional Talent. Online: https://cty.jhu.edu/set/index.html [14.03.2020].

Johnstone, M. (2015): Resilienz. Wie man Krisen übersteht und daran wächst. München: Kunstmann.

Johnstone, M. / Player, M. (2019): Kein Stress. Wie Sie Stress und Angstgefühle bewältigen und gelassener werden. München: Kunstmann.

Koop, C. / Schenker, I. / Müller, G. / Welzien, S. / Karg-Stiftung (Hrsg.) (2010): Begabung wagen. Ein Handbuch für den Umgang mit Hochbegabung in Kindertagesstätten. Berlin: Verlag das Netz.

Ksoll, P. / Vögtle, F. (1988): Marie Curie – in Selbstzeugnissen und Bilddokumenten. Reinbek: Rowohlt.

Larcher, D. (1992): Kulturschock. Fallgeschichten aus dem sozialen Dschungel. Bozen: Alpha & Beta.

Mönks, F. J. / Ypenburg, I. H. (2005): Unser Kind ist hochbegabt. München: Ernst Reinhardt.

Neubauer, A. (2018): Mach, was Du kannst. München: DVA.

OECD (Hrsg.) (2018): PISA 2018 Results. Online: http://www.oecd.org/pisa/publications/pisa-2018-results.htm [14.03.2020].

Preckel, F. / Baudson, T. (2013): Hochbegabung. München: C.H.Beck.

Preckel, F. / Brüll, M. (2008): Intelligenztests. München: Ernst Reinhardt.

Preckel, F. / Vock, M. (2012): Hochbegabung: Grundlagen, Diagnose und Fördermöglichkeiten. Ein Lehrbuch. Göttingen: Hogrefe.

Renzulli, J. S. / Reis, S. M. / Thompson, A. (2009): Light up your child's mind. Finding a unique pathway to happiness and success. New York: Little, Brown and Co.

Rohrmann, S. / Rohrmann, T. (2010): Hochbegabte Kinder und Jugendliche. Diagnostik – Förderung – Beratung. München: Ernst Reinhardt.

Rost, D. H. (2000): Hochbegabte und hochleistende Jugendliche. Neue Ergebnisse aus dem Marburger Hochbegabtenprojekt. Münster: Waxmann.

Sandberg, V. (2019): Resilienz – Das kleine 1x1 psychischer Widerstandskraft. Berlin: epubli.

Schleicher, A. (2019): Weltklasse: Schule für das 21. Jahrhundert gestalten. Bielefeld: wbv.

Schneider, W. / Stumpf, E. (2005): Hochbegabung. In: Ellinger, S. / Wittrock, M. (Hrsg.): Sonderpädagogik in der Regelschule. Stuttgart: Kohlhammer.

Seelig, C. (1960): Albert Einstein – Leben und Werk eines Genies unserer Zeit. Wien: Europa.

Siegrist, U. (2017): Resilienz trainieren. Wie Sie Schritt für Schritt innere Stärke erlangen und Krisen besser überstehen. Das Ausfüllbuch, das stark macht. München: mvg.

SMPY-Studie (2013): Kell, H. J. / Lubinski, D. / Benbow, C. P. / Steiger, J. H.: Creativity and technical innovation. Spatial ability's unique role. In: Psychological Science 9. S. 1831–1836.

Stanley, J. C. (1971): The Study of Mathematically Precious Youth. Online: https://my.vanderbilt.edu/smpy/ [14.03.2020].

Valizadeh, S. / Liem, F. / Mérillat, S. et al (2018): Identification of individual subjects on the basis of their brain anatomical features. In: Nature 8. Online: https://www.nature.com/articles/s41598-018-23696-6 [14.03.2020].

Weinert, F. E. (Hrsg.) (2001): Leistungsmessungen in Schulen. Weinheim: Beltz.

Weiterführende Links

Mensa, das Netzwerk für Hochbegabte

Mensa ist der weltweite Verein für hochbegabte Menschen. Mit 110.000 Mitgliedern aus allen Alters- und Bevölkerungsgruppen, davon 12.000 in Deutschland. Mensa hat zum Ziel, hochintelligente Menschen zu vernetzen über lokale, überregionale und internationale Treffen, Interessen- und Diskussionsgruppen.

Mensa in Deutschland: www.mensa.de

Mensa in Österreich: www.mensa.at

Mensa in der Schweiz: www.mensa.ch

Mensa International: www.mensa.org

Österreich

Bundesministerium für Bildung, Wissenschaft und Forschung, Wien: bildung.bmbwf.gv.at

Österreichisches Zentrum für Begabtenförderung und Begabungsforschung, Salzburg. www.oezbf.at

Start-Stipendium Österreich, Wien: www.start-stipendium.at

Sir Karl Popper Schule, Wien: www.popperschule.at

Linguamulti, Wien: www.linguamulti.at

Verein ECHA-Österreich, Ebensee: www.echa-oesterreich.at

Deutschland und Schweiz

In Deutschland und der Schweiz gibt es unzählige Institute, Beratungsstellen und Weiterbildungsmöglichkeiten für ExpertInnen. Folgende Gesellschaften geben auf ihrer Website eine umfassende Expertise und bieten weiterführende Links:

Deutsche Gesellschaft für das hochbegabte Kind e.V., Berlin: www.dghk.de

Karg-Stiftung, Frankfurt am Main: www.karg-stiftung.de, www.fachportal-hochbegabung.de

Schweizerische Koordinationsstelle für Bildungsforschung, Aarau: www.begabungsfoerderung.ch

Stiftung für hochbegabte Kinder, Zürich: www.hochbegabt.ch

Geburt, Frau und Gesundheit beim Verlag **edition riedenburg**
editionriedenburg.at

Sarah Schmid
Alleingeburt – Schwangerschaft und Geburt in Eigenregie. Basiswissen | Illustrationen und Fotos | Erfahrungsberichte

Ute Taschner, Kathrin Scheck
Meine Wunschgeburt – Selbstbestimmt gebären nach Kaiserschnitt. Begleitbuch für Schwangere, ihre Partner und geburtshilfliche Fachpersonen

Caroline Oblasser
Luxus Privatgeburt – Hausgeburten in Wort und Bild. Über 100 stolze Mütter bei der Kunst des Gebärens in den eigenen vier Wänden

Heike Wolter
Mein Sternenkind – Begleitbuch für Eltern, Angehörige und Fachpersonen nach Fehlgeburt, stiller Geburt oder Neugeborenentod

Doreen Grabs
Zu früh geboren – Frühchen-Mütter erzählen. Aus eigener Betroffenheit hat sich Doreen Grabs auf die Suche nach Antworten gemacht und andere Mütter befragt

Kathrin Steinberger
So leben wir mit Endometriose. Der Alltag mit der chronischen Unterleibserkrankung: Begleitbuch für betroffene Frauen, ihre Familien und medizinische Ansprechpartner

Kindersachbücher beim Verlag **edition riedenburg**
editionriedenburg.at

S. Eder, H. Grubhofer, B. Weingartshofer (Illustr.)
Was brauchst du? Mit der Giraffensprache und Gewaltfreier Kommunikation Konflikte kindgerecht lösen (SOWAS!)

K. Hödlmoser, S. Eder, N. Schäufler (Illustr.)
Ilvy schläft gut – Schlafen lernen mit System. Etliche Mit-Mach-Seiten für Kinder; Schlafprotokoll für drei Wochen (SOWAS!)

S. Eder, S. Brauner, E. Gasser (Illustr.)
Karim auf der Flucht – Das Bilder-Erzählbuch für heimische Kinder und ihre neuen Freunde von weit her (SOWAS!)

Verena Herleth
Hamster Henri isst glutenfrei – Das Bilderbuch zur Zöliakie: Empfohlen von der Deutschen Zöliakie-Gesellschaft e.V. (MIKROMAKRO)

Verena Herleth
Die roten Fünf – Das Bilderbuch zu Nahrungsmittelallergien. Für alle Kinder, die einen einzigartigen Körper haben. (MIKROMAKRO)

V. Herleth, V. Bellmann
Mama und Papa heiraten – Das Bilderbuch für alle Kinder, deren Eltern Hochzeit feiern. (MIKROMAKRO)

R. Masaracchia, U. Taschner
Mamas Bauch wird kugelrund – Das Kindersachbuch zum Thema Aufklärung, Sex, Zeugung und Schwangerschaft (Ich weiß jetzt wie!)

C. Oblasser, R. Masaracchia
Baby Lulu kann es schon! Das Kindersachbuch zum Thema natürliche Säuglingspflege und windelfreies Baby (Ich weiß jetzt wie!)

C. Oblasser, R. Masaracchia
Mama und der Kaiserschnitt – Das Kindersachbuch zum Thema Kaiserschnitt, nächste Schwangerschaft und natürliche Geburt (Ich weiß jetzt wie!)